Narratori Feltrinelli

Adam Thirlwell
Il futuro futuro

Traduzione di Andrea Buzzi

Titolo dell'opera originale
THE FUTURE FUTURE

Traduzione dall'inglese di
ANDREA BUZZI

Prima edizione ne "I Narratori" aprile 2024

Stampa Grafica Veneta S.p.A. di Trebaseleghe - PD

ISBN 978-88-07-03579-1

FSC
www.fsc.org
MISTO
Carta
da fonti gestite in
maniera responsabile
FSC® C021883

GRAFICA VENETA
CARBON NEUTRAL

Questo libro è stampato da Grafica Veneta S.p.A.
con un processo di stampa e rilegatura certificato 100% carbon neutral
in accordo con PAS 2060 BSI

Ad Alison
A Rosa Sailor

Uno

1

Tutto cominciò con la scrittura. Una sera a Parigi una donna si era ritrovata fra le mani un pamphlet. La stampa era sbaffata. Sotto il titolo c'era la riproduzione sfocata di una foto con una donna seminuda a letto – famigerato ritratto della persona che ora stava leggendo il pamphlet. Né la copia né l'immagine originale le assomigliavano minimamente.

Un pamphlet può essere minuscolo e sfuggente, come il frammento di un codice. Lo guardò a lungo, cercando di capire – talmente a lungo, anzi, da far tardi a una festa. Non sapeva chi avesse scritto quel pamphlet, chi avesse realizzato l'immagine in copertina e chi l'avesse pubblicato. Veniva da oltre confine. Era una di quelle nuove serie pornografiche, stampate nelle città di avanguardia – Londra, Anversa e Ginevra. Aveva l'aria di un progetto internazionale, tra il clandestino e le notizie h24.

Buttò via il pamphlet, poi continuò a fissarlo nella spazzatura, fra i giornali e le riviste, i biglietti, gli assegni annullati e i messaggi. Impossibile distogliere lo sguardo.

Passano i secoli, ma tutto accade nell'attimo presente.

Poi giunse a una nuova determinazione. Ripescò il pamphlet e uscì nella notte.

2

Il suo nome era Celine. Circolava da qualche mese una serie di romanzetti anonimi che prendevano di mira vita sessuale, abitudini e idee politiche della donna – insieme a vari libelli analoghi dedicati ad altre donne di sua conoscenza. Ma furono quelli su Celine, per ragioni che non capì mai del tutto, a diventare dei piccoli bestseller. Si ritrovò a essere un simbolo, un personaggio. La gente voleva sapere *come andava avanti* la serie.

Sulle teste il cielo era azzurro poi rosa, poi rosa poi azzurro. Sembrava tutto gentile. Nelle finestre aperte delle sale da tè, profumi di gelsomino e di lavanda. Ai margini delle grandi città crescevano fitte foreste e minuscoli funghi. Negli oceani si dilettavano le piovre, trascinando sott'acqua le loro braccia/gambe per raccogliere informazioni. In giro per il pianeta i pirati facevano affari con altri pirati. E nel frattempo molti credevano di conoscere Celine e invece non la conoscevano per niente.

All'inizio Celine aveva letto ogni libello appena circolava, ma si accorse presto che le parole su di lei la sconvolgevano. Provò a spiegare alle amiche come si sentiva. Era come se avessero sporcato, versato tutto per terra, diceva. Le sembrava che il mondo fosse fuori fuoco. Non sapeva davvero cosa stava cercando di dire con queste frasi. Da giovane pensava che il mondo fosse un unico grande cosmo che le si sarebbe dischiuso in una serie di scenari entusiasmanti, invece si era rivelato angusto e squallido e paralizzante. Continuava a uscire e andare alle feste ma le piaceva di più restarsene in camera con le tende mezze tirate. Nel frattempo si affidava agli amici, che le riportavano brevi parafrasi degli scritti su di lei, che man mano si accumulavano per la casa. Le parole spuntavano dal nulla, come insetti. Sembrava quasi che la carta volesse occupare ogni superficie – tavoli da muro e letti, banconi dei bar e zone buffet di spa e saune – ed era una sensazione parecchio inquietante. La casa era piena del fetore della carta, vanigliato e polveroso.

La ragazza al centro di quelle storie su di lei, lei non la conosceva.

Celine era stata educata ad accontentare gli altri. La madre e il padre erano di un piccolo paese dall'altra parte del confine. Aveva sempre odiato il nervosismo e la cautela da immigrati dei suoi genitori. Erano due intellettuali, ma erano anche ansiosamente conformisti. Spesso la criticavano, per la pronuncia o l'aritmetica – come, immaginava, venivano criticate tutte le ragazze su ogni minimo dettaglio. Le avevano insegnato ad apprezzare la superficie delle cose e lei non aveva mai amato quel tipo di impostazione, anzi, aveva cercato di perderla. Ed ecco che ora in quei libelli scritti da uomini si sosteneva che proprio a causa dell'educazione che aveva ricevuto fosse una persona superficiale e addirittura pericolosa.

Alle altre donne che si ritrovavano descritte in quel modo pareva non importare di essere diventate personaggi pubblici. Evidentemente pensavano che fosse normale o quanto meno irreparabile, come se le voci dei genitori o le voci che sentivano nella testa ormai risuonassero anche nel mondo fuori, e quello fosse uno sviluppo prevedibilissimo. Forse, dunque, Celine era l'unica a trovare la situazione ingiusta o persino terrificante – come se, tentò di spiegare una volta, tutto a un tratto si fosse resa conto di vivere in una storia di mostri in cui si scopriva che il copione l'avevano scritto *i mostri stessi*. Sia come sia, la sola forma di resistenza che era riuscita a immaginare fino a quel momento era stare molto più attenta a come si vestiva: era il suo modo di farsi una corazza. Aveva cominciato a cucire piccoli slogan sulle maniche dei vestiti – frammenti tipo COME SE o SE DEVI, o ad aggiungere pieghe e nodi, moltiplicando un sistema di finte aperture.

In uno di questi outfit punk Celine faceva ora la sua entrata alla festa, guardandosi attorno in cerca di un alleato.

3

Perché non faceva di più, Celine? Se lo chiedeva spesso. Quello però era un mondo, come tanti mondi, in cui il potere di ognuno sembrava definito dalle relazioni con gli altri. Per una donna, ciò significava in genere con un marito. Il marito di Celine però era Sasha, un fascista di piccolo calibro ma sanguinario – segretario personale del Capo del governo primo ministro.

L'aveva sposato l'anno prima, diciotto anni lei e quarantacinque Sasha, e prima delle nozze l'aveva incontrato una volta sola, accompagnata dai genitori e da quindici avvocati. Eppure, dopo i primi appuntamenti si era convinta di amarlo. In privato aveva un senso dell'umorismo sciocco. Entrambi amavano il gioco della dama. Ma da quando era cominciata la storia dei libelli le loro conversazioni si erano fatte più difficili. Litigavano più spesso, piccoli battibecchi su soldi, sesso e tempo. Man mano che aumentavano i libelli, le loro vite si allontanarono. Sasha cominciò a dormire in ufficio. Ordinava cibo e casse di vino durante le riunioni in cui discuteva delle guerre internazionali in corso. Girava voce che andasse a letto con chiunque.

In altre parole, suo marito era un'assenza. E i genitori vivevano lontano, in campagna. Sua madre le scriveva lettere, dicendole che lì era molto tranquillo e tutti pensavano a lei mentre si dedicavano ai lavori di cucito o alla lettura. Le lezioni universitarie del padre erano state posticipate di un semestre. Nelle sue risposte, Celine non faceva parola dei libelli. Non riusciva a considerare i genitori un rifugio tutto suo, buono in qualunque circostanza. Se li era lasciati alle spalle da tanto tempo. Era come se la sua solitudine fosse un oggetto, o come se lei stessa fosse diventata un oggetto e quell'oggetto si chiamasse solitudine. La sola presenza costante accanto a lei era Catone. Catone era cicciottello, cupo, aveva quindici anni. Era arrivato in città da qualche mese con la delegazione diplomatica di una repubblica indiana, e Celine gli aveva chiesto se voleva stare da lei come assistente personale. In qualche modo gli aveva dato un nuovo nome, Catone, e uno stipendio esagerato. In poco tempo, il ragazzo aveva sviluppato un proprio modo di parlare la lingua di Celine: una specie di dialetto tutto suo che mescolava raffinatezze e singolari sfasature di registro. Di notte Catone lavorava ai suoi memoir sulle donne che osservava, appunti che lasciava tranquillamente ovunque in giro per la casa perché tanto nessuno era in grado di leggere la sua calligrafia o anche di capirne le parole. Il che era un bene perché le parole illeggibili erano piccoli insulti, dibattiti sulla bellezza relativa di questa o quella filosofia rivoluzionaria...

In luogo di un marito o una famiglia, Celine aveva le sue amiche: Julia e Marta. Si mandavano messaggi ogni ora, piccole frasi e appunti. Era un modo di darsi speranza a vicenda.

L'universo si disintegra in una nube di calore, precipita inesorabilmente in un vortice di entropia, ma all'interno di questo processo irreversibile potrebbero esserci zone ordinate, porzioni di esistenza che tendono verso una forma, in cui è forse possibile distinguere un disegno – e una di queste zone era questa storia di Celine e delle sue amiche.

4

Celine trovò Marta fuori dal bar gelateria. Le mostrò per un secondo l'ultimo libello, che rimise subito in una tasca segreta.

Già già, le disse.

Andarono a nascondersi dietro una pianta tropicale d'importazione per parlarsi a quattr'occhi.

Celine adorava Marta perché era piccola e intensa, le unghie delle mani spesso nere di fango e vernice e altra sporcizia, faceva battute oscene, aveva lineamenti allungati e sproporzionati ma magicamente affascinanti, e fumava persino più di Celine.

Questo nuovo libello, disse Marta, raccontava una serie di storie pornografiche fra Celine e varie donne famose, ministri di governo e un campionario di personaggi minori. C'era anche parecchia politica, continuò: bustarelle, estorsioni e una cospirazione contro il governo. La storia finiva con un patto fra Celine e diversi miliardari ebrei per trattare con delle potenze straniere e mettere le mani sull'America, che poi celebravano, aggiunse Marta, cimentandosi in svariate posizioni sessuali veramente barbare.

Celine pensò che le veniva da vomitare – non tanto per

i singoli dettagli di quel quadro, ma perché la gente ormai aveva troppe sue immagini in testa e lei non ce la poteva fare.

– Basta così, disse.

– Be', più o meno è tutto qui, disse Marta.

Una luna vuota orbitava lontanissima dal loro pianeta, e anche le conversazioni continuavano a orbitare.

– Sono cresciuto fra donne, le interruppe un uomo, parlando vicinissimo a Celine.

Il suo alito aveva uno sgradevole odore di cioccolato.

– Sono *super attento* alle conversazioni fra donne, aggiunse.

– Però quelle conversazioni non le hai mai sentite, disse lei. – Per definizione.

– Ma posso provarci, fece lui.

Tutti amavano il piacere. E forse quell'uomo orribile che le stava parlando nutriva sinceri sentimenti di attenzione verso le donne, ma secondo Celine no. A Celine e le sue amiche il piacere ormai sembrava una cosa sempre più complicata.

Celine sgattaiolò in una stanza appartata dove si trovavano alcuni vasi sul pavimento e le donne ci pisciavano dentro. Ci pisciò anche lei. Era un'operazione complicata e qualche schizzo finì sul bordo, macchiandole l'orlo del vestito.

Una volta una persona che amava le aveva detto: Sembra una festa, ha l'aria di una festa, l'odore è quello di una festa. Ma non farti ingannare. Non è una festa. Questo è *potere*, baby.

Celine cominciò a piangere, poi smise. Poi rientrò in sala.

5

La sera dopo, Celine era nel suo appartamento insieme a Marta e Julia. Fuori c'era un'intensa canicola. Celine aveva addosso una vecchia canottiera e un paio di leggings. Julia, che tendeva ai travestimenti super femminili, era sul divano, e Marta le stava facendo una nuova pettinatura piena di nodi e forcine. Si dedicavano al loro hobby – cercare di capire il mondo. A volte lo facevano con i tarocchi, a volte conversando. E Celine guardava di sottecchi Julia, ammirata dal suo look, dal corpo slanciato, dai capelli e da quella splendida pelle diafana, da come si celava agli uomini sotto quegli abiti gonfi quando in realtà avrebbe potuto essere lì con il frustino o le catene.

Poi fece irruzione Sasha, e fu come se tutta la bellezza sparisse all'istante – come quando una sala disco si disintegra a fine serata appena accendono i neon.

– Che cazzo è questo? disse Sasha.

Aveva in mano un libello; li stampavano così male che era impossibile capire se fosse uno nuovo o uno vecchio.

– È l'ultimo uscito? chiese Marta.

– Posso parlare con mia moglie? disse Sasha. – È una cosa di famiglia.

– Che cos'è? disse Celine, ignorandolo.

– È nuovo, rispose lui.

– Nuovo quanto? disse Celine.

A quel punto Sasha l'afferrò per il collo e le schiaffò il libello sotto gli occhi come per agevolarle la lettura. Era molto raro vedere tanta violenza in una stanza, rendeva tutto claustrofobico, come avessero schiacciato tutti contro il muro. Sasha si mise a recitare, o a parafrasare – impossibile dirlo. Celine cercava di parlare ma lui le stringeva troppo la gola e a lei prese paura, un po' per quello che stava facendo Sasha, un po' per la violenza delle parole che le stava citando. Non era più abituata a sentire le parole con cui la descrivevano, e l'effetto fu orribile.

Quando Sasha la lasciò andare, le rimase un segnaccio rosso vivo tutto attorno alla gola. Celine fece per riprendere una sigaretta abbandonata nel piattino dove si stava lentamente trasformando in cenere, ma le tremavano troppo le mani. Allora Martha recuperò il mozzicone, lo riaccese e glielo mise fra le labbra. Era un gesto così tenero che diede a Celine un lampo di coraggio.

– Aspetta, vuoi dire che tu ci *credi* davvero? disse Celine.

Per tutta risposta, Sasha le tirò un pugno sopra lo zigomo. Lo shock fu quasi altrettanto forte del dolore nell'occhio e in tutto il suo tenero cranio. Perse l'equilibrio e si rese conto confusamente che le gambe non la reggevano, poi si ritrovò accasciata per terra. Si rialzò molto lentamente, aggrappandosi alla gamba del divano, poi alla seta del cuscino. Persa sotto una sedia, c'era una vecchia carta dei tarocchi. Le faceva male l'orecchio, se lo toccò e sulla punta del dito vide una macchiolina di sangue.

Sasha aveva il fiato corto. Disse che era umiliante, o che si sentiva umiliato, o che lei lo stava umiliando: lei non capì benissimo e non aveva voglia di chiedergli di ripetere la frase. Lui restò lì fermo per qualche secondo ad ansimare. Poi uscì dalla stanza.

Lentamente, Celine si avvicinò allo specchio. Aveva del sangue anche sull'angolo dell'occhio e col senno di poi di un futuro lontano, Celine avrebbe pensato che proprio quell'istante in cui il suo riflesso la guardava assente le aveva fatto scoprire la legge fondamentale del suo mondo da cartone animato – che si resta sospesi nel vuoto fino a che non ci si rende conto della situazione in cui ci si trova, e solo allora si precipita.

Aveva un segno violaceo sullo zigomo. Un segno informe, come un ragno o uno sputo.

– Ehi, guarda, disse Julia. – Quello psicotico di tuo marito ha fatto cadere qualcosa.

Quindi raccolse un pezzo di carta e lo porse a Celine.

6

Celine si era sempre chiesta perché non faceva di più. Sembrava che tutti pensassero che non c'era niente da fare. Ma intorno a lei molti uomini pensavano di poter fare progetti, molti uomini complottavano, cospiravano e facevano le loro mosse, e Celine capì che anche lei doveva poter fare le proprie mosse. Aveva solo bisogno di fare qualche calcolo.

Al mattino Celine ricevette svariati messaggi da Marta – dicevano che non era ancora in hangover, che aveva voglia di uccidere qualcuno e che stava venendo da lei immediatamente per parlare della loro grossa operazione.

Marta era cresciuta nelle province lontane, in una tenuta che si trovava in una sorta di zona palustre. Suo padre era molto ricco ma morto, sua madre quindi era molto ricca ma alcolizzata o depressa o tutte e due, e da bambina Marta sparava ai conigli e ai cervi e ascoltava i temporali. Poi era stata adottata dalla zia, che viveva in campagna in una casa più spaziosa e le aveva insegnato le regole di comportamento. Celine l'aveva adorata subito, appena si erano conosciute. Era una persona, pensava Celine, che non sarebbe mai andata in *deliquio*. Marta era esigente e spietata, e Celine l'avrebbe amata già solo per queste sue qualità, anche senza la bellezza vistosa e brutale. Marta era estrema nella sua cura per gli amici. In una società fatta di parole e immagini che circolavano e ricircolavano, tutte volte alla disinformazione, era difficilissimo trovare una qualsiasi sicurezza personale, e una sua forma minuscola poteva essere proprio quella modalità intensa di amicizia fra due donne.

– Voglio morire, disse Celine. – Perché non mi ama? Che cosa devo fare?

– Non morirai, disse Marta.

– Tuo marito che cosa dice, chiese Celine. – Ha detto qualcosa? Ha parlato con Sasha?

– Vuoi parlare di mio *marito*? disse Marta.

– Mi piace il tuo vestito, fece Celine.

Marta indossava un'outfit molto sgargiante, con larghissime maniche arcobaleno. Sembrava molto giovane, pensò Celine, anche se era più vecchia di lei. E forse quello era il loro problema – erano tutte giovanissime, o lo sembravano. Quando si è così giovani, la gente pensa di poterti aggredire impunemente. C'era tanto di quell'odio! Era tutto lì, che le aspettava, manifestandosi in sequenze di parole, e magari era quell'odio il motivo per cui non potevano vedere il cosmo che si aspettavano, baciato dal sole, ma solo corridoi e vicoli ciechi.

Marta sorrise, si tolse qualche strato di dosso e sgusciò nel letto accanto alla sua amica. C'era un pezzo di torta farcita rafferma vicino al letto, e lei lo mangiò.

– Che devo fare con questa gente? disse Celine. – Devo fare qualcosa di più.

– Non stare a pensare a chi travisa, disse Marta.

– Ma a te non dà fastidio, disse Celine, – quando la gente

parla di te? Io non lo sopporto. Sa di morte. Sembra di trasformarsi. E poi che sia mio *marito* a infuriarsi...

Il linguaggio era disgustoso in sé, disse Marta. Ma la gente sembrava andarne matta. Era come se a tutti piacesse da morire vedere quelle storie raccontate a chiare lettere. Come se le cose esistessero al solo scopo di essere messe per iscritto! Quando invece buona parte delle emozioni, o quanto meno le più interessanti, sfuggivano completamente al linguaggio. Poi Marta si piegò in avanti per versarsi un goccio in una tazza sporca.

Intanto il pianeta continuava a girare attorno a un sole sempre più vicino.

– Voglio vendetta, disse Celine.

– Ti serve un appiglio, disse Marta. – Se vuoi spaventare questi uomini ti serve una cosa che vogliono loro.

– Ma io non ho niente, disse Celine. – Mio marito mi odia. E se non hai un marito non hai niente.

– Non sto tipo banalizzando il tuo dolore, disse Marta, – però no: questo non lo accetto.

C'era la finestra aperta. Da sotto, il rumore dei cortili saliva fino a loro: pappagallini lontani, suoni smorzati di cavalli. Doveva ammettere che era sempre una delizia starsene in panciolle di giorno mentre il mondo lavorava, per quanto depresse si potesse essere.

– Tipo: cosa c'era in quel messaggio? chiese Marta. – Quello che gli è caduto.

– Oh, il messaggio, fece Celine. – Già, il messaggio era del suo capo, il primo ministro, che sparlava di Marie Antoinette. E ci credi? Era anche scritto in codice. Ma vuoi la prova di che razza di idioti sono? *Il cifrario era allegato.*

– Be', disse Marta, – quindi qualcosa ce l'abbiamo.

– In che senso? disse Celine. – Che me ne faccio di una lettera?

– *Sparlava di Antoinette*, disse Marta. – Nessuno sparla della first lady. Passalo a Ulises.

– Ulises? Il diplomatico piccoletto?

– Sì, il piccolo portoghese, disse Marta. – Quello col buffo pene sporgente. No, scusa, lo spagnolo.

Per un attimo nessuna delle due disse niente.

– Sì, chiaro, fece Celine. – Ma in ogni caso ci serve qualcosa di più. *Devo riprendere il controllo.*

Era così inquietante perdere un mondo, pensò Celine, o anche solo rendersi conto che lo si poteva perdere. I mattoni, i bambini, le cime degli alberi, tutto quello che vedeva dalla finestra, le sembrava ora remoto e distante. In una situazione come quella, per sopravvivere aveva solo quello che le capitava sottomano. E il solo piacere costante della sua vita erano quelle conversazioni fra amiche a botta e risposta, forse perché le conversazioni erano l'ultimo luogo rimasto dove le parole erano cose delicate. Le piaceva il modo in cui una conversazione poteva produrre creature imprevedibili – concetti a cui non era sicura di credere, o a cui non sapeva di credere – e poi a un tratto pensò che forse tutto il bello di queste conversazioni lo si poteva dedicare a uno scopo diverso.

– Che cosa siamo bravissime a fare? disse Celine.

Marta sollevò un sopracciglio divertita.

– *Parlare*, la corresse Celine.

Non poteva lasciare il marito, perché senza soldi avrebbe dovuto dipendere dall'ospitalità altrui. Vero, poteva sempre sedurre un altro uomo e acquisire una qualche influenza su di lui, ma si trattava di un potere circoscritto e precario: ancora una volta sarebbe stata alla mercé dei capricci di un uomo. Quindi la faccenda, come sempre per chi non ha soldi propri e nessun mezzo per farli, era parecchio limitata e circoscritta. Ma il potere che l'aveva distrutta, si ritrovò a ragionare, poteva anche venirle in aiuto. Ebbe questa visione di lei con un gruppo di scrittori e artisti intorno che la ripagavano per l'intrattenimento e le merende con le proprie storie e discussioni, un campo di influenza, come una nube che ti avvolge.

– Ci servono scrittori, disse Celine.

– Quelli non mi pare che ce li *abbiamo*, disse Marta.

– Voglio dire che ci servono *altri* scrittori, disse Celine. – Diamo delle feste.

Ma, pensò Celine, non era chiaro in che modo organizzare feste che gli scrittori trovassero cool. Era sempre molto complicata, la questione di che cosa fosse cool, prioritaria per gli scrittori.

– *Scrittori?* disse Marta. – Ma dici sul serio? Hai mai conosciuto uno scrittore? Gli offriamo alcol e chicas. Gli offriamo il *glamour*.

Celine guardò Marta. Alla luce del sole che entrava dalla finestra i segni di una vecchia acne erano più visibili. Era molto attraente. A un tratto, pensò Celine, le pareva possibile nutrire qualche speranza.

Nella storia del mondo, disse Marta, i più corruttibili, i più letali e i più innocenti erano sempre stati gli scrittori.

7

C'era letteratura ovunque. Il mondo era una giungla chiamata *scrittura*. In quel mondo gli scrittori diventavano politici e i politici scrivevano per i giornali e nel frattempo tutti si scrivevano ogni giorno, come se un'esperienza non fosse tale fino a quando non avesse acquisito la propria immagine in parole. Parole stampate su pagine di giornale, scarabocchiate su foglietti di quaderno e sulle lettere, accumulate negli archivi, incollate ai muri o rilegate in piccoli libretti da distribuire nei centri commerciali. La carta che usavano era scadente, era pesante, macchiata, e si strappava facilmente, ma le parole, quelle sembrava che stessero diventando sempre più leggere, simboli buttati giù alla svelta per catturare l'universo in una rete delicata e ineffabile. E le reti, più sono ineffabili e più è difficile fuggirne.

Nel mondo ordinario l'impressione era che chiunque allestisse spettacoli, fondasse riviste o lanciasse mode effimere di generi particolari di scrittura. Poi andavano al bar a discutere di quegli spettacoli e di quelle riviste, parlando di impaginazione e caratteri tipografici e di quanto fosse arretrata la scrittura contemporanea. Era la nuova epoca della pubblicazione, pian piano se ne stavano rendendo conto tutti, con sorpresa, vagando fra i vicoli, i boschi e le sale da concerto, come se arrivando a una sfilata di moda si scoprisse lentamente e con stupore che tutti gli arredi, compresa la sedia su cui si è seduti, sono fatti di fiori. E forse da qui in avanti non ci saranno altre epoche, fino al giorno in cui il calore del sole e gli asteroidi distruggeranno tutto. Le storie si moltiplicavano con grande rapidità, così come i batteri e le spore si riproducono in qualsiasi corpo in decomposizione, mentre fuori imperversavano cani perniciosi. Le persone volevano comporre le proprie crônicas, o commentare quello che scrivevano altre persone, interrompendo la scrittura solo per ulteriori letture, che poi producevano altri scritti ancora. Era come se la scrittura fosse un narcotico o quanto meno un'ossessione, e nessuno pensava veramente agli effetti di tutte quelle parole, né a quelli su chi di quelle parole era l'oggetto, o su chi quelle parole le produceva, o su un mondo in cui esistevano tutte quelle parole.

Un mondo in cui la scrittura è ovunque in realtà è un mondo di lettura. Tutti scrivevano – ma questo significava che tutti leggevano, e così provavano il profondo malessere della lettura.

E fra quelle parole e articoli c'erano i libelli su Celine e le sue amiche, insieme a molte altre donne che si ritrovavano malevolmente definite *famose*. La diffamazione, la calunnia a mezzo stampa, lo stalking e le aggressioni non erano mai stati così facili: era l'età dell'oro della psicosi. Questi scritti erano tutti anonimi e l'anonimato sembrava conferire loro l'impunità, proprio come quelli che avevano devastato la casa alla festa organizzata da Celine per il suo diciassettesimo compleanno. Faceva sentire invincibili e invisibili quegli scrittori, e forse le due cose coincidevano.

Celine comprendeva tutto ciò, pur continuando a pensare che fosse una cosa disgustosa. Aveva il timore che il significato delle cose stesse cambiando, o forse non solamente cambiando ma scomparendo, e stava accadendo perché ora non c'erano vere fonti di informazione. Buona parte delle informazioni venivano diffuse in tempo reale, informazioni locali e non locali, ed erano tutte distorte. Ogni frase dilatava gli oggetti o le persone al di là del loro habitat naturale, creando immagini e dicerie, così come si può separare l'ombra di una persona e farne una silhouette.

Eppure sembrava che nessun altro, e con ciò intendeva naturalmente nessun uomo, condividesse la sua rabbia, o si rendesse conto della violenza che quella mania per la scrittura rivelava. *Sì, figurati*, dicevano quando lei provava a parlarne, *però hai visto quello che hanno scritto su Antoinette?* Sembrava quasi che lei fosse stata prescelta per comprendere le cose prima degli altri, e proprio facendosi trasformare lei stessa nella più trita pornografia. Ritrovarsi esposta a quel modo voleva dire vivere in uno stato di totale abiezione, senza niente a difenderla dalla maldicenza di persone meno fantasiose o intelligenti di lei. Ma questo le dava una conoscenza che nessun altro possedeva. Le persone sembravano convinte di avere il potere di determinare la propria immagine. Non si rendevano conto, pensava Celine, di essere determinate da altre persone e dalle parole di altre persone.

Tutte le foreste, i calamari e i levrieri erano stati fagocitati dal mondo letterario, come un serpente inghiotte un elefante. Questo mondo, naturalmente, esiste ovunque vi siano rappresentazioni di persone, e la sua essenza è il compromesso, il terrore, la vanità, la moda e la morte – perché dove c'è rappresentazione i valori sono tutti soggettivi, quindi impermanenti, e perciò vi si insediano sempre e solo con la forza. Ma in ogni caso, le relazioni fra questo mondo e quell'altro mondo gigantesco sono molto mobili e delinquenziali. In qualsiasi momento, veniva fuori che il vecchio mondo poteva scomparire completamente trasformandosi in brevi stringhe digitali di simboli, che svanivano nell'aria bianca.

8

Per la sua prima festa aveva organizzato tutto insieme a Marta e Julia. Ci vollero due settimane. Assunsero personale extra, per fare i drink o andare a prendere i piatti da Balthazar, il ristorante a tre isolati da lì che amavano tutti per il suo glamour old school. Fecero elenchi di persone interessanti, pensarono a cibi che si potessero mangiare senza interrompere la conversazione. Fu un'impresa e le divertì un sacco fare quei piani minuziosi. E come in ogni impresa, non mancarono i contrattempi, fiori inviati all'indirizzo sbagliato la mattina della festa, lavori stradali che si materializzarono dal nulla davanti a casa, rendendo la strada impraticabile ai veicoli. Poi, nessuno riusciva a trovare del ghiaccio.

Finalmente arrivò la sera e Celine si ritrovò seduta lì da sola con Marta. All'inizio c'era un certo nervosismo nell'aria, qualcosa di minuscolo ma sovraccarico che faceva sembrare irreali i piatti degli stuzzichini e i camerieri annoiati, come sembra irreale qualsiasi cosa quando l'evento non è ancora cominciato – un po' come quando le persone in una conference call delicata aspettano che il capo si colleghi per cominciare e intanto scambiano quattro chiacchiere sui figli, ma in realtà sono tesi e distratti. E quando finalmente comparve Catone, presentò una nuova arrivata, ma era solo Julia, che era di famiglia e quindi non contava come ospite.

Rimasero tutte e tre lì per qualche ora, a mangiare i croissant alla marmellata che avevano ordinato. Poi passarono alla vodka e agli altri superalcolici.

Verso le undici arrivò il primo ospite. Rosen, un miliardario guru della finanza. Era amico di suo padre, si diceva che fosse ebreo, ma Rosen non aveva mai detto se lo fosse o meno, e viveva nel piccolo stato oltre il confine perché lì era più facile far entrare e uscire il denaro. Era di passaggio in città e aveva fatto un salto a trovarla, disse. Ignorava che ci fosse una festa. Fu delicato e gentile e per un momento fu come se suo padre fosse lì, poi però in qualche maniera divenne qualcosa di più solido o più elegante del suo vero padre, e Celine si sentì prendere da una specie di nostalgia. Tutte le volte che vedeva Rosen le toccava ripensare all'altezza di quell'uomo, un'altezza di cui chissà perché lei si scordava sempre, tanto che quando gli altri la commentavano doveva rivedere la propria percezione, e si chiedeva se quel disallineamento non dipendesse dal fatto che con gli altri poteva essere severo e addirittura brutale, mentre con lei era sempre gentilissimo. Era contenta che fosse venuto, gli disse. In realtà era lì solo per fare un saluto, disse lui. Si sarebbe messo in un angolino a leggere.

E lo fece veramente. Si mise a sedere in un angolo e tirò fuori un libro, e a quel punto fu come se non ci fosse.

Poi, poco dopo mezzanotte, arrivò il secondo nonché ultimo ospite: il famoso produttore Hernandez. Hernandez aveva una baby face morbida e gradevole, con i capelli appena un po' scompigliati. Gli piaceva salutarti prendendoti la faccia fra le mani e baciandoti solennemente sulla fronte. L'effetto era in qualche modo erotico, paterno e sarcastico, tutto insieme. Si vestiva al di sopra delle proprie possibilità. Quella sera si era infilato una roba aderente di velluto. Gli piacevano le donne, ma soprattutto gli piacevano i complotti. Dette uno sguardo alla stanza vuota, fece un cenno col capo a Rosen, che non ricambiò, poi tornò a voltarsi verso Celine. Era più o meno come sospettava, disse. Sasha aveva fatto sapere a tutti che per lui chi andava alla festa era morto. Ragione per cui, aggiunse Hernandez con un sorriso, non poteva certo mancare. Hernandez operava sempre in mini gruppi, e nessuno sapeva esattamente con chi stesse lavorando o fin dove arrivassero le sue amicizie. Il suo modo preferito di rivolgersi alle persone era dire, in privato, che mentre tutti credevano che fosse *così*, loro sapevano che invece era *cosà*. In pubblico, invece, ostentava una costante vaghezza.

– Anche se, be', mi pareva che Beaumarchais avesse detto che veniva, disse Hernandez. – Non aveva detto che ci saremmo visti qui?

– Chi è Beaumarchais? chiese Celine.

– Il diabetico? fece Marta.

– Diabetico? ripeté Hernandez. – Cioè, non credo.

Hernandez girò lo sguardo tutto attorno, sulle pareti rivestite di velluto rosso scuro, come un cinema.

– O forse sono già andati via tutti? chiese. – È mattina? È una di quelle strane storie in cui sali su un taxi e il tempo si ferma? Sono rimasto su quel taxi per sette ore?

9

Il giorno dopo Celine chiese a Hernandez di mandarle i suoi appunti sulla scena artistica del momento. Quando uno deve muoversi, deve fare solo mosse ponderate, pensava lei. Dopo il disastro sociale, aveva bisogno di nuove indicazioni.

Secondo Hernandez, su scrittori e artisti bastava sapere che amavano spostarsi in gruppo. Alcuni erano fascisti, altri erano radicali. Altri ancora volevano tenersi completamente fuori dalla politica. Tutti pensavano che il vero stesse dalla loro parte, e il falso dall'altra. Dall'esterno sembrava impossibile cogliere i motivi di quelle distinzioni.

Prendiamo in considerazione per esempio, disse Hernandez, la recente carriera di due scrittori: Beaumarchais e Jacob. Al momento Jacob era un filosofo radicale ma si era cimentato anche in sceneggiature, saggi e romanzi. Era sempre a un passo dalla fama vera. In qualche modo gli sfuggiva. Teoricamente erano amici, ma Beaumarchais aveva appena scritto un ben noto saggio, disse Hernandez, in cui definiva Jacob un pavido e un insensibile. Quella purezza così apprezzata da molti giornalisti, scriveva Beaumarchais, in realtà erano l'orgoglio e la paura che gli impedivano di muovere un dito. Celine chiese a Hernandez se ciò gli rendesse Beaumarchais più simpatico. Non sapeva, rispose Hernandez, se si potesse trovare *simpatico* Beaumarchais. Era molto intelligente, ma anche un manipolatore. Spesso era difficile capire di preciso quello che diceva, perché praticamente farfugliava. Decisamente infido, egoista, trafficone, era però capace, concluse Hernandez, di grande gentilezza e amabilità. Come tutti, cercava la fama.

Quello che voleva dire, continuò Hernandez, era che Beaumarchais era sostanzialmente uno spazio vuoto, o forse una valigia – il cui contenuto sarebbe stato via via disfatto e rivelato dalla vita.

Celine si sentiva sfinita dalla situazione in cui si trovava e dal fiasco della sua prima festa, ed era una sensazione complicata perché era fatta di tante cose, non solo senso di paura o insicurezza, ma anche, lo sapeva bene, depressione per la ferita inferta alla sua vanità.

L'invito successivo fu per Beaumarchais e i suoi amici.

10

E così una settimana dopo, un gruppo di scrittori sconosciuti si ritrovò a casa di Celine per la sua seconda prima festa, con gli stessi aiutanti ingaggiati di nuovo e lo stesso cibo trasportato da Balthazar. Quegli scrittori erano lì a dispetto del generale biasimo fascista che gravava su Celine – in primo luogo perché erano scrittori, poi perché erano amici e infine perché erano talmente sconosciuti da essere al riparo in tutti i sensi dalle eventuali esplosioni di rabbia di Sasha. Erano tutti vestiti strani – scarpe da tennis e camicie sporche, come convalescenti dopo una lunga malattia.

Beaumarchais era uno sceneggiatore. Aveva un'aria malmessa ma fiduciosa. Spesso le persone si stupivano di quanto fosse grande e grosso di persona, considerato che la sua scrittura era leggera e minimale. Non si poteva dire che fosse bello, ma quando sorrideva gli si disegnava sul viso una strana bellezza ed era una cosa davvero toccante. Stava ancora cercando di completare la sua prima sceneggiatura – una piccola farsa di doppie identità, false identità e coincidenze impreviste. Aveva una storia produttiva poco incoraggiante. Era stata rifiutata dalla Commedia, poi da altre cinque case di produzione. Poi Beaumarchais era stato preso sotto l'ala da Hernandez e due settimane dopo la Commedia aveva mandato un messaggio, in cui diceva che avrebbero anche potuto ripensarci se Beaumarchais avesse tagliato la sceneggiatura di una ventina di pagine. Fatti i tagli, la sceneggiatura venne inviata all'ufficio censura del governo, dove giaceva in sospeso a tempo indeterminato. E Beaumarchais era sempre allo stesso punto – ci stava lavorando. Adesso non sempre Hernandez rispondeva alle note che gli mandava. Continuavano ad arrivargli voci secondo cui Hernandez lavorava con altri scrittori.

Magari, pensava, avrebbe finito per morire di malnutrizione. Gli venne in mente che forse soffriva di qualche malattia. Di recente aveva provato a tenere un diario, ma aveva smesso perché odiava scrivere a titolo personale, senza la moltiplicazione dei dialoghi.

Forse era per questo che piaceva a Celine, o quanto meno che le stava simpatico. A un certo punto quella sera – Celine se lo sarebbe ricordato per sempre – si era appoggiata alla parete ad ascoltare il brusio sommesso delle conversazioni, guardando la compagnia che aveva radunato. C'era un'atmosfera randagia e underground, mentre quegli uomini provavano a descrivere mondi e futuri mai immaginati – ed erano astrusi, come tutte le composizioni collettive, tanto che passando dall'uno all'altro era difficile dire che cosa avessero in comune. Solo minimi frammenti e indizi: *dovete provare i narcotici della Martinica – una lunga rivoluzione – è...*

Era tutto un gioco di smarcamenti, salti, arguzie, rimandi, voli pindarici.

Per lei era uno stile linguistico nuovo, quindi allettante. Beaumarchais, per esempio, le espose mestamente questa sua teoria per cui lui non capiva proprio perché fare tutta quella fatica per metterlo al mondo, se quella fatica doveva finire sprecata. Era prossimo ai quaranta, spiegò, ed era anche una creatura quanto mai preziosa e fragile, qualcosa la cui creazione aveva richiesto anni di preparazione e di studio – non solo studio, ma anche viaggi, persino le malattie avevano contribuito alla sua formazione, e gli spiaceva moltissimo che, come lei poteva vedere, fino ad allora quegli sforzi non avessero liberato tutto il suo potenziale. Lo disse con tale sincerità e scoramento che Celine si rese conto che le stava simpatico.

– E quale sarebbe il massimo dei massimi? chiese Celine.

– Per me? disse Beaumarchais. – È *questo*. Beaumarchais ha qualcosa che vogliono tutti, lo so.

– Hai solo bisogno di un'occasione, disse Celine.

Beaumarchais si fermò e la guardò con sincera e profonda riconoscenza.

– Proprio così, fece lui. – Anche se prima ho bisogno di un bagno, un taglio di capelli e una dormita di una settimana.

Erano ossessionati dalla novità e dall'originalità. Si scagliavano contro qualsiasi cosa scrivesse chiunque altro, e lei capiva che l'unico motivo per cui non si scagliavano su ciò che scrivevano i presenti era perché erano presenti. Può darsi che fosse solo invidia e dunque una cosa disgustosa, ma può anche darsi che tutti loro avessero una passione viscerale per la letteratura in quanto ideale. Forse anzi le due cose coincidevano. Sembravano ritenere possibile che un'opera sopravvivesse per molti anni, magari addirittura per sempre, come se ciò che non sopravviveva fosse privo di valore, ed era davvero singolare constatare quanto appassionatamente fossero convinti che il valore fosse legato all'eternità. Per tutti loro c'era qualcosa di molto romantico nell'idea del futuro, e pensavano che il modo di accedere a un'esistenza futura fosse produrre opere. Solamente un'opera poteva esistere al di là della dimensione temporale del proprio arco di vita. Quando una persona parlò di un romanzo che stava scrivendo, Beaumarchais chiese se la cosa a cui stava lavorando fosse qualcosa di *totalizzante*. Bisognava che ci fosse dentro tutto, disse Beaumarchais, perché nulla sarebbe durato per sempre a meno che non ne andasse della vita dell'autore. Si intromise qualcun altro, chiedendo in quel caso che cosa ne pensasse Beaumarchais della forma. Oh, la forma, rispose Beaumarchais, ci voleva anche quella. Ci voleva tutto.

Difficile capire, si disse Celine, se con loro stesse accrescendo il suo potere o meno.

11

Per qualche settimana a casa di Celine andarono a conversare solo Beaumarchais e la sua cricca. Si ritenevano tutti pensatori superiori, e forse nel loro amore per la giustizia erano veramente superiori, ma non sapevano che Celine voleva la giustizia più di ogni altra cosa. È sempre bello avere vent'anni, scrisse uno di loro molto tempo dopo in un libro di memorie pubblicato quando ormai erano quasi tutti morti, ma avere vent'anni in quell'epoca era per le persone una benedizione e una felicità doppia: perché sapere che stai forgiando il futuro è un tipo di depravazione facile facile. Amavano le feste sfrenate. Quando Celine aveva concepito quel progetto insieme a Marta, pensava a feste eleganti, alla moda. Invece alla fine degeneravano sempre nel casino, nell'invidia e nella delusione, belle floreali e baciate dall'insuccesso, e lei scoprì che quell'atmosfera le piaceva persino di più.

E poi successe qualcosa di nuovo. Per Beaumarchais e i suoi amici era così raro trovarsi al centro della scena che parlavano a tutti quelli che incontravano dei grandi rapporti che stavano tessendo. Pian piano, le feste guadagnarono una certa fama, quanto bastava perché nella mente delle persone celebrità e notorietà superassero il pericolo. La sala divenne affollata e acre. Adesso era difficile sentire quello che dicevano le persone. Trovare i propri amici era decisamente un'impresa. Rischiavi di perderli in quella baraonda. A volte ci si doveva accontentare di chi avevi vicino, sperando che parlasse la tua lingua.

Cominciò a formarsi un ensemble: qualcosa di collettivo e indistinto. A casa sua arrivavano romanzieri, sceneggiatori, attricette, traffichini, schlemiel, saggisti, collezionisti, commercianti d'arte, accademici, agenti, librettisti, giovani pittori di ritorno da un viaggio, filosofi, cantanti, poetastri da strapazzo. Qualcuno si portava da mangiare. Un émigré polacco, un militare, si portava dietro il suo samovar perché, diceva, non si fidava di come facevano il tè da quelle parti. Parlare con lui era piuttosto complicato perché trovava complicata la lingua. Si avvicinò a Celine, le fece un cenno col capo e disse: *Il presente estremo*. Lei lo trovò vago per non dire incomprensibile, ma anche impossibile da dimenticare.

Era tutto affascinante e disorientante, un vivaio dove si sviluppavano storie. Una sera Celine vide passare Ulises, il piccolo diplomatico madrileño che secondo Marta poteva essere un elemento utile ai loro piani. Celine gli sussurrò qualcosa nell'orecchio, che lui in realtà non capì, poi pescò dal suo vestito il messaggio di Sasha, con le parole incriminate su Antoinette, e glielo porse, quindi si allontanò, lasciando Ulises confuso, accanto a un politologo, in silenzio, a cercare il modo per sbirciare il biglietto di Celine, quel pezzetto di carta che lui sperava fosse un messaggio in qualche modo sessuale, mentre il politologo lo fissava, immusonito, la glassa rosa della torta sulla punta delle dita.

Quando aveva cominciato, Celine pensava alle feste come a un modo per trovare gente che scrivesse in sua difesa, o per esprimersi in maniera più pubblica. Voleva crearsi un'immagine, così che non fossero gli altri a crearla. Ben presto si rese conto che l'immagine che gli sconosciuti si erano fatti di lei era molto più articolata di qualsiasi cosa quegli scrittori potessero inventare. Ma nel frattempo aveva scoperto di aver inavvertitamente acquisito un potere persino maggiore e inaspettato: non semplicemente un'immagine, ma un *medium*, un luogo dove le immagini prendevano vita.

L'universo in miniatura su cui regnava era immensamente attraente, come può essere attraente un night a numero chiuso. Prese una per una, dicevano tutti, si sarebbe detto che le sue feste finissero sempre in modo disastroso, ma nel loro insieme producevano qualcosa di bello e permanente, perché davano luogo a una realtà. Nelle conversazioni che si creavano in quelle feste prendevano forma impressioni su altre persone che erano indelebili, e quindi non c'era alcun bisogno di *scrivere* nulla. Come quella volta che andarono avanti a bere fino alle sei del mattino. E quando Catone scese giù al negozio per fare rifornimento di caffè, l'amico e nemico di Beaumarchais, Jacob, si alzò in piedi e attaccò a recitare un monologo da una vecchia sceneggiatura. Anche senza l'austera bellezza del brano, sarebbe stato straordinario comunque che ce la facesse, con tutto quello che aveva bevuto. Jacob era esile, nervoso e fisicamente insignificante, e lo sapeva. Capelli di un castano normale, un naso normale, altezza normale, il tutto corredato da una normale pancetta. Si lamentava sempre che la sua fosse una condizione tristissima! Pensava fosse per quello che i suoi scritti non venivano presi sul serio, non aveva una presenza imponente, e così cercava di distrarre la gente con la tragedia del proprio eloquio. Era più o meno a metà del suo monologo quando tornò Catone, bisbigliando che gli americani erano stati massacrati dagli inglesi. Sentendo quelle parole si alzarono tutti e se ne andarono, tranne Jacob che, indifferente alla notizia o semplicemente indispettito per aver perso il suo pubblico, continuava a declamare. Quando perse i sensi – perché nelle ultime sedici ore era andato avanti ad alcol e sigarette e nient'altro –, era rimasto solo Catone, che gli fece un perfetto bendaggio alla testa, perché sanguinava profusamente.

E insomma andò a finire che quelle feste non furono più feste solamente di scrittori e artisti, ma di gente che si muoveva in ambiti più vasti del mondo: importanti uomini d'affari, burocrati, titolari di fondi assicurativi, fascisti nemici di Sasha, banchieri, manager della pubblicità, radicali di buona famiglia. Tante volte Marta e Julia se ne stavano lì ad ascoltare nella stanza surriscaldata, il vestito sotto le ascelle con due chiazze di sudore dall'effetto stranamente attraente o quanto meno sexy, pensò Celine, che cominciava a godere sempre più di quelle fugaci sensazioni. Nella sala, in ogni punto si dicevano tante parole rapidissime.

Celine cominciava a pensare che la festa fosse una forma d'arte, come pure lo era la conversazione: assoluta, esigente – e non adeguatamente valorizzata, trattandosi di una forma d'arte sviluppata dalle donne. Vent'anni dopo, su nel nord dello Stato di New York, sul lastrico e in esilio, uno dei tanti che vi avevano partecipato le disse che le sue feste erano così straordinarie perché erano eccessive: tutti parlavano di territori di frontiera, sistemi postali e alleanze internazionali. Lei la vedeva un po' diversamente, rispose Celine. A quel tempo, disse, la sua vita era come una sorta di lento risveglio. Era la vita di una persona che si sveglia e molto lentamente capisce *il mondo in cui si trova*.

Le feste erano una scuola serale, diceva Celine.

12

Passò altro tempo, però, e Celine sentì un po' scemare l'entusiasmo. Era un'estate rovente e si sentiva come in sospeso, quasi che ormai fosse successo tutto quello che poteva succedere o che avesse raggiunto l'effetto massimo che poteva produrre. Ci stava, pensava lei, ma che delusione. Finché una sera tutto quel parlare all'improvviso fece materializzare Lenoir, il capo della polizia. Che apparizione magica! E tutto a un tratto Celine pensò che quello forse era il vero accesso alla fonte.

Lenoir era famoso per la repressione, non soltanto su una città ma su di sé, anche se poi si scoprì che non per questo gli dispiaceva stare a guardare. E ora eccolo là. Se ne stava volentieri al bar da solo, a rollarsi sigarette. Celine andò a parlargli. Gli piaceva pure parlare di sé, della sua infanzia nelle province. Erano poveri ma onesti e felici, disse. Celine replicò che lei della sua infanzia non ricordava granché. Nemmeno loro erano ricchi, disse. Si ricordava sua madre che suonava il piano, in una stanza piena del vapore dei panni stesi ad asciugare sulla stufa. Esattamente, disse Lenoir, o così capì lei. Ai tempi della scuola di polizia si era mantenuto vendendo riviste scientifiche. Andava sempre a trovare i suoi una volta al mese.

Sembrava che Lenoir la trovasse simpatica.

– Volevo dirti, disse Lenoir. – Volevo dirti che sono assolutamente con te. Le cose che scrivono di te. Non gli do mai nessun credito.

– Me lo dicono in tanti, disse Celine. – Cioè, me lo dicono *in privato*.

Lenoir sembrò scosso dalle implicazioni.

– Se potessi fare qualche cosa, le disse. – Se potessi in qualche modo fermare questa...

– Tu sei il capo della polizia, lo incalzò Celine. – Hai la città in mano.

– Ma quelli non sono in città, ribatté Lenoir. – Gli scrittori, voglio dire.

– E allora? disse Celine.

Sembrò ferito, come alle volte gli uomini si sentono feriti dalle donne per un niente, neanche fossero delle pesche. Una situazione non nuova per lei, ma era sempre spiacevole. Lasciarono vagare lo sguardo sulla festa, in cerca di pace. Una donna si stava scrutando un grosso livido sul braccio, vicino al braccialetto di platino.

– Ti piace la festa? disse Celine.

– Non mi piace niente, disse Lenoir.

13

Più o meno una settimana dopo, Lenoir tornò a trovarla in privato. La stanza era un cubo soffocante immerso nella penombra. Sembrava ossessionato dall'immagine di Celine, gli era venuta voglia di fare qualcosa per lei.

C'erano molte persone, disse, che non gradivano quegli scritti su di lei, quella pornografia. E così lui aveva abbozzato un piano per scovare gli autori di quelle cose terribili. Si erano accorti di alcuni pattern della distribuzione postale: fili sottili fra certi librai e le autorità portuali. Sembrava, per esempio, che ci fosse un particolare nodo di attività con epicentro a Londra. Avevano informatori secondo i quali i centri di produzione erano lì. Ma infiltrarsi non era facile. Appena scovavano il luogo di produzione, una tipografia o una libreria, quello chiudeva e riapriva altrove. E quindi avevano bisogno del suo aiuto, le disse.

– Il mio aiuto? fece lei.

Era evidente, tuttavia, che per Lenoir quello era un discorso importante, per cui non rispose subito. Aveva portato in dono un enorme gelato di colore verdino, che stava già cominciando a sciogliersi e colare. Aveva una vistosa medicazione sulla fronte. Probabilmente, pensò Celine, una di quelle cose che capitano a chi cerca di reggere uno stato con la violenza, ma la realtà invece era che la sera prima, rientrando tardi dal posteggio dei taxi nella sua nuova casa in affitto, al buio Lenoir era andato a sbattere contro lo spigolo vivo di una libreria di cui aveva dimenticato l'esistenza, procurandosi un brutto taglio sulla fronte... brutto, ma nettissimo, come una stilettata.

– Per la verità, detesto occuparmi di letteratura, disse.

– Come tutti, no? fece Celine.

Si sentiva il vestito incollato addosso. Su un vassoio c'erano dei pasticcini andati a male. Per terra, una coppa di pici cacio e pepe solidificati, che il cane di Marta stava leccando – Marta l'aveva lasciato lì dovendo allontanarsi dalla città per qualche tempo. Intorno, chiuso in casse da imballaggio, un servizio di porcellana appena consegnato, una serie di cerchi e rettangoli con austere decorazioni in blu Klein, che attendeva di essere sistemato sui ripiani bianchi. Tutto questo per dire che i pensieri di Celine erano una nebulosa quanto mai vaga nella quale da qualche parte si chiedeva se forse la persona che stava cercando non fosse proprio Lenoir. Dopo tutto, voleva una vendetta che non fosse soltanto cosmica, ma anche personale.

Lenoir spostò di lato il gelato sciolto.

Il suo piano, disse Lenoir, era mandare uno scrittore a Londra: uno scrittore di cui si potessero fidare, ma che godesse anche della fiducia degli autori locali dei libelli. Era quello il motivo per cui non andavano bene la normale polizia o i soliti informatori. La missione era trovare chi produceva quei libelli, acquistarne tutte le copie e distruggerle. Il problema, continuò Lenoir, era la follia degli autori. Erano inaffidabili. Si seguivano ossessivamente sulle riviste, ma intanto sostenevano di lavorare sempre da soli. Lenoir trovava più lineari gli assassini.

– Potresti mandarci Beaumarchais, disse subito Celine.

Sembrava quasi che nella vita tutto stesse nello scoprire minimi punti di contatto, interfacce fra piani apparentemente irrelati, e in quel momento uno dei punti di intersezione era Beaumarchais. Beaumarchais? Conoscevano già Beaumarchais, disse Lenoir. Lenoir appariva deluso e poco convinto dal suggerimento. Assolutamente, continuò Celine. Era uno sceneggiatore. Non era giovane e non aveva successo. Era quindi benvisto da tutti gli scrittori. Inoltre, era avido di potere e avrebbe fatto qualsiasi cosa per ottenerlo.

– Quindi dovresti mandarci Beaumarchais, disse lei.

14

Celine non aveva pensato a cosa avrebbero fatto gli altri se fosse diventata potente. I suoi pensieri sul potere si erano concentrati su come conquistare una qualche libertà per sé e per le sue amiche. Voleva abbandonare la posizione che tutti si aspettavano mantenesse. Ma ora che stava succedendo, si accorse di diventare più attraente, che nuove persone volevano conoscerla e anche chi la conosceva da tempo la guardava con rinnovato interesse, e così, improvvisamente, eventi insoliti si verificavano con maggiore regolarità e con intensità.

Qualche giorno più tardi, dopo che Lenoir aveva mandato Beaumarchais a Londra, andò a trovarla il suo vecchio amico Claude. Faceva lo scienziato e viaggiava in paesi remoti per raccogliere materiale. I suoi esperimenti e le sue teorie lo avevano portato a intrattenere un lungo dialogo con il padre di Celine. Quindi Celine lo conosceva da sempre: da quando lei aveva dodici anni e Claude venticinque. Gli ultimi li aveva passati in viaggio nell'Oceano Pacifico. Adesso era tornato in città, accompagnato come tutti sapevano da Titere, un interprete specializzato in emergenze conosciuto in una delle isole che aveva visitato, che era diventato nel frattempo una celebrità esotica e super charmante.

Claude era andato a trovarla appena rientrato dal suo ultimo viaggio, e fu interessante perché con lui Celine si era sempre sentita nervosa mentre ora sembrava nervoso lui. Voleva vedere com'erano le sue feste, disse Claude, ma era arrivato nel giorno sbagliato, quando non c'era nessuno. Come sempre, le piaceva quella sua energia da gatto selvatico, anche se come persona lo trovava inaffidabile. Claude non stava mai fermo. Era irrequieto, perverso, malinconico. Portava sempre informazioni sorprendenti che reperiva dappertutto.

C'era una cosa a cui non riusciva a smettere di pensare, disse Claude. Voleva raccontarle questa storia che lui proprio non riusciva a capire, ma magari lei sì. Durante il suo ultimo viaggio a un certo punto era arrivato in un arcipelago, in mezzo all'oceano. A quanto sembrava, erano capitati mentre era in corso una specie di faida fra vari gruppi dell'isola, o forse di altre isole ancora. Era poco rassicurante già solo essere lì. Gli venne voglia di andarsene subito. Poi, disse Claude, poco prima di partire successe una cosa strana. Una donna scelse un uomo e una giovane donna, spiegò loro qualcosa, poi li condusse entrambi sulla spiaggia, davanti a Claude e ai suoi marinai, e qui l'uomo distese la giovane donna per terra e cominciò a spogliarla. La ragazza non sembrava entusiasta. Il suo viso non lasciava trapelare nessuna espressione. Intanto la donna se ne stava in piedi su una piattaforma elevata ricoperta di steli di vetiver a guardare alcuni abitanti dell'isola, che si trovavano poco lontano, fra le onde. L'aria sembrava un pulviscolo azzurro e la linea dell'orizzonte era una sbavatura verde sopra il mare. Poi l'uomo si sdraiò sulla ragazza. Non un gemito di piacere da parte di nessuno dei due. Compunzione generale e prolungato disagio. Claude aveva provato a parlarne con Titere, ma Titere non voleva aiutarlo. Si era limitato a dire che il significato percepito da Claude, quale che fosse, non era corretto e forse nemmeno possibile. Anzi, disse Claude, Titere aveva aggiunto che a suo parere qualsiasi significato non era rivolto né a lui né ai suoi marinai.

Claude aveva portato una bottiglia e un regalo, avvolto in una sciarpa di lino, e con Celine stavano buttando giù alcol in quantità.

Ci capiva qualcosa, lei? Celine non lo sapeva dire. Le sembrava di non poter dare affatto per scontato di capire.

Ma prima che potesse tornare a riflettere sul racconto di Claude, lui spostò l'attenzione al dono che le aveva portato, che le porse con grande enfasi – e lei sciolse la stoffa annodata e tirò fuori un amo da pesca, piccolo ma letale, fatto di osso e metallo finemente intagliato. Anche lui l'aveva ricevuto in dono, disse Claude, da Titere, il suo amico isolano. Ma adesso voleva che lo tenesse lei, un regalo da Claude a Celine. Era un oggetto cerimoniale, disse. Aveva un suo potere.

In mano, l'amo da pesca era sorprendentemente pesante. Lo adorò dal primo momento, come capita che alcuni oggetti si facciano amare e ti facciano venir voglia di prenderne cura. Lo depose su un cuscino, poi si versò un altro goccio.

L'uncino sembrava possedere una sua aura misteriosa. Alla presenza di quell'oggetto da un mondo lontano, sentiva la propria mente farsi leggera leggera e agile, come se l'amo fosse un'antenna. Da giovani, cominciava a pensare, tutto ciò che si conosce lo si conosce attraverso le immagini, ma si pensa che crescendo poco alla volta si vedrà tutto dal vero, e ci vogliono anni per capire che in realtà la maggior parte delle cose, come i vulcani, le tigri o i pianeti, dal vero non li vedremo mai. E lei il vero lo voleva più di ogni cosa.

E così, nonostante in generale trovasse l'idea del corpo maschile difficile e spaventosa, in quel momento Celine pensò che aveva voglia di scoprire che effetto le faceva Claude. Gli si avvicinò e lo baciò. Era come se ciò che cercava non fosse proprio Claude, per quanto le piacesse, ma una particolare sensazione tutta sua, una cosa privata che era stata inaccessibile fino a quel momento. Claude provò timidamente a resistere. Non era sicuro di volerlo, disse. Lei gli piaceva veramente, per cui a meno che le sue intenzioni fossero serie, non era sicuro di volerlo. Celine gli disse di non parlare. Poi lo spogliò quel tanto che bastava. Accanto a loro c'era il letale amo da pesca. In un momento di vertigine, Celine immaginò che le parti fossero rovesciate e fosse lei a entrare nel corpo di lui, a spingersi dentro di lui.

Poi la cosa finì subito.

Dopo, lei cercò di pensare alle proprie emozioni. Si sentiva molto vulnerabile e sensibile. C'erano molti mondi dentro un mondo, e lei quei mondi voleva capirli. Forse dipendeva dal fatto di essere così cosciente della propria difficile posizione in quella che sembrava una rete sempre più colossale. Era perfettamente consapevole di essere complice, ma lo era altrettanto di essere impotente – e le complicazioni che ne nascevano le facevano desiderare una sorta di precisione appassionata del pensiero. Non le interessava fare la snob, la superficiale – proprio come apprezzava il marito di Marta per la sua collezione scientifica, per la serietà che ci metteva. Marta le aveva detto che recentemente suo marito aveva avviato una corrispondenza con George Washington – non tanto per le politiche rivoluzionarie di Washington, ma perché Washington aveva promesso di mandargli le ossa di un animale gigantesco che aveva trovato nelle foreste americane. Era convinto che quella scoperta potesse rappresentare una rivoluzione di più ampia portata, e in una prospettiva universale, pensò Celine, forse aveva ragione.

15

Celine era una donna che si stava spingendo un po' più in là, era la donna che se ne va. Sarebbe però sbagliato pensare che il suo fosse un cammino facile o privo di ostacoli. Ogni volta che muoveva un passo in un mondo nuovo, o in un nuovo spazio, la sua vecchia vita le rimaneva appiccicata addosso! – come una mosca audace che si ritrova le zampe incollate alla carta moschicida.

Una sera, senza che nessuno l'avesse invitato, suo marito Sasha si presentò in quella che un tempo era la loro casa. Celine era in pigiama e stava parlando con Marta. Erano settimane che Sasha non veniva a trovarla. In quei giorni di scandali e maldicenze si era tenuto ben alla larga – dormiva su un divano in ufficio.

Aveva addosso una specie di veste da camera o di tabarro verde scuro – così scuro da sembrare nero, come uno stregone. Era un capo molto bello e tra l'altro gli dava un'aria tenebrosa. Celine gli chiese qualcosa sulla sua *mise*. Sasha rispose che aveva l'ansia a mille. All'abbigliamento non ci badava proprio. Ma chi è che badava all'abbigliamento? Poi cambiò argomento.

– Così adesso ti scopi Ulises? disse a Celine.

– Ulises? Il tipo di Madrid? Sì, certo, è molto *dolce*...

– Lo sapevo.

– Non mi scopo Ulises. Come ti viene in mente questa storia?

– Già, disse Marta, – perché stiamo parlando di Ulises?

– Perché mi ha appena fatto fuori, disse Sasha, – insieme al primo ministro.

– Definisci fatto fuori, disse Celine.

– Cacciato, fottuto, kaput, disse Sasha.

– Saranno solo chiacchiere, disse Marta. – *Possibile che devi sempre credere a tutto?*

– In che senso chiacchiere? Vengo ora dall'ufficio, disse Sasha.

– E vi hanno cacciato tutti e due?

– Assolutamente, rispose lui.

Per qualche secondo nessuno aprì bocca. La stanza intorno a loro si fece una presenza pressante con le sue decorazioni. Sparso in giro, il nuovo servizio di porcellana, che era stato tirato fuori dalle casse ma giaceva impilato sui vari mobili in attesa di essere disposto sulle mensole: i piatti da contorno e quelli da portata, le ciotole da dessert e le fondine da minestra, le tazzine da caffè e i piattini, le tazze da tè e i piattini, le scodelle a due manici, bricchi con coperchio, bricchi senza coperchio, bricchi per il latte, zuppiere, secchielli per il ghiaccio, zuccheriere, teiere, barattoli per il tè...

– Ma, disse Celine, – com'è riuscito a farti fuori, Ulises? Chi è che dà retta a Ulises?

– Perché, disse Sasha, – il primo ministro è stato così stupido da sparlare di Antoinette. Tipo tredici secondi prima che diventasse regina.

– A Ulises? Ha sparlato di lei a Ulises?

– Di come *recita*. E non l'ha detto personalmente a Ulises. Era un messaggio in cui scriveva che se ce la metteva *davvero* tutta, forse un giorno Antoinette sarebbe riuscita a diventare un'attrice mediocre.

– Be', fa abbastanza ridere.

– Ha scritto così in un messaggio per Ulises? chiese Marta.

– *No*, disse Sasha. – In un messaggio che Ulises ha fatto vedere ad Antoinette. E Antoinette, per dimostrare che nessuno può prenderla per il culo, ha dimostrato che nessuno può prenderla per il culo.

– Cioè, fece Marta, lentamente, rivolgendosi a Celine, – può essere che Ulises si sia innamorato di te? Ancora da quella volta che hai lasciato che ti leccasse il...

Sasha fece un balzo in avanti e rovesciò come un pazzo le porcellane sul tavolo, che si ruppero in schegge di forme diverse. Perfino l'aria sembrava terrorizzata. A voce molto bassa, Marta proseguì con compostezza onirica:

– Stavo per dire *gelato*.

A quel punto entrò nella stanza Catone, allarmato dal fracasso, sul momento troppo spaventato per aprire bocca.

– Be', che c'è, sei qui per proteggerla anche tu? disse Sasha.

– Se posso, rispose Catone.

Era una risposta sommessa e perciò bella, e Sasha smarrì il senso di quella sua rabbia. All'improvviso si sentì stanchissimo e disorientato dal mondo, una condizione che può capitare assai frequentemente a una persona. Restò lì, silenzioso e immobile, mentre Celine, Catone e Marta contemplavano la scena in cui si erano trovati coinvolti, non per loro volontà e del tutto inaspettatamente.

– Però, disse Celine, – non capisco: perché te la prendi con me?

Per un bel po' tutti tacquero.

– Ho perso un messaggio, disse Sasha. – Non era per Ulises. Era per me. E io l'ho perso.

Soprappensiero, prese un piatto e lo lasciò cadere. Senza battere ciglio lo guardò andare in frantumi e distruggersi.

– E così adesso sono in esilio, disse.

– Sei a casa tua, disse Celine.

– No, fece Sasha. – Non capisci. Hanno detto che non posso rimanere in città. Devo andarmene entro stanotte.

Di nuovo, tutti tacquero per un bel po'.

– Dobbiamo andarcene tutti e due? chiese Celine.

Sasha era veramente a terra, tutta la rabbia catastrofica era scomparsa – e la cosa strana, pensò Celine, era che tutto ciò non lo aveva reso affatto più simpatico, anzi, soprattutto in quell'outfit da stregone dark.

– Tu vuoi andartene? chiese lui.

– Be', no, rispose Celine.

– Allora no, disse Sasha.

Tacque un momento prima di pronunciare la frase finale.

– Lo so che sei stata tu, disse. – E ti *rovinerò*, tesoro.

16

Era strano che Celine si sentisse a mille? Il pericolo la terrorizzava, ma mandava elettricità nei suoi circuiti. E anzi, più era in pericolo e più voleva puntare a qualcosa di meglio che non la semplice sopravvivenza.

Malignità e malintesi sono elementi costitutivi di ogni universo, pensò. Si dice: *un innocente malinteso* quando in realtà i malintesi sono sempre intenzionali. È molto raro che si faccia lo sforzo di capire qualcuno. Il più delle volte siamo arrabbiati e giù di corda e non capiamo affatto l'altra persona, nemmeno quando ci scriviamo con qualcuno che amiamo – e così spesso solo dopo molto tempo, magari anni, frugando nell'archivio dei messaggi in cerca di qualcos'altro, capita di rileggere una vecchia cartolina e solo in quel momento ci rendiamo conto del dolore che una persona stava cercando di esprimere, dell'amore che qualcuno ci stava offrendo. Nessuno conosce nessuno, o quanto meno facciamo di tutto per non conoscerci. Invece che conversazioni abbiamo chiacchiere, boatos, opinioni, giornalismo, pregiudizio, pettegolezzo: tutte forme del linguaggio prive di peso. E più tempo si passa in mezzo al pettegolezzo, che per molti è l'unico linguaggio che mai conosceranno, più si permane in un nuovo regno che non è ancora stato esplorato a sufficienza dalla filosofia: un regno che non è né dell'apparenza né della realtà, ma di qualcosa che luccica e si scioglie, così come l'aria sembra sciogliersi sull'asfalto di una strada nel deserto. Perché una volta che hai abolito il mondo reale, come una volta aveva sostenuto Julia ubriaca a una festa, be', che mondo rimane? Quello apparente, forse? No! Perché con il mondo reale hai abolito anche quello apparente. Il che rende tutto più sconcertante e molto più soffuso.

Adesso a Celine sembrava che, se voleva sopravvivere, tutto dipendesse da un'attività frenetica. I suoi desideri si stavano espandendo. I vecchi sistemi agonizzavano ma Celine capiva che al loro posto non c'era niente. Per cui tutti correvano in mille direzioni diverse. Alcuni sceglievano di essere senza tempo, e quelli erano gli artisti. Alcuni volevano il potere, e quelli erano banchieri o politici. Altri volevano il futuro, e quelli erano i visionari. Mentre lei, quello che voleva fare era vivere nell'attimo presente con tutta l'urgenza possibile.

Ma più pensava alle proprie mosse, più le si rivelava la sorprendente ampiezza delle forze che aveva contro. Quando si era imbarcata in quell'operazione, pensava che si trattasse di resistere agli autori dei libelli e alla loro pornografia, ma evidentemente il problema era molto più ampio di quanto avesse immaginato: non c'erano solo gli scribacchini prezzolati e i mariti fascisti, ma eserciti interi di uomini che parlavano.

In quei mesi la gente attorno a Celine continuava a parlare, e il tema di conversazione era sempre la violenza maschile o la sua possibilità. La nuova tendenza era segregare le mogli in campagna, completamente sole, per impedire loro di vedere altre persone. Ovviamente, erano tutti d'accordo che fosse una cosa barbara, ma quanto era barbaro chi si lamentava di quelle barbarie! Ovunque gli uomini parlavano di valori universali, ma intanto sembrava che le sole storie universali fossero quelle di donne uccise, stuprate o abbandonate. Il caso sulla bocca di tutti era un processo per omicidio in cui una domestica, un'immigrata, aveva brutalmente ucciso un manager per difendersi: lui l'aveva aggredita dopo che lei era riuscita a sottrarsi a un tentativo di stupro. Per Celine era lampante che, per quanto efferato fosse l'assassinio, nessun uomo avesse il diritto di giudicare quella donna, dato che lei si trovava all'interno di un sistema interamente organizzato da uomini. Non si può costringere ad attenersi a un certo codice morale chi da sempre frequenta l'ingiustizia, e di sicuro a quel codice non si sarebbe attenuto chi l'ingiustizia l'aveva causata. Così come non li si poteva criticare se a volte erano stati conniventi con ciò che dicevano di combattere: come quando Julia le aveva confessato quanto le piaceva che gli uomini le facessero male a letto. La resistenza non può che nascere da ciò a cui si oppone. Ma se si azzardava a dire una cosa simile, anche agli intellettuali radicali e ai poeti, tutti le spiegavano cortesemente che tutto ciò era contro ogni ragione morale, e che la donna che aveva infierito sul manager era una psicopatica e andava eliminata una volta per tutte.

A volte capitavano storie che si potevano raccontare solo ad altre donne. Una sera, per esempio, nell'epoca in cui i giorni sembravano susseguirsi uno dopo l'altro senza variazioni di temperatura né di colore, una caligine torrida e costante, nessuna notizia di Beaumarchais da Londra, Celine andò a cena con Hernandez. Questa storia la raccontò soltanto a Marta e a Julia. Andarono in un ristorante vicino al fiume, un dedalo di bugigattoli e camere private. Hernandez le aveva scritto dicendo che aveva una proposta. Una mattina lei aveva provato a invitarlo per un caffè. Lui aveva risposto che era troppo preso. Dovevano fare di sera. Hernandez cominciò parlandole di quanto gli piacessero le sue feste. Erano un mondo completamente nuovo, disse. In fondo, lei era una producer, come lui. Quindi, continuò Hernandez, aveva pensato che dovevano fare qualcosa insieme – magari co-organizzare una serie di performance, una serie di letture sceniche con attori di grido. A Celine la proposta non interessava, l'ambiente degli attori e il mondo fuori o la annoiavano o la lasciavano perplessa, ma capì di dover fingere educatamente che fosse un'idea intrigante. Prima però che riuscisse a tirare fuori una frase, Hernandez si protese in avanti e la baciò, e lei allora cercò freneticamente di parlargli del completo che indossava. Ma lui le afferrò il braccio come per bloccarla. Una situazione da far paura. Si sentì invecchiare o diventare adulta e fu una sensazione angosciosa, percepire l'esperienza che si accumulava nel suo corpo per non cancellarsi più. Per favore, disse. Non avrebbe mai voluto dover dire quello che stava per dire. Hernandez la guardò assolutamente sorpreso e incuriosito.

– Dire cosa? chiese Hernandez.

– Che non andremo mai a letto insieme, rispose Celine.

Anche se era quello che pensava, si rammaricò della violenza della frase, e avrebbe voluto mitigarla o ridurla, se ne avesse avuto il modo.

Hernandez si alzò in piedi. Era agitatissimo.

– Credi di essere tanto speciale? gridò Hernandez. – Non fare la santerellina del cazzo.

Era stato molto brusco, disse Celine a Marta e Julia raccontando la storia, il passaggio dall'eleganza alla violenza. E lei si sentiva assolutamente vulnerabile, per quanto avesse fatto bene a respingerlo, come fosse minacciata da una forza superiore.

Celine non poteva fare altro che aspettare Beaumarchais e Lenoir. Ma il problema generale, a quanto pareva, la situazione nel suo insieme, era molto più grosso di ciò che potevano risolvere Beaumarchais o un capo della polizia. Era un sistema in espansione. E apparentemente al momento per i sistemi non c'erano soluzioni.

17

Tutto questo naturalmente si verificava in un tempo in cui le cose succedevano nella simultaneità, perché tutto era collegato al resto da piccole reti voraci ed estese, ma non l'avevano capito tutti. Celine l'aveva capito, altri lo stavano capendo, ma molti continuavano a credere che quello che succedeva succedesse soltanto a loro.

Invece ovunque si andavano diffondendo microsistemi, che creavano effetti di interconnessione. In America, gli americani stavano cercando di uccidere gli inglesi ma anche un po' di irochesi e altri ancora. Ma per uccidere tutti gli inglesi che volevano uccidere, dovevano allearsi con gli irochesi. Quindi proliferavano le riunioni di crisi e dall'esito di quelle conversazioni che erano anche negoziazioni dipendevano molti futuri possibili, non solo per le persone che sembravano più direttamente coinvolte, ma anche per tante che al momento non avrebbero mai pensato che quegli eventi potessero riguardarle. Una di queste fu la riunione che si svolse in una foresta dalle parti del fiume Ohio, in una capanna sovraffollata, fra George Washington, un generale americano, e Louis Cook, un capo mohawk. Il tema era il futuro di quella che alcuni chiamavano America e altri chiamavano i grandi territori di caccia. Era venuta giù pioggia per tutta la giornata. All'interno, vapore e puzza di pelli di capra. Washington chiedeva cento guerrieri indiani per aiutarlo nella sua guerriglia. Era lì per conoscere le condizioni di Louis Cook.

Fra di loro c'era Montour, l'interprete. Montour era un meticcio: mezzo francese e mezzo mohawk. Parlava cinque lingue, compreso l'inglese. Come tanti altri, Washington era rimasto sorpreso dall'aspetto di Montour quando l'aveva visto la prima volta, come spesso ci sorprende dover correggere l'immagine virtuale di qualcuno che magari ci si è formati per corrispondenza. A Montour capitava spesso. Il suo nome sembrava francese, e per certi versi era francese, dato che suo padre era un commerciante francese di pellicce, ma sua madre era mohawk e quindi Montour sembrava anche mohawk.

Louis diceva, disse Montour, che se mandava i cento guerrieri, i coloni dovevano rinunciare a ogni pretesa sui territori di caccia a ovest del fiume Hudson. Washington diceva che faceva fatica a capire perché Louis volesse così tanto la terra, disse Montour. Non l'avevano mai *coltivata*. Gli alci, rispose Louis Cook molto lentamente, erano i loro cavalli, i bisonti le loro mucche, i cervi erano le loro pecore, e non sarebbero mai finiti nelle mani dei bianchi. Washington chiese a Montour che cosa stava dicendo. Montour rispose che era complicato. Poi Louis chiese di parlare a Montour in privato. Si misero nel portico, sotto la pioggia sottile. Il capo era sgargiante e meraviglioso, tutto dipinto di azzurro con strisce rosse, nonostante la fascia sudicia intorno alla fronte e i capelli in disordine. Voleva che Washington sapesse che i bianchi erano dei pazzi, disse. Di recente, diciassette uomini bianchi erano arrivati a cavallo in un villaggio mohawk e si erano diretti verso le capanne. C'erano solo donne e bambini, perché gli uomini erano fuori a caccia. Prima avevano dato fuoco alle capanne. Poi avevano ucciso le donne e i bambini. *Civiltà o morte* era il loro slogan, disse Louis Cook. Ora, se la legge era veramente la legge, allora le leggi dovevano fermare quelle persone. E invece no. E allora perché mai lui avrebbe dovuto credere a loro? Che dire, per esempio, di Sycamore Shoals?

Tornarono nella stanza. Montour tradusse tutto per Washington. Quello che era successo a Sycamore Shoals, replicò Washington, disse Montour, non era stata certo una sua idea. Ma comunque, disse Louis Cook. Quei figli di buona donna. Washington chiese che cosa avesse detto Louis. Montour rispose che non era niente. Washington, che si arrabbiava facilmente, si mise a urlare che lui doveva sapere tutto quello che veniva detto.

Montour si stava rendendo conto di una cosa che anche

Celine, insieme forse a qualche piccolo gruppo di persone su questo pianeta, cominciava a capire. In quel mondo, un mondo di sistemi in espansione, a Montour il suo lavoro di interprete piaceva sempre meno. Gli toccava continuamente trovare un modo di girare la frase, una formulazione che rendesse le parole accettabili a tutti. Solo che non ci riusciva. Persino i nomi erano impossibili. L'uomo che Washington chiamava Louis Cook, per dirne una, lui l'aveva sempre conosciuto come Akiatonharónkwen. Tutto ciò aumentava lo stress del suo lavoro. Washington chiese se Louis si fosse ricordato delle ossa. Montour non capì. Le ossa di mammut, spiegò Washington, che avevano trovato al Dry Lick Spit. Quelle che gli servivano per le sue ricerche. Montour cercò di spiegarlo a Louis, che chiese perché quell'assassino gli parlasse di ossa. Lascia perdere le ossa, gli disse Montour in kahnawake.

Per un lungo momento, rimasero tutti in silenzio. Louis Cook si sentiva solo, una sensazione che detestava. Soffriva la mancanza di solidarietà. Scegliere con chi allearsi era sempre difficile. Alla fine, dichiarò che l'accordo era fatto. Mentre si allontanavano, disse qualcosa a Montour. Washington chiese che cosa gli avesse detto. Montour rimase zitto un attimo, poi tradusse.

Akiatonharónkwen aveva timori per il futuro, disse Montour.

18

Più potere guadagnava e più Celine si rendeva conto di quanto poco ne avesse in realtà. Stava scoprendo che magari hai potere in un certo contesto e zero in un altro. Fare mosse era un'operazione molto delicata.

Resistere in questo mondo senza la protezione di qualcuno che contava era troppo aleatorio, a quanto pareva. Il potere era una collaborazione, una serie di cause astratte e di effetti ritardati – e se le cose stavano così, disse un giorno a Marta, cominciava a pensare che dovevano fare un'altra mossa. Non sarebbe bastato neanche veder tornare Beaumarchais da Londra vittorioso. La violenza contro di loro non sarebbe cessata. Un'altra mossa tipo cosa? chiese Marta. La emozionava sempre sentir parlare Celine, perché le faceva pensare che forse il mondo era più disponibile e più aperto al loro coinvolgimento. Le dava speranza, e lei amava la speranza più di ogni altra cosa.

Ora che il primo ministro era fuori gioco, disse Celine, si apriva un varco. Forse la priorità era che il nuovo primo ministro fosse qualcuno del loro entourage. Suonava super politico, rispose Marta, che non si aspettava considerazioni simili dalla sua amica. Era impressionata e quasi intimorita perché le sembrava di vedere l'amica indurirsi sotto i suoi occhi, diventare qualcosa di inatteso che richiedeva lo sforzo di immaginarla da capo. Ma era quello il modo di pensare che gli serviva ora, disse Celine. La storia di difendersi da sole era complicata, lunga e faticosa.

Marta ci rifletté un bel po'. Voleva essere uguale alla sua amica, anche in quella sua nuova durezza. Il problema era, faceva notare, che per quanto conoscessero molte persone, quelli che si potevano definire amici erano pochi. Pochissimi quelli di cui ci si poteva fidare. E buona parte di loro erano scrittori. Ma che cosa ne pensava di Rosen, l'esperto di finanza? chiese Celine. Vero che era l'unico che conoscevano ad aver avuto successo nel mondo adulto, ma forse era perfetto. Sincero, generoso e intelligente, anche se pareva che molti ne fossero terrorizzati. Di statura imponente. E poi, pensò lei con leggerezza, forse senza nemmeno sapere fino a che punto lo pensasse veramente, Rosen era un po' il tipo di adulto con cui avrebbe sempre desiderato vivere, nella sua deprimente infanzia. L'idea le piaceva tantissimo, disse Marta. Il problema però, continuò, era come procurargli il posto. Le opzioni erano limitate. Il loro potere era solo verbale.

– E non basta? disse Celine.

Gli uomini avevano magari il privilegio di tessere complotti fra azioni eclatanti, viaggi internazionali e traffico di armi, disse. Ma i loro potevano essere altrettanto efficaci, per quanto apparentemente più sottili, perché avevano un medium proprio, liquido ma esplosivo. E molto delicatamente, quasi planando – per dire con quale leggerezza emerse quel pensiero – le tornò in mente l'idea di Hernandez delle letture sceniche e delle feste con performance.

Non dovevano dimenticare che loro avevano una scena, disse lei, e la scena è sempre un'attrazione per la gente. Quindi bisognava mettere in piedi una lettura scenica. Marta disse che era perplessa. No, ascolta, disse Celine. Che cosa piaceva ad Antoinette più di qualunque cosa al mondo? Marta rispose che era piuttosto chiaro, il sesso, lo amava più di qualunque cosa al mondo. A parte quello, disse Celine. I vestiti, disse Marta. I giochi di ruolo. E, disse Celine, in segreto Rosen continuava a finanziare sceneggiature. Amava più la letteratura che gli affari che faceva con governi e aziende. Ed ecco, aggiunse con tutto l'entusiasmo che accompagna le grandi ispirazioni, come avrebbero fatto incontrare Rosen e Antoinette. Potevano recitare insieme in una lettura scenica, disse, e avviare una conversazione sulla scrittura di una sceneggiatura, che poi era la cosa che adoravano più di tutto, più dell'amore, più dei soldi. Dopo di che, da quel momento il resto lo avrebbe fatto Antoinette, nelle riunioni di consiglio e nelle commissioni di nomina. Dovevano soltanto trovare la sceneggiatura giusta, disse Celine, ma venne interrotta da una sensazione di bagnato sulla pantofola e abbassando lo sguardo vide la cagna di Marta accovacciata sul sedere che lasciava lunghe chiazze di piscio sul tappeto con assoluta nonchalance, come se fosse del tutto inconsapevole del liquido che le fuoriusciva da sotto il ventre. Guardò Marta, che si strinse nelle spalle.

– È un animale, disse Marta. – Non capisce che cosa vuol dire *dentro*.

Celine cercò di concentrarsi. Accanto a lei c'erano i resoconti di Beaumarchais da Londra, in quella sua calligrafia sorprendentemente bella. Che ne dici di Beaumarchais, fece lei, e della sua sceneggiatura messa al bando? Marta era preoccupata perché non sapevano nemmeno se Beaumarchais fosse capace di scrivere. Lei l'aveva letta la sua sceneggiatura? Celine scrollò le spalle. Doveva pur esserci un motivo se ci stava lavorando da sempre, no? Ammesso poi, ribatté Celine, che ci fosse qualcuno capace di scrivere.

Marta sorrise e tolse un puntino di mascara sotto gli occhi di Celine.

– Sei la reginetta del ballo, disse Marta.

E fu come se l'aria fra loro luccicasse, pensò Celine, come quando qualcosa sta per affacciarsi alla vita.

19

Sembrava che l'universo avesse voglia di adattarsi a quella nuova forma che stavano creando e volesse darle dimora. Dopo una serie di belle giornate, Lenoir arrivò annunciando che i libelli erano una cosa del passato.

Celine e Lenoir uscirono a camminare sul lungofiume. Il fiume era di un colore. Il cielo di un altro. Celine si stava concentrando su queste cose. Intanto Lenoir le raccontava la storia di come Beaumarchais aveva fatto quello che aveva fatto nella città dall'altra parta dell'oceano, e parlando le consegnò una lettera di Beaumarchais in cui Beaumarchais scriveva frasi confuse ma interessanti su come avesse cominciato a credere che quanto stava accadendo lì in realtà fosse un possibile futuro luminoso per tutta la scrittura, come se laggiù in quella città le parole stessero diventando una cosa completamente immateriale, senza più alcun riferimento alla realtà, e le immagini che evocavano fossero solo un miraggio, qualcosa di esorbitante e anche immateriale.

Tutti i libelli erano stati dati alle fiamme, disse Lenoir. E il contatto che li aveva messi sulle tracce di chi li produceva – questo era l'aspetto più bizzarro di tutta la storia, disse – era un'ex appartenente al corpo diplomatico del governo, famosa per essersi rifiutata di dire se fosse un lui o una lei. Sembrava che la gente avesse cercato di dare una risposta a quella domanda, disse Lenoir, senza però riuscirci. Ora, vari eventi avevano indotto il governo precedente a considerare pericolosa quella persona, proseguì Lenoir, e a vietarle di rientrare in patria. Per un po' aveva quindi vissuto in esilio, facendosi una fama da hippie per il suo indefinibile orientamento sessuale e anche per via delle poesie, piccole liriche che passavano di mano in mano col copia e incolla. Ora però quella persona desiderava tantissimo tornare, ed era per quel motivo che era andata da Beaumarchais proponendogli un accordo. In cambio di informazioni sugli scritti contro Celine e le sue amiche, chiedeva che le consentissero di tornare da questa parte dell'oceano e di vivere da quel momento in poi semplicemente come una donna.

– Non mi sembra una storia poi così assurda, disse Celine.

Di là dal fiume si udì un forte rumore. Alzarono entrambi lo sguardo sull'edificio di fronte. Era soltanto un uomo sul tetto che sparava ai piccioni con una pistola.

– Davvero? fece Lenoir.

– Neanche un po', disse Celine.

E continuarono a camminare.

Era molto importante gustarsi la felicità, pensava Celine, almeno quando si era nella condizione di farlo. E di sicuro quello era un momento in cui si poteva pensare che qualcosa negli assetti dell'universo stesse cambiando in suo favore, per questa scoperta che i libelli erano stati distrutti, e che il suo sconosciuto alleato era una persona che aveva un pensiero suo rispetto alla situazione in cui si trovavano tutti quanti, cioè avere un corpo che gli altri volevano possedere o quanto meno definire.

Il fiume era turchese. Il cielo rosa e verde chiaro. Era bellissimo, e si sentì piena di speranza, per esempio di poter mettere mano ad attività mai provate prima, e pensò che ci sarebbero sempre state nuove attività, in una lunga e ininterrotta catena.

20

Quella sera Celine e Marta stapparono una bottiglia di bollicine e se la bevvero a canna. Fuori c'era una pioggia tropicale che lustrava le foglie come seta. Era uno di quei momenti in cui le rane venivano a galla negli stagni, ammiccando nella luce grigia con i loro occhi gelatinosi. Faceva caldo e pioveva ovunque, il che rendeva gli ambienti al chiuso lievi e gradevoli. In un mondo a mollo, un oggetto era una povera cosa isolata.

Celine aveva la testa in grembo a Marta. E Marta, con il capo chino su di lei, la accarezzava. Era una cosa affettuosa, intima e accessibile.

Sempre più Celine vedeva che le conversazioni con le sue amiche erano tutto il contrario di quelle con gli uomini, dove c'era sempre un certo squilibrio di potere – e questo a prescindere da tutte le altre eventuali differenze – per cui una donna, anche se trovava molto divertente la compagnia dell'uomo con cui stava parlando, come Claude o anche Beaumarchais, doveva sempre badare a essere *simpatica*. Celine preferiva conversazioni in cui non ci fossero costrizioni di sorta, e apparentemente per le donne questo poteva verificarsi soltanto fra donne, e nemmeno con tutte, ma solo con alcune.

Le conversazioni che le piacevano di più erano quelle con Marta. Non c'era dunque da stupirsi che, da tanta vicinanza animale e adattabilità, nascesse qualcosa di fuori dall'ordinario.

– Hai due occhiaie enormi, disse Marta. – Hai bisogno di dormire.

– Le occhiaie sono sexy, disse Celine.

Con la bottiglia in mano, Marta le porse uno specchietto. Celine si guardò.

– Non sembrano sexy, disse Celine.

E così dicendo, Marta si chinò e la baciò.

Era un gesto piccolo, ma non appena compiuto mostrò le sue vaste implicazioni – e d'altra parte è ciò che succede su questo pianeta, cose che sembrano impossibili prima che accadano ma che un attimo dopo assumono densità di significato e prospettiva futura. Celine aveva le labbra secche, ed era una sensazione particolare, il contrasto fra la lingua umida di saliva e la secchezza delle labbra. Marta guardò Celine negli occhi e Celine percepì il suo odore come non lo aveva mai percepito prima. Era stranissimo sentirsi così vicina a una persona, conoscerla a fondo come lei conosceva Marta, e ora aggiungere anche quel tipo di vicinanza fisica. Era assolutamente logico ma allo stesso tempo anche straordinario.

Continuarono a baciarsi. Poi sentì le dita di Marta che la toccavano, risalendo lentamente le cosce fra le gambe, e le venne voglia di fare a Marta quello che Marta stava facendo a lei.

La cosa che le piaceva con Marta era che la conversazione era sempre rilassata, e sembrava che anche così, con meno parole, fosse lo stesso. Era tutto un gioco fra il dentro e il fuori. Si scoprì a inarcare il corpo verso Marta, mettendole una mano sulla spalla per puntellarsi. Era incredibile che quel piacere fosse lì a portata di mano, e che ci avessero vissuto accanto per tutto quel tempo. Per un momento aveva avuto paura di vergognarsi – di quello che stava facendo o del proprio odore, di questa fragilità fra due persone. Poi Marta ritirò le dita, se le leccò, sorrise. E anche Celine sorrise smisuratamente.

Quanto le piaceva, disse Marta toccandola delicatamente fra le gambe quando ebbero finito, che i peli, asciugandosi, si facessero come ispidi. Poi vi premette contro la mano di Celine e la tenne lì, e fu come, pensò Celine, se con quel gesto o con quella scena avessero preso la decisione di costruire una cosa delicata e precaria ma anche apparentemente invulnerabile – così come sembra invulnerabile un nido di vespe che invece è fatto solo di cellulosa tenuta insieme dalla saliva. Una cosa fragile ma nuova, e le novità, come si sarebbe visto, potevano essere una forza superiore. Perché nessuno poteva distruggere qualcosa che nemmeno loro due riuscivano a immaginare.

21

Intanto le rappresentazioni teatrali, i romanzi e i poemi epici si stavano facendo sempre più violenti. Ormai tutte queste forme artistiche avevano sviluppato un'ossessione comune per le donne e la cosa pareva significativa, visto che in generale le conversazioni fra donne sugli uomini ora avevano un tono diverso: di stupore ma anche di irritazione. In quelle conversazioni spesso si ritrovavano a discutere di una nuova teoria che qualcuno già chiamava la teoria del *libertino*. Gli uomini le credevano dedite alla ricerca di un ideale di piacere e che quell'ideale trovasse la sua espressione nei romanzi, nelle lettere, o nel dialogo, un luogo dove ogni voce potesse essere udita.

Quegli uomini le ritenevano delle radicali, ma Celine sentiva che non bastava, o che era incoerente – come se quell'ideale di trasparenza nascondesse qualcosa di male. Essere donna aveva sempre voluto dire essere in una gabbia, ma quella condizione, per quanto terribile, in qualche modo era stata anche un porto sicuro – in gabbia sì, ma vezzeggiate, come un flauto nella sua custodia di velluto. E adesso veniva fuori che provare a uscire da quella gabbia era un trauma persino più grande. Perché ovviamente Celine capiva la teoria che la accusavano di seguire. Anche lei voleva ricercare la felicità in tutte le maniere possibili, ma se non eri disposta ad assecondare i desideri della gente, e per gente intendeva gli uomini, bastava niente perché la cosa venisse considerata una prova di puritanesimo, se non addirittura di misantropia, e all'improvviso ti ritrovavi addosso un'accusa di crudeltà, come se il solo fatto che un uomo provava qualcosa per te comportasse un obbligo da parte tua di prenderti cura delle sue pene *perché gliele avevi provocate tu*, quando naturalmente era tutto sotto il suo pieno controllo. Con Claude per la verità aveva trovato una possibilità di conversazione, perché dopo l'unica volta che erano stati a letto insieme, quando poi a una festa Claude si era avvicinato con un bicchiere in mano e lei si era mostrata esitante, erano riusciti a stabilire, con gentilezza e garbo, che non sarebbe successo mai più.

– Lo so, lo so, fece Claude. – Che cos'è una donna?

– È una barzelletta? chiese Celine.

– Una persona a cui tutti i giorni tocca dire di no agli uomini, disse Claude.

Lo aveva detto con tanto garbo che da quel momento in poi poterono piacersi senza desiderio, forse la miglior condizione possibile da stabilire con un uomo.

Eppure, ormai tutti pensavano di scrivere sul desiderio, la leggerezza e il piacere, e invece scrivevano sul dolore, pensava Celine con impulsi omicidi. Un giorno, leggendo una nuova rivista lanciata da Jacob, la sua ultima iniziativa dedicata all'urgente e al contemporaneo dopo il fiasco delle sue sceneggiature, delle poesie e degli articoli filosofici, Celine ebbe una visione.

– Lascia che ti spieghi, gli disse. – So che vuoi un contesto più moderno possibile. Lo voglio anch'io. Questo però vuol dire che voglio astronavi e politici radicali. E soprattutto voglio la prospettiva del cambiamento. Magari anche qualche battuta. Allora: *chiedo troppo*?

Il fatto che Jacob sembrava non riuscire a capire era sconfortante, ma sempre meno di quanto lo fosse prima, perché adesso lei poteva costruirsi uno spazietto traballante ma tutto suo, al riparo da quelle trappole e quei disastri, che era lo spazio che stava costruendo con Marta, piccino e improvvisato. Capiva che a molti, forse a tutti, quello che facevano potesse sembrare perverso, ma lei era di un'altra opinione. C'era molta più perversione, pensava, in tutte le varie abiezioni che uomini e donne sviluppavano fra loro.

Marta e Celine presero l'abitudine di starsene tranquille in campagna. La campagna era sempre lì. Era un luogo di piacere. Si sdraiavano vicino a un lago, ai piedi degli alberi, per terra, insieme a funghi invisibili che spuntavano dal suolo. Le foglie erano piccole forme plastiche contro il cielo. Vicino all'acqua c'era quasi fragore: le canne ostacolavano la leggera corrente creando gorghi e mulinelli e, in ogni albero, animali invisibili zampettavano e scorrazzavano. Era un'unica composizione di piccole voci. E tuttavia, pensò lei, chiamavano silenzio anche quella, perché nessuno dei suoni era prodotto da persone.

Meno usavano il linguaggio, o lo usavano solo per divertimento, più felicità si produceva. Nelle mattine luminose facevano un gioco che avevano inventato loro, una sciocchezza con parole e immagini. Marta prendeva una rivista e faceva vedere a Celine un'immagine, nascondendo la scritta che la accompagnava, e Celine proponeva qualche parola di commento. Per esempio, un uomo nudo incastrato nella finestra di un bagno che cercava di scappare:

– Sentimenti? Tutte stronzate, diceva Celine.

Oppure una donna nuda su un letto disfatto che parlava con un uomo:

– Non sei una reginetta di bellezza, diceva lei.

Era molto interessante vedere quello che le parole facevano alle immagini. Fra le une e le altre veniva fuori qualcosa che non era né immagine né parola, ma tutte e due insieme.

Celine aveva vissuto per tanto tempo in un certo tipo di mondo, e trovare un modo per rifiutarlo era a un tempo sorprendente e ritemprante – un po' come, disse una volta a Julia, aprire la porta e accorgersi che c'è stato un temporale e uscire nel mondo fuori che ti accoglie meravigliosamente lavato ed elettrico.

Un altro dei loro giochi era che ognuna raccontava la propria storia.

Com'era cominciata? chiese Marta. Celine disse che si erano conosciute a una festa, e Marta sosteneva che la colpa di tutto ciò che non andava nel mondo era che non facevano studiare le ragazze, e Celine aveva pensato quanto era cool. E poi che cos'era successo? chiese Marta. Poi erano diventate amiche, rispose Celine stringendosi nelle spalle, e tutti parlavano continuamente di Marta e di quel ragazzo, quello con un terribile problema all'occhio. No, c'era il negozio di moda, la interruppe Marta. Erano nel negozio di moda, convenne Celine proseguendo, stavano guardando dei vestiti in attesa del taxi, nevicava, la neve era quasi nera, e Celine aveva chiesto a Marta se le succedeva mai di prendersela per quello che gli altri dicevano di lei, e lei aveva risposto di no, perché non si dovrebbe mai contare sull'affetto degli altri.

Se ne stavano sdraiate, a parlare, a volte si leccavano delicatamente il viso l'una dell'altra. I seni di Celine erano diventati come due sassolini per via del vento. A tratti Marta si chinava e dava un bacio a Celine e ogni volta Celine pensava a quel mistero, quel momento in cui due persone andavano al di là di un piccolo confine, o di una convenzione, così come la loro amicizia talvolta si estendeva ai loro corpi. Superare quei piccoli confini richiedeva grande delicatezza.

– Perché ti piaccio? disse. – Sono praticamente una tredicenne. Oggi non mi sono messa le calze. *Mi sono svegliata e non ho trovato un paio di calze.*

E Marta scosse leggermente la testa, poi ripresero a baciarsi e a toccarsi fino a che poi Marta non distolse lo sguardo per concentrarsi, e in tutto ciò Celine pensava che le piaceva quell'essere egoista di Marta quando faceva sesso, e non le importava, perché era la stessa concentrazione che dedicava agli altri. E Celine pensò che se mai esisteva una teoria sul piacere e su chi capiva il piacere, doveva essere più o meno così: una persona che riusciva a pensare con la stessa intensità al piacere altrui come al proprio.

22

Il titolo provvisorio della sceneggiatura di Beaumarchais, rifiutata e riscritta talmente tante volte che ormai pareva aver sviluppato emozioni e una storia proprie, piena di malinconia e di malintesi, era *L'inutile precauzione*. Non appena Beaumarchais fu di nuovo in città, Celine gli chiese di incontrarsi – per convincerlo a lasciarle organizzare un reading della sceneggiatura, in privato, per gli amici.

Gli fece la proposta nella soffice atmosfera di casa sua. Piccole candele spandevano semicerchi di luce arancione sui disegni dei tappeti e sulle piante ornamentali. Beaumarchais si allungò per prendere una ciambella da un vassoio di porcellana ma si rese conto di essere infossato nel divano più molle che avesse mai visto e dovette issarsi fra un impaccio di cuscini. La cosa accrebbe il suo senso di spaesamento.

L'idea, gli spiegò lei, era di allestire il reading lì, in quella stanza. Beaumarchais si guardò attorno, le candele, le begonie e gli specchi. Con Antoinette e Rosen, aggiunse lei, la più potente e il più ricco, nel ruolo di protagonisti.

In quella casa era tutto caldo, aromatico e lindo, e al tempo stesso in qualche modo forestale. Per Beaumarchais era tutto molto eccitante e disorientante. Lui credeva seriamente nell'arte come qualcosa di puro per non dire sacro, e non si lasciava turbare dal fatto che nessuno capisse o apprezzasse ciò che scriveva, anche se sicuramente la cosa gli bruciava parecchio. Ci aveva fatto il callo, e così pure alla relativa indifferenza. Gli spazi in cui doveva svilupparsi l'arte, questa cosa fredda ed eterna, erano sempre molto più caldi e accoglienti di quanto forse l'arte stessa avesse mai voluto. E Celine capiva le perplessità di Beaumarchais ma voleva anche rassicurarlo. Voleva fare qualcosa per lui, diceva, dopo tutto quello che lui aveva fatto per lei. Uno dei suoi princìpi fondamentali era dare sempre una mano agli amici. E lo diceva sinceramente, al di là della personale caterva di altre ragioni.

Beaumarchais chiese timidamente se qualcuno non dovesse discuterne prima con l'ufficio censura. O se lei magari non volesse leggere la sceneggiatura prima. E se le faceva schifo? le chiese lui. Comunque, aggiunse, naturalmente lui era disponibilissimo a riscrivere tutte le parti che lei gli avesse indicato. Riscrivere! disse Celine. Era convinta che la gente non avesse idea di cosa significasse riscrivere qualcosa. A suo parere, disse Celine, la gente in quel campo parlava troppo alla leggera di riscritture. Oh, ma certamente, disse Beaumarchais, che la trovava simpaticissima. Riscrivere poteva sembrare un mero esercizio tecnico, ma in realtà esigeva una profondissima filosofia. C'era bisogno di definire il continuo e il discontinuo, per non parlare delle definizioni etiche. Di sicuro anche la più blanda delle definizioni di integrità, per esempio, imponeva a uno scrittore di rifiutare modifiche a un testo scritto per ragioni che non fossero il proprio gusto personale. *E tuttavia*, continuò, volendo sfuggire a una definizione eccessiva, probabilmente tutto questo era troppo démodé. Magari poteva collaborare qualcuno con lui, un collaboratore, come considerava che fosse Celine? Perché dopo tutto, concluse, c'era anche qualcosa di bello nel riscrivere un testo mille volte, lavorandoci sopra fino a che tutto a un tratto la sua essenza si palesava: un attimo presente che aveva bisogno di un tempo lungo per rivelarsi.

Era un discorso confuso, e a Celine piacque per la sua confusione, perché in sostanza quella confusione era il segnale di un messaggio: Beaumarchais era meravigliosamente su di giri. Come spesso capita quando si parla, il senso colò via, come latte da un capezzolo. E Celine aveva ragione, ma forse non è meno importante far presente che qualcos'altro stava accadendo nell'animo di Beaumarchais, una cosa piccola ma violenta. Aveva un animo purissimo, ma anche una tale smania di notorietà che a volte l'animo si ritrovava in territori quanto mai impuri. A sentir parlare di Antoinette e di Rosen, di quelle celebrità e del loro immenso potere, improvvisamente e irresistibilmente si immaginò il trionfo, la gente che lo adorava, *tanti soldi*, magari persino una casa in campagna. Si vedeva già a una cena molti anni dopo, dove il membro di una commissione della Commedia gli confessava che rifiutare quella sceneggiatura era stato l'errore più grande che gli studios avessero mai fatto.

E forse tutto questo è naturale. Lo scrittore è un animale che tante volte è puro ma in qualche modo vuole la fama, costantemente, per quanto micidiale essa possa essere, perché anche gli scrittori sono contagiati dal virus dell'eternità. Amano le parole e vogliono produrre opere per cui ciò che è oscuro venga alla luce, ma vogliono anche che quelle parole durino per sempre. E così, tristemente, lo scrittore è quell'animale che confonde la fama con l'amore.

23

Per la performance, Celine aveva fatto aprire tutte le porte e le finestre della sala in modo da estenderla al cortile – come una stradina, un interno che era anche un esterno, ma con il fogliame e le decorazioni. Quasi come se la sceneggiatura potesse prendere vita e uscire su quella strada, e si chiese se non fosse quello il genere di spettacolo che le sarebbe sempre piaciuto vedere.

Sembrava che in quello spazio ci fossero praticamente tutte le persone che aveva conosciuto in vita sua. La ragione di tanto entusiasmo non era la sceneggiatura ma le celebrità nel cast. Molti mondi si mescolavano insieme, e quella era una prova dell'influenza di Celine – la profonda fluidità di essere un multiverso. Qualcuno era seduto sui divani e sui cuscini. Altri se ne stavano vicino alle porte, o si sedevano sulle finestre, o nel cortile appena fuori. Celine notò che un cactus danneggiato era stato lasciato dietro un annaffiatoio. In centro alla stanza su un grande tavolo c'erano i copioni. C'era così tanta gente che si vedeva a fatica il tavolo, o anche, quanto a quello, Beaumarchais – che se ne stava seduto lì di fianco, terrorizzato e fradicio di sudore, su una sedia ridicolmente bassa. Grondava da tutte le parti, il sudore gli sgorgava a rivoli, e quella, pensava lui, era la cosa meno scusabile che un corpo potesse fare. Antoinette non era ancora arrivata. Beaumarchais non poteva fare altro che ascoltare la conversazione astratta, finché finalmente Antoinette entrò nella stanza, e una donna cominciò a piangere, più sommessamente che poteva, perché non era mai stata così vicino a una grande celebrità.

Beaumarchais era sopraffatto dall'inesorabilità della situazione e si sentiva molto solo. Fece un inchino ad Antoinette, molto profondo ma troppo lento, per cui rialzandosi si rese conto che sembrava si stesse inchinando all'assistente. Si affrettò verso il tavolo principale per riprovarci.

– Voi chi siete? gli chiese lei in tono soave.

– Sono l'autore, rispose Beaumarchais.

– Ah, disse lei. – Ma chiaro.

Poi arrivò Rosen e Antoinette rivolse la propria attenzione su di lui. Uno dei segni della enorme ricchezza di Rosen era il suo aspetto trasandato. Le scarpe erano rovinate in maniera incredibile. Addosso aveva dei pantaloni da lavoro da mugik.

– È un caos qua dentro, disse Rosen.

– Per me il teatro non può che essere caos, si intromise Beaumarchais, prima che Antoinette potesse rispondere.

– Quelli che cercano di controllare il processo, come Jacob, non si rendono conto che è il caos l'unico metodo.

– Chi è Jacob? chiese Rosen.

– È l'autore, disse Antoinette sicura di sé.

– No, l'autore è Beaumarchais, disse Beaumarchais.

– Cioè, Beaumarchais sono io. Mi dispiace.

Come succedeva spesso quando si parlava di autori che gli erano antipatici, Beaumarchais si sentì calare addosso un'invidia paurosa, un costumino da fantasma che lo avvolgeva e dai cui fori tagliati alla bell'e meglio i suoi occhi terrorizzati sbirciavano fuori. Venne interrotto perché improvvisamente sentì la scarpa riempirsi di acqua gelata. Qualcuno aveva rovesciato un bicchiere. Una ragazza, bella e sbadata, che rideva con i suoi amici. Beaumarchais aveva la scarpa fradicia.

Rosen osservava tutti molto attentamente. Spesso era in quelle piccole digressioni che le persone svelavano qualcosa in più di sé. Cerca gli spazi vuoti, diceva a tutti i giovani finanzieri che volevano imparare l'arte della speculazione. Studia le assenze.

– Non c'è da dispiacersi, disse Rosen gentile.

– A voi non capita mai? disse Antoinette. – Vai a casa di qualcuno per la prima volta e scopri con piacere che c'è un balcone. Allora esci sul balcone e guardi la città ai tuoi piedi. E poi rimani lì, per ore e ore, imbambolato... Insomma, resti a fissare il trambusto dei corrieri giù in basso, che portano tutti quei pacchetti, o le persone che mangiano un dolcetto per la strada. E fa quasi venire le vertigini la mole di attività che il mondo ospita.

– Assolutamente, convenne Rosen.

Ci fu una lunga pausa. Beaumarchais non sapeva proprio cosa rispondere. La first lady possedeva questa combinazione di intelligenza, altezzosità e totale mancanza di educazione o di senso dell'opportunità, il che rendeva molto difficile giudicarla.

24

All'inizio la performance fu lenta e legnosa, e Celine notò con interesse che la cosa la preoccupava parecchio, non solo per quello che sperava potesse nascere da quel reading, ma anche per la sceneggiatura in sé. C'era una forma del linguaggio completamente sensibile, un ideale cui fino a quel momento l'universo non aveva permesso di esistere, ma era la forma che alcuni artisti stavano provando a creare con le loro opere, e lei capiva che Beaumarchais nella sua sceneggiatura aveva cercato di arrivare a quella leggerezza e a quella neutralità ideali, come se si potesse pensare da più punti di vista differenti. E capiva anche che era un'altra forma della tenerezza che lei ammirava più di ogni altra cosa. Più sono le persone presenti nella tua mente e meglio riesci a immaginare come ti sentiresti e penseresti se fossi al posto loro, più interessante è il quadro e più il linguaggio perde tutto il suo orrore e la sua cattiveria. Si stavano diffondendo ovunque certi microsistemi, ma forse c'era questo sistema di tipo opposto, un'opera che aveva dentro tutto il possibile. Ma in quella sala affollata il nervosismo e l'ansia erano tali che invece dei tempi ameni della commedia, dove tutto fila sempre che è un piacere e l'attimo presente è pura plasticità, la cosa era fiacca e pesante, le persone parlavano troppo lentamente, con troppe pause fra i dialoghi, o troppo rapidamente, dandosi sulla voce a vicenda, con un effetto d'insieme staccato e sincopato. Nel pubblico cominciarono a parlare fra loro, a voce bassa ma udibile.

– Sei mai stato in carcere? sussurrò Jacob a Hernandez. – La prima volta che ti portano dentro hai una strizza che caghi come un criceto. Se ti offrono un pezzo di soppressata non sai bene se prenderla o meno, insomma se ci hanno messo il veleno o l'hanno riempita di chiodi o che cazzo ne so. Per dire quanto è terribile.

– Che cazzo ha fatto? disse Hernandez tutto preso dai suoi pensieri. – Tu sai perché l'ha fatto?

– Chi? chiese Jacob.

– Beaumarchais, rispose Hernandez. – Questo reading. Perché ha accettato di farlo? Io glielo avrei sconsigliato nella maniera più totale.

– Non c'è nessuno di più corrotto di Beaumarchais. Jacob si strinse nelle spalle.

Poi Antoinette rise perché una delle battute di Rosen l'aveva divertita e l'effetto di quella risata fu molto definito e insolito. Sembrava quasi che tutti nella stanza fossero finalmente e improvvisamente diventati un pubblico. Nessuno giocherellava o dormiva, tossiva, prendeva appunti o guardava malinconico fuori dalla finestra, ma una verità superiore aveva preso dimora in quella sala e anche fuori nel cortile, dove le persone tendevano l'orecchio per sentire e per questo dovevano stare vicine, e molti di loro, anche a distanza di anni, avrebbero ricordato quella inusuale vicinanza come qualcosa di stranamente intimo ed erotico.

Alla fine, Antoinette si mise ad applaudire immediatamente, e così applaudirono anche tutti gli altri, e fu come se ovunque nell'aria tersa brillassero lampi di eccitazione. Poi si stirò, sbadigliò e andò a farsi una sigaretta alla finestra insieme a Celine.

– Adoro il teatro, disse Antoinette.

– Lei adora il teatro, disse la sua assistente, che aveva portato altre sigarette.

– L'unica persona che capisce il teatro come lo capite voi, disse Celine, – è Rosen.

– Be', Rosen è meraviglioso, disse la Delfina. – Non lo vedo da un sacco. Dovrebbe venire più spesso qui.

– Eh già, disse Celine.

– Sapete, disse Antoinette alzando appena la testa per soffiare fuori il fumo, – Rosen ha proprio valorizzato il suo ruolo, cosa non da poco, considerato che era già un ruolo super seduttivo. Insomma, ovviamente il *carisma* è tutto merito dell'autore, di Jacob...

– Beaumarchais, disse Celine.

– Ma certo, disse Antoinette. – Naturalmente il carisma è dell'autore, il carisma del personaggio, ma non quello con cui è stato interpretato il ruolo. Lì è tutto merito dell'attore, e in effetti Rosen ha un carisma almeno pari a quello dell'autore. L'ha inventato recitandolo.

– Sapete che vi ammira moltissimo, disse Celine. – Rosen, sto dicendo.

– È una persona meravigliosa, disse Antoinette. – Dicono tutti che è ebreo.

Il capo dell'ufficio censura ronzava nei paraggi, nella speranza di un saluto rapido ed elegante.

– Tutti chi? disse Celine. – Insomma, prendiamo quest'uomo qua. Voi sapete che quest'opera gli ha fatto *schifo.*

Pronunciò quelle parole con un terribile sorriso ampio e smagliante.

– Credo che non... Cioè, temo di non averla capita fino in fondo, disse l'uomo.

– È quello che dicono tutti quando vogliono demolire un'opera d'arte, disse Celine.

– Io non voglio demolirla. Neanche lontanamente, disse lui. – È solo che non la afferro...

– Quindi la si può portare in scena? disse Celine.

– Ma certo che bisogna portarla in scena, disse Antoinette. – Perché non dovrebbero farlo?

– Alla Commedia? fece lui. – Pensavo che fossimo già d'accordo.

E in quel momento Celine si rese conto che quell'uomo non si rendeva conto nemmeno di raccontare fandonie o delle sue incoerenze. Così era il potere assoluto e così sarà per sempre, fino al giorno in cui i pianeti e le stelle si disintegreranno e tutto sparirà.

25

Per Celine iniziò così un breve periodo di calma completa. Aveva la sensazione di aver acquisito una specie di famiglia aggiuntiva, pensò Celine, o almeno di stabilità. Perché il reading aveva fatto esattamente ciò che sperava, una mossa che ne aveva prodotto molte altre, era il luogo del linguaggio che diventava potere – e una misura del suo successo la si poteva avere vedendo con quale discrezione e quale rapidità si erano manifestati i suoi effetti, con la stessa naturalezza del piccolo ritrovo di Beaumarchais da Balthazar per festeggiare il successo, o dell'annuncio che Rosen sarebbe diventato il nuovo primo ministro. Perché è così che i mondi nuovi amano presentarsi, a prescindere dagli sforzi che ci sono voluti per crearlo – in modo molto discreto e in apparenza col minimo danno – e fu come se a un tratto tutto fosse stabile e lei non si sentiva più così vulnerabile e ansiosa, e finalmente la notte riusciva a dormire più tranquilla.

Certe persone si sentivano parte del mondo più di altre, rifletteva Celine, e non pensava tanto al mondo umano quanto a quello non umano – si sentivano parte del cielo, delle foglie o delle piante. Una di queste persone era Marta e un'altra, ora che ci pensava, era Rosen, e avere attorno quelle persone la confortava, come se la sostenessero e la difendessero dai pericoli.

Una sera Sasha arrivò a casa ubriachissimo, con le scarpe fradice. Celine gli chiese come mai fosse così bagnato ma lui non fornì spiegazioni. Le disse invece che in realtà non gli era consentito di stare in città. Era venuto a prendere qualche vestito, disse. E poi voleva vedere lei. Celine non capiva che cosa volesse veramente ed era a disagio, come sentendosi ricacciata a forza in emozioni che aveva faticato molto a dissolvere o quanto meno a mettersi alle spalle. Era come se stesse invadendo una cosa che le stava a cuore. Indicò il piccolo amo che le aveva regalato Claude, oggetto piuttosto pesante, e le chiese che cosa fosse. Celine non aveva voglia di farglielo vedere, perché per quel piccolo amo provava un attaccamento che non avrebbe saputo definire, come se nessun altro potesse apprezzarlo per quello che era, qualcosa di totalmente estraneo alla loro esperienza, ma si rese conto con suo disappunto di non avere l'energia per dirgli di no, non al chiuso in una situazione come quella, e si alzò per portarglielo. Forse per via di tutta questa serie di complicate emozioni, non appena lo prese, l'amo le cadde di mano e per qualche istante non riuscì a trovarlo. Era andato a finire sotto un divano. Quando alla fine gli mostrò l'amo, Sasha gli dette uno sguardo, poi si girò e se ne andò.

Fu solo un'ora dopo, quando si accorse che tutti i messaggi di Marta erano spariti, che capì che Sasha se n'era andato.

Voleva però mantenere vive le speranze e si rifiutò di lasciarsi turbare da quella faccenda. Si era mossa secondo quello che sembrava un percorso zigzagante, pensava Celine, ma apparentemente gli effetti erano abbastanza massicci da proteggerla – e forse da quel contrasto fra il minuscolo e l'enorme stava imparando una lezione più grande sull'universo, allo stesso modo di quello storico che in una recente intervista aveva raccontato come scrivendo la storia dell'impero fosse stato costretto a ripensare a tutto ciò che sapeva sulla *causazione*. Ne era venuto fuori che si trattava di una categoria di gran lunga più invisibile e di portata molto maggiore di quanto lui stesso avesse mai creduto.

Le persone la trattavano con folle venerazione. A una delle sue feste un giovane scrittore morì improvvisamente per un attacco di cuore – e il giorno dopo la madre scrisse a Celine scusandosi e dicendole quanto le dispiaceva che suo figlio avesse rovinato in quel modo l'atmosfera della serata. Era profondamente dispiaciuta, e sperava che Celine lo perdonasse.

26

Intanto, nelle settimane successive, le cose fra Marta e Celine si fecero sempre più invisibili. Alle feste, Marta le appariva accanto, le dava un bacio sulla fronte, poi spariva. A volte dormivano insieme, altre no. Celine trovava quel desiderio molto difficile da capire, come lo si potesse mettere da parte come una scatolina. Tutto quello che facevano, che pensavano, era un nuovo, intenso genere di conversazione.

– Sai che ti adoro? disse Celine. – Penso che tu sia la cosa più cool che esiste.

– *Cool*? fece Marta. – Che cosa intendi per cool?

– Non so, diceva Celine. – Il cool è universale.

– Quindi il cool ci sopravviverà?

– Naturalmente. È sopravvissuto a tutto. Il cool è un'attitudine, Marta.

Scrosciò una specie di sollievo sull'atmosfera. Si poteva immaginare un mondo senza linguaggio, o che il linguaggio diventasse una cosa intima e diversa. Era come se nelle conversazioni vere arrivasse sempre il momento in cui emergeva una voce che non era quella di nessuna delle persone che stavano parlando, ma era la voce della conversazione stessa, e quando accadeva era come se si accendesse una piccola lampada, inondando di luce calda un angolino. Altri se lo immaginavano come un dio che si manifestava o parlava attraverso un'altra persona, ma Celine la vedeva diversamente. Era la voce della conversazione, pensava lei, che apparteneva a tutti e a nessuno, e farla emergere e darle spazio era forse la cosa più importante che si potesse fare.

Anche Beaumarchais sembrava pensarla così. Continuava a dirle che voleva una scrittura nuova. Le sceneggiature e i romanzi che gli passavano per le mani erano tutti uguali. *La vita non può essere tutta qui*, dicevano in ogni storia cani e gatti di qualunque villaggio – tutti smaniosi di arrivare al villaggio vicino, dove avrebbero trovato altri cani e gatti a lamentarsi che la vita non poteva essere tutta lì. Ci volevano prospettive più ampie. Lui per esempio, disse Beaumarchais, continuava a non capire come era nato l'universo. Prima niente spazio, poi ecco lo spazio. Non era logicamente impossibile? E fintanto che lo si poteva scrivere in un'opera, non era poi così sicuro che valesse la pena di scrivere alcunché.

E nel frattempo Celine con le sue amiche sentiva che si stava rilassando ed era una sensazione nuovissima. Erano state abituate a nascondersi e a vedere la vita come una continua contrattazione con il pericolo. A tutte loro era stato insegnato che essere donna voleva dire nascondere la propria personalità con tanta cura che nessuno potesse neppure tentare di comprenderla. Ma mentre ingannavi il prossimo, dovevi essere capace di scoprire gli inganni altrui, senza far capire che li avevi scoperti, perché mostrare di voler comprendere la vera natura di una persona era molto pericoloso. Adesso però avevano trovato quel modo morbido, dove quelle questioni in qualche modo non erano rilevanti o non erano vere.

Eppure, sarebbe così delizioso, disse Marta. E per un momento sarebbe stato tutto vero. Ma i cieli striati d'albicocca non erano abbastanza. Non erano mai abbastanza *per tirare avanti*.

Celine si rendeva conto di amare Marta per quella sua insopprimibile diffidenza. Secondo Marta non dovevano scambiare ciò che avevano in mano per un potere assoluto. La condizione ideale, diceva, era quando il potere zampillava fuori come acqua da una sorgente. Julia disse che non la seguiva. Voleva dire, aggiunse Marta, che la condizione ideale era che il potere si rinnovasse come una bolla che risale alla superficie di uno specchio d'acqua. Ma se capiva bene, obiettò Celine, praticamente nessuno aveva un potere di quel tipo – quasi sempre il potere lo si acquisiva per via indiretta, precariamente, da qualcun altro.

E bene, disse Marta, completamente. Che poi era il motivo per cui non si doveva mai credere di avere sufficiente potere. E quindi, che si faceva adesso?

27

Celine non sapeva bene che risposta dare a questa domanda, e tante volte la preoccupava non avere una risposta. Pensava che c'erano persone capaci di stare al mondo, come Marta, e altre invece no, come i suoi genitori. Celine ripensava spesso ai suoi genitori e ogni volta provava una sensazione di freddo. Era cresciuta in un posto di limiti e di paura, e lei non ci si voleva trovare mai più. E probabilmente così sarebbe stato, ma Celine continuava a temere quella possibilità. Forse sbagliava. Forse anche Marta era troppo pessimista, e da quel momento in avanti, si diceva Celine, le aspettavano solo luminarie e piccoli piaceri, cose piccole ma godibili, che nessuno poteva minacciare.

Per questo motivo le piaceva passare il tempo con Rosen. Si incontravano tutte le settimane. Era un uomo di un ottimismo cosmico. Ogni giorno parlava con il mondo, e così aveva l'abitudine di suddividere quelle comunicazioni in categorie. Sempre più la gente si convinceva, diceva Rosen, di poter non soltanto analizzare ma anche risolvere i problemi del loro tempo – eliminando ciò che apparentemente al momento dominava la società, come le donne, gli ebrei o i soldi, oppure immaginando un futuro dove il raggiungimento di un obiettivo avrebbe invece eliminato tutti i problemi. Tutti erano ossessionati dalle teorie del tutto, e alla fine veniva fuori che qualunque cosa poteva essere la chiave di una teoria del tutto: il colore della pelle, i soldi o la lingua che una persona parlava. Non c'era modo di stabilire quale fosse in definitiva l'elemento decisivo e naturalmente non c'era nessun bisogno di accordarsi su una soluzione unica, e tuttavia, diceva Rosen, il fatto che ci fossero così tante teorie diverse per una spiegazione unitaria in qualche modo indeboliva la portata di ogni nuova teoria.

Rosen preferiva invece un'ideale di pensiero che provasse a riflettere la vastità del mondo. C'erano le isole dell'Oceano Pacifico, o i territori americani, che la gente vedeva solo come dei fantasmi, da controllare a debita distanza. Per Rosen invece erano posti reali, e li pensava con la stessa serietà con cui pensava a qualunque cosa. Stava progettando un'operazione segreta in America, disse, una sorta di intervento teatrale nella loro rivoluzione, e si poteva fare in modo di renderlo invisibile. Forse si poteva fare qualcosa sul modello di quanto già fatto da Beaumarchais, quando era andato a eliminare i pornografi: un piccolo complotto di infiltrati e macchinazioni. Si metteva su una società di facciata, finanziata da Parigi ma con sede a Londra, che doveva apparire come un'impresa commerciale di import-export con l'America. Nella realtà avrebbe invece fornito armi ai guerriglieri per la guerra di liberazione. Riteneva che potesse occuparsene Beaumarchais, disse Rosen.

Ecco come pensava lui, e la faceva sentire al sicuro. Rosen fluttuava come elio o qualche altro gas nobile.

Un giorno arrivò Marta, pallida in volto e con due ombre scure sotto gli occhi, cosa molto inconsueta. Era venuto fuori un altro libello, spiegò. Aveva paura che ricominciasse tutto daccapo. Il nuovo volumetto era una serie di messaggi da e per Celine. La gente lo trovava elettrizzante, disse Marta, perché i personaggi erano famosi – non solo Celine, ma anche Rosen e i suoi assistenti – e anche perché nessuno aveva mai letto niente del genere prima di allora, con messaggi privati diramati nel mondo e nei quali si poteva leggere di persone che parlavano del proprio corpo proprio come qualcuno che conoscevi poteva parlarti del tuo corpo, in maniera premurosa e particolareggiata. Venne fuori che Sasha, dopo aver rubato a Celine le chat con i messaggi di Marta, le aveva portate a Hernandez. Era passato un bel po' di tempo da quando Celine aveva respinto il produttore, che tuttavia non aveva dimenticato l'umiliazione. A Hernandez piaceva far male alle persone. Prese un gruppetto di scrittori falliti che lavorarono sui messaggi, introducendo qua e là tagli e aggiunte. Dopo di che resero pubblici quei falsi racconti.

Quando Marta le portò il libello, Celine fu presa da un'immensa stanchezza. Si sentiva una stupida ad aver creduto possibile di fare le proprie mosse. Rosen trovava invece quelle ansie semplicemente divertenti. Non era niente, diceva. Non lo capivano? Le incoraggiò a guardarsi attorno. E per quanto difficile, loro dovettero effettivamente ammettere che le cose, apparentemente, non stavano affatto andando come erano andate in passato. I volumetti apparivano, le settimane passavano e non succedeva niente. Divennero un innocuo argomento di conversazione ormai non così pesante, come era pesante la maggior parte del linguaggio. Ora finalmente il suo potere era troppo per il linguaggio che la attaccava.

E quando Celine disse che comunque era importante restare con i piedi per terra, Rosen si limitò a replicare: *Certamente, ma perché proprio su questa terra, dico io?*

28

E poi tutto a un tratto, senza preavviso, la bella stagione finì per davvero.

Da qualche tempo, spesso Celine non si sentiva bene. La sua pelle, sottile come carta, si ricopriva di chiazze rosse. Pensò che doveva essere l'ansia. Provò a curarsi. A sballarsi. Tutte le mattine il suo assistente Catone la svegliava con il caffè e lei vomitava in un vaso da notte o nella prima ciotola che le capitava a portata di mano. Poi Celine provava a bere il caffè mentre Catone le raccontava tutte le storie che gli passavano per la testa. Catone adorava raccontare storie, che poi non erano affatto storie – come quella della cugina del suo amico che era arrivata dalla campagna ma aveva lasciato i bagagli alla stazione, per cui adesso le toccava mettersi i vestiti del nipotino di dodici anni, o della donna nel posto delle colazioni lì di fianco che aveva scoperto come alla fine la zuppa d'aglio non le dispiacesse. Intanto Celine teneva d'occhio l'eczema sulle dita, lo sfogo sopra la palpebra destra. Catone pensava che i suoi malanni potessero essere provocati dalle recenti sofferenze. *Tutti noi sappiamo che cosa significa soffrire*, diceva. Celine non capiva di preciso chi intendesse con quel *noi*. Quando qualcuno diceva *noi*, era sempre difficile capire a chi o a che cosa si riferisse.

Poi divenne ovvio che cosa stava succedendo dentro di lei. Prese il quadernetto sul quale teneva nota quotidianamente dei tarocchi, delle conversazioni, degli avvenimenti della giornata, cercando di scoprire quando aveva avuto l'ultimo ciclo. Si accorse che nei due mesi passati non aveva scritto niente.

Il suo corpo era gravido. Era terrorizzata. Sentì un uccello fuori e il fruscio sembrava aggrovigliato tra le foglie, ingarbugliato come lo era lei nel mondo.

Doveva essere di Claude, pensò, ma naturalmente a lui non voleva dirlo. Avrebbe complicato enormemente la loro amicizia, e di sicuro non rientrava fra i desideri di Celine che lui se ne preoccupasse e volesse prendersene cura. E poi comunque Claude era già ripartito per un nuovo viaggio nell'Oceano Pacifico. Riportava a casa Titere. Iniziò invece a scrivere un messaggio per Marta, ma poi si fermò.

Non aveva mai pensato di avere figli. Le pareva un modo di limitare troppo il proprio futuro, e soprattutto di limitarlo per un uomo. Lei invece aveva ancora voglia di intensità. Si può dire *Io sono un corpo* o *Io ho un corpo*, e Celine pensava che il bello stesse tutto nel ritrovarsi nella seconda affermazione piuttosto che nella prima. Il più delle volte però era la prima la più adeguata, quando si conversava con un uomo, o anche quando si era a letto con un uomo, oppure adesso, come conseguenza per essere andata a letto con un uomo. Essere incinta voleva dire capire che la tua identità era sempre e solo un corpo. Per gli uomini forse era possibile immaginare di essere in quell'altro modo, pensarsi proprietari di un corpo così come si può essere proprietari di un levriero – ma forse questo voleva dire soltanto che erano dei gran sempliciotti. Forse l'unica cosa vera è il fatto nudo e crudo che siamo un corpo.

Improvvisamente, tutto il mondo che aveva costruito era scomparso, e sembrava che il mondo fosse quello maschile di Beaumarchais, Rosen e Lenoir, o anche che gli uomini potessero continuare a viverci e lei invece no. Improvvisamente, tutto si era ridotto a quella nuova prospettiva, come se a una festa qualcuno l'avesse spinta in una stanzetta e l'avesse chiusa dentro.

Si chiuse in casa per una settimana, senza scambiare una parola con nessuno. Teneva delle radici di zenzero accanto al letto, che succhiava prima di fare il tentativo di emergere dalle coperte. Non funzionava quasi mai. Celine faceva più affidamento sul piccolo feticcio che le aveva donato Claude, che teneva di fianco al letto, il letale amo da pesca. Aveva bisogno dei poteri speciali che quell'oggetto le conferiva, come se fosse attraversata dal potere fluido e carismatico degli dèi.

L'aria era verde nelle stanze bianche.

Poi una mattina in camera sentì un profumo familiare, poteva essere Fleur de cassie, quando alzando lo sguardo vide Marta, seduta sul divano lercio lì accanto, che le faceva le sue pazienti rimostranze.

– Allora, di chi è? chiese Marta.

Celine scoppiò a piangere. E Marta le sussurrò che naturalmente non c'era nessun bisogno che glielo dicesse, e in quella piccola offerta di un silenzio o di un'omissione Celine si rese conto che in realtà Marta trovava sempre un modo per aiutarla, perché la loro era una di quelle amicizie che sapevano modificare a seconda delle situazioni.

– Non volevo che ti preoccupassi, o che ti rattristassi, disse Celine.

– Tu non mi rattristi mai, disse Marta.

– Dev'essere di Claude, disse Celine.

Marta si mise a rollare due sigarette per sé e per Celine.

– Ti ricordi, disse Marta, – quella sera che siamo andate via da una festa e abbiamo preso un taxi? E il tassista ci ha portato in quell'appartamento dove stavano tutti seduti in cerchio a fumare tabacco e sniffare mescal?

– Erano tutti uomini, disse Celine.

– Erano tutti uomini, disse Marta.

– Pericoloso, cazzo, disse Celine.

– Eppure, disse Marta. – Non ci è successo niente di niente.

– Anche questo è vero, disse Celine.

– Nella merda ci finisci, disse Marta, – se si tratta di due ragazze sole.

Poi Marta si chinò verso di lei, e aveva due occhi enormi che a Celine sembrava di poterci nuotare dentro per tutta la vita, di diventare piccolissima restando sé stessa, ma protetta all'interno dello spazio che c'era all'interno di Marta.

29

Celine voleva privacy. Voleva essere sempre all'interno di uno spazio protetto. Così aveva deciso che lei, Marta e Julia sarebbero andate a passare l'estate nella casa di campagna di Julia, in modo da potere far nascere il bambino in segreto.

Ma prima di partire Celine ebbe una discussione con Rosen nel suo luminoso ufficio d'angolo sul fiume. C'era anche Beaumarchais. Era andato a chiedere a Rosen come farsi dare i suoi soldi dagli americani. Fino a quel momento non aveva visto un centesimo, sebbene si fosse occupato di almeno quattro traversate oceaniche. Beaumarchais non voleva assolutamente dare l'impressione di lagnarsi di quella vita impegnata che gli era stata elargita da Rosen. La trovava molto stimolante. Arrivavano messaggi dall'America. Dicevano che le armi erano nelle mani dei guerriglieri mohawk e che avevano vinto la battaglia di Saratoga. Beaumarchais si sentiva parte di un disegno più grande.

– Voi non sapete come ci si *sente*, stava dicendo Celine.

– Come ci si sente quando? chiese Rosen.

– A essere in gabbia, rispose lei.

Rosen sembrava non sapere bene come continuare la conversazione. Aveva un'aria imbarazzata. Trovava sempre spiacevole dover pensare a problemi che non poteva risolvere.

– Però avete vinto, disse Beaumarchais.

– Sto *partendo*, rispose lei. – Quindi ho perso.

– Ma tornerete presto, fece lui.

– Ma io non voglio partire, disse lei.
– Dovete? disse Rosen.
A volte era impossibile parlare con un uomo con un minimo di rigore. Le sembrava di riuscire a vedere in che modo finiva sempre per distribuirsi il potere, i suoi infiniti circuiti, così come di notte zoomandoci sopra si può vedere l'intero circuito elettrico di una città. Il circuito era molto semplice. Era uomini/donne, e lei questo in qualche modo lo rifiutava, pensò Celine. Non sapeva esattamente come, però lo rifiutava.

30

Nel tempo che trascorse a casa di Julia, Celine sentì che qualcosa stava cambiando. All'inizio non sapeva come descriverlo. La casa era un quadrato bianco nel sole. Per colazione Celine spalmava del sorbetto al pistacchio su due mezze sfoglie e lo mangiava con una cioccolata calda. Stava sempre in camera da letto, con l'amo da pesca accanto. Dopo qualche settimana era sfinita e il caldo era terribile. Provò ad andare a camminare nella foresta, ma la calura era troppo forte. L'odore degli aghi di pino e le cicale la stordivano.
Sembrava che non potesse succedere niente, mentre attendeva il grande evento.
In città le persone non riuscivano a credere che lei non ci fosse, l'oggetto dei loro scritti e dei loro pensieri, e questo li rendeva stranamente cupi. Era scomparsa, dicevano. Ma Celine fra sé e sé la vedeva diversamente. Era entrata in una nuvola di pensieri.
C'era un angolino nella foresta che amava più di tutti. Ci andava a sedersi ogni mattina, fra gli insetti che le ronzavano intorno, in alto nel cielo il grido delle sule che volavano verso il mare. Ogni tanto passava qualche persona con i suoi animali, o in cerca di bacche e funghi. Julia non aveva mai voluto restrizioni sulla foresta: chiunque poteva andarci e usarla a proprio piacimento, e a Celine piaceva questo modo improvvisato di usare le cose.
Si sentiva cambiata, come se ora vivesse sul fondale di un oceano d'aria, e si concedeva di essere una serie di sen-

sazioni, di piccole sfumature. È davvero terribile quanto il linguaggio modifichi il mondo, pensava. Troppe cose importanti nella vita accadono incredibilmente di rado, magari una volta sola, ed è quindi angosciante la rapidità con cui deve intervenire il linguaggio, sulla nostra esperienza, e renderla più nitida e più regolare, meno astrattamente esibita.

Poi una mattina mentre era seduta nella foresta cominciò ad avere la sensazione che qualcosa la stesse osservando. Alzò lo sguardo. Non c'era niente, solo gli alberi con i loro rami e le foglie. Le venivano in mente pensieri e magari non erano nemmeno processi mentali suoi, come se sulla stessa frequenza radio venissero trasmessi differenti programmi. Poi a un tratto le sembrò come di svegliarsi e c'era una voce che le parlava. Svegliarsi, anche se fino a quel momento pensava di essere già sveglia.

– Dobbiamo parlare, disse la voce.

– Dici proprio a me? fece lei.

Magari era una sorta di allucinazione da stress. Le sembrava una cosa probabilissima, dopo tutto. Era sempre stata molto razionale e adesso c'era quel miraggio, mentre la luce continuava a inondare lo sfondo.

– Ma insomma, chi sei? disse lei.

– Stavo parlando io, disse la voce.

– Scusa, disse lei.

– Non importa, disse la voce.

Di sicuro c'era qualcosa che stava parlando. Erano parole, per lo meno: quelle cose mostruose. Ma erano anche alberi, luce, sole. Lo sapeva per certo ma le ci volle un po', come alle bolle d'aria che salgono in superficie di un bicchiere d'acqua lasciato fuori tutta la notte.

Prima di riuscire a sentire altro però fu presa da un tremito violento e irrefrenabile, finché piano piano si rese conto che la sensazione era svanita.

31

Quella notte scoppiò un incendio nella foresta. Dalla sua finestra Celine vide la foresta diventare arancione, una specie di chiazza sfrangiata che rombava in lontananza. Uscì con Julia e Marta per cercare di vedere qualcosa ma il calore era troppo intenso. Ovunque c'era gente che correva con piccoli secchi d'acqua, panni, grosse coperte. Era un processo comune, così come da sempre la foresta veniva curata come uno spazio comune. Una fila di volontari reggeva il flaccido bocchettone di cuoio di una manichetta dell'acqua. Piccoli zampilli fuoriuscivano nei punti in cui la manichetta si piegava.

Dopo qualche ora tornarono in casa e si misero a piangere, lacrime di sfinimento e di terrore animale, poi Celine salì di sopra, e per tutta la notte rimase ad ascoltare le grida dei soccorritori.

Il mattino dopo uscirono a vedere che cosa era successo. La gente diceva che erano riusciti a salvarne grandi tratti, ma alcune parti della foresta erano bruciate. Camminando in quegli spazi vuoti i rumori erano diversi: più secchi e con meno fruscii di fondo. Era tutto secco, grigio e friabile. Dalla cima di una collinetta adesso si vedeva un lago che prima non era visibile.

Camminarono per un po', poi si voltarono e tornarono verso casa.

Un rospo pulsava istericamente in mezzo all'erba bruciata, come un cuore terrorizzato.

32

Quel pomeriggio Celine cominciò a sentire un gran sommovimento nel corpo. Chiamarono un medico, che arrivò dalla cittadina lì vicino e disse che era ancora troppo presto, poi si accomodò nel soggiorno al piano di sotto a mangiare dolci al miele. Di sopra Celine, sdraiata, gemeva e parlava. Davanti a lei Catone con una bacinella d'acqua in mano le passava un panno bagnato sulla fronte e sul collo.

– Deve venire fuori, disse Celine. – Trovami qualcuno del mestiere, cazzo.

C'era quel dolore immenso che arrivava a ondate e poi calava, ma anche allora era sempre dolore. Era come se all'interno del suo corpo fosse in atto una riorganizzazione, e forse era proprio così. Attorno a lei, delle donne la guardavano con aria partecipe, terrorizzata, sollevata. Si rese conto che non sapeva il nome di nessuna di loro. Era troppo stanca per chiedere chi fossero. Passò una mattina e un pomeriggio in quelle condizioni, con l'unico obiettivo di sopravvivere. Poi scese la notte, e a Celine sembrava impossibile uscire viva da quella nottata. Di giorno era più facile – ma al buio, con solo le candele che a ogni refolo d'aria si muovevano in maniera sinistra, era troppo perché ce la potesse fare. La paura che provava era particolare, una paura del suo stesso corpo, con i suoi piccoli confini, che sembravano così ben definiti e ora invece non facevano che aprire e chiudersi di continuo, e per di più facendole male.

C'era un dentro e un fuori e non era più chiaro dove finisse uno e cominciasse l'altro.

Poi Catone era di nuovo lì e la stanza dietro di lui era tutta viola e nero, come una scena dark. Catone le teneva amorevolmente la mano.

E poi c'era Marta.

Il giorno dopo era festa nazionale in onore di un santo o qualche altra figura importante e quindi non era una giornata seria, una giornata vera: i rumori erano tutti diversi. Era una mattina di echi, di piccoli suoni, fruscii e uccelli tra le foglie, rumore di attrezzi, qualcuno che rideva o che starnutiva. Arrivò un messaggio da Claude, da un porto a Sumatra o nella Kamchatka, si leggeva male. Poi finalmente Celine sentì che dentro qualcosa si stava muovendo, una cosa solida ma molle, impossibile farsi un'idea delle sue dimensioni, lei era così, non riusciva mai a capire quanto erano grandi le cose che aveva dentro. Ecco che arrivava, e Celine smise di pensare, totalmente assorbita da quella sensazione, strettissimo e poi larghissimo, tutto il contrario del sesso, qualcosa che invece di entrare usciva. C'era solo quell'altra sé stessa a cui pensare, molto reale, stesso peso e stessa forma del suo corpo enorme. Era una questione affascinante, a cui dopo ore e ore decise che non c'era via d'uscita, se non quella terrificante, con tanto, tanto sangue. Sentiva bagnaticcio dappertutto, c'erano donne che prendevano lenzuola, toglievano lenzuola, e quelle lenzuola avevano macchie marroni, nere e rosse.

Impossibile che tutto ciò fosse naturale. Era il processo meno naturale che avesse mai visto.

Poi per un istante si sentì perfettamente calma, come immaginava che ci si sentisse prima di morire, o per lo meno come tante volte nei romanzi accade alle persone prima di morire – cosa che sembra plausibile ma è completamente incredibile, essendo una delle tante esperienze che non si possono raccontare. Sentì uno strillo e pensò che fosse la sua voce, ma era troppo flebile e troppo inaudita.

Prima non c'era e poi era lì.

Celine svenne. Quando tornò in sé, vide Marta, poi si addormentò.

33

Quello che Claude voleva dire a Celine era che aveva capito che Titere era tornato in quelle isole per vendicarsi. Il suo obiettivo in Europa era acquisire autorità, e adesso era tornato lì per servirsene. Era stata una scoperta disturbante. Titere, scriveva Claude, gli aveva raccontato che era cresciuto in quell'oceano. Era nato in una famiglia molto importante. Ma un giorno, da ragazzo, era uscito in mare con il padre per andare a pesca. Suo padre prese una freccia e la tirò contro quello che credeva un banco di pesci tropicali. In realtà aveva visto male, aveva colpito un grosso squalo. La freccia trafisse lo squalo nell'occhio. Immediatamente, raccontò Titere, a suo padre si oscurò la vista. Quando apriva gli occhi, era come guardarsi in uno specchio. Claude non era sicuro di aver capito bene. Chiese a Titere di spiegarsi meglio. Aveva di fronte sé stesso, disse Titere. Gli sanguinava un occhio. E d'un tratto nell'aria i suoni ammutolirono. E così tutti, proseguì Titere, si infuriarono con suo padre. Lo ricacciarono in mare insieme al figlio. Andarono alla deriva per una settimana, poi gli fu concesso di tornare a terra. Ogni volta che vedeva uno squalo, disse Titere, gli dedicava un canto e gli chiedeva perdono. Era una storia molto strana, disse Claude. Diversi punti gli risultavano incomprensibili. Ma quello che era sicuro di aver capito era che tutto questo accadeva più o meno all'epoca del primo arrivo di Claude sull'isola. E così, continuò Titere, scriveva Claude a Celine, ecco il motivo per cui aveva deciso di seguire Claude nel suo viaggio in Europa – un po' per vedere altre isole e altre terre, ma soprattutto per raccogliere una serie di oggetti potenti da portarsi a casa, utili ai suoi propositi di vendetta. C'era una lotta per la successione, e Titere pensava che spettasse a lui.

Quando toccarono terra, scriveva Claude, scaricarono dalla nave i bauli di Titere, con dentro i suoi ritratti esotici, i tessuti e le armi, dopo di che ripartirono, lasciando Titere sulla spiaggia che si incamminava verso casa.

34

In campagna, Celine si svegliò e non capì bene dove si trovava. La luce era gialla, quasi arancione. Accanto a lei c'era una neonata che dormiva, così infagottata da sembrare un bruco o una crisalide, qualcosa di non umano ma comunque di deliberato.

Era frastornata ma più vigile di quanto non fosse mai stata. Dentro le faceva male tutto. Perdeva ancora un po' di sangue, così scuro che non sembrava nemmeno sangue, ma qualcosa di più insolito o quanto meno che di solito non si vedeva.

Poi entrarono Marta e Julia. Celine cercò di alzarsi, per pisciare in un pitale sul pavimento. Ci mise dieci minuti, appoggiandosi alla spalla di Julia. Camminava a gambe larghe, dolorante, come se avesse scopato tutta la notte.

Quando tornò a letto, prese in braccio la neonata e la strinse a sé. Era una bambina, e a quel pensiero Celine provava quasi una sorta di furore, o almeno qualcosa di acuto e di intenso. Era un'emozione molto simile a mangiare – sensuale e particolare. Era bello ma anche doloroso.

Rifletterono tutte insieme sulla situazione. Ora aveva una figlia, ma non viveva con il marito. La soluzione ovvia c'era, disse Julia. La bambina poteva vivere lì con Julia. Potevano dire che era una cugina. Celine le chiese se era sicura. Celine avrebbe fatto la stessa cosa per lei, disse Julia. Altrimenti, aggiunse Julia, poteva portarsi la bambina in città e dire che l'aveva adottata. L'unico messaggio veramente importante da far passare era che la bambina era soltanto sua.

Fu come se improvvisamente tutto si fosse cristallizzato in quel momento di solidarietà totale fra donne: una perfetta coincidenza di amicizia e desiderio.

Celine guardò la bambina e pensò che non c'era niente di più bello e di più delicato. Aveva una quantità sorprendente di capelli. C'erano dei ciuffetti sulla punta delle orecchie. Aveva un odore acre ma anche dolce. Era incredibilmente piccola. Se ne stava sdraiata sul seno di Celine, da cui sgorgava una sostanza giallastra che era quasi muco.

Aveva l'impressione di non esistere più, o di esistere allo stato liquido. Poi Celine si corresse. Ciò che non esisteva più in realtà era il mondo.

Continuava a ripensare a tutte le cose che erano successe, e le sembrava che fossero così tante che non poteva più succedere nient'altro. Era invecchiata parecchio, pensò, e di sicuro non poteva invecchiare più di così. Aveva varcato un confine.

A volte nelle notti successive le pareva di sentire sua figlia svegliarsi e allora si sollevava su un gomito per farle una carezza, poi però si rendeva conto che quello che aveva scambiato per pianto o un vagito era un piccione, o due persone che parlavano nel cortile. La bambina invece dormiva, e lei ne aveva violato l'intimità. Era incredibile la serenità del suo sonno di bambina.

L'avrebbe chiamata Saratoga, disse a Marta e a Julia. Poi diede un bacio alla sua piccola.

35

Qualche tempo dopo, Celine ebbe la visione di un mondo che veniva distrutto. Sotto i suoi occhi vedeva improvvisamente finire tutto tra le fiamme: giornali, calze, libelli, teorie dell'ironia, dollari, guide di viaggio, scaffalature, raccomandazioni, protoni, lettere, giarrettiere, ritratti, smalti, cappucci di biro, calunnie, monili indiani, codici, sceneggiature, bicchieri, tazze da tè, matite, pastelli, acqua, inchiostro, ossa del polso, riviste, fondi di caffè. All'improvviso tutto era irraggiungibile, come può essere irraggiungibile quello che sta andando a fuoco.

Il suo mondo scompariva e c'era solo la nuda oscurità.

Poi tutto ritornò dov'era: una stanza, un mondo, Celine.

Due

1

Qualche anno dopo, finalmente Julia guardò Celine e le disse che lasciava il marito. Era un mostro, mangiava i bambini, disse. Era piena di lividi, lui la picchiava. Lo odiava. Lo lasciava.

– Non mangia i bambini, disse Celine.

Celine stava per compiere trent'anni e si sentiva una donna di mezza età. Per lei, quegli anni passati, gli anni dell'infanzia di Saratoga, erano stati una specie di stupefacente parentesi. Pensava a Saratoga di continuo, soprattutto al suo futuro, perché voleva che Saratoga avesse non solo un futuro perfetto, ma anche un'infanzia perfetta e si preoccupava, con una cura che sorprendeva lei stessa, di cosa avrebbe ricordato Saratoga di quando era piccola. Celine voleva che fossero bei ricordi, o se non belli per lo meno che non fossero dolorosi o rabbiosi, ma vedere nel futuro non era facile.

A Celine sembrava di essere finalmente sbucata su un altopiano dopo una lunga notte di viaggio sotto la luna, i pianeti e le stelle nane, scoprendo che ciò che stava guardando era il tempo. Nella vita, si stava rendendo conto, c'era molto più tempo di quanto credesse, e questo cambiava il suo modo di vedere ogni singolo evento. Un evento non era più soltanto un evento, era un qualcosa che la reiterazione sfumava, così come ora anche la sua amicizia con Marta nella sua grande lunghezza era adorna di tanti souvenir, che facevano apparire gli eventi quasi brutti, e lei non li voleva più.

Era pur vero che, quando non potevano vedersi per un bicchiere di vino rosso o un Martini, Marta e Celine si scambiavano messaggi, parlando delle proprie emozioni e delle emozioni che provavano ripensando alle proprie emozioni. Ma un vago ennui stava calando leggero su di loro, e avrebbe quasi potuto essere rassicurante, quell'ennui – al pari della coperta che si dà al giovane yogi per la meditazione del mattino – se non fosse stato così triste constatare che persino una cosa un tempo tanto entusiasmante e unica potesse conoscere la delusione.

Come sarebbe stato più semplice essere una farfalla! O per lo meno un essere con una vita brevissima: una falena, o un'efemera. Ma magari anche la coscienza di un'efemera nell'arco del suo unico giorno di vita aveva attimi di noia e di stanchezza.

Il pianeta sembrava appena un pochino meno patinato, anche se fuori c'erano nuovi alberi che cercavano di vivere, tutti erano eccitatissimi dai sistemi ultramoderni di misurazione degli arcobaleni o dei pianeti o delle nuvole, e Antoinette organizzava feste folli nei palazzi governativi. Tutti dicevano che Julia era dimagrita. Ora sembrava elettrica, ma anche ansiosa. La sua pelle era sempre diafana ed era sempre ammantata da un'aura di sognante bellezza, ma ora c'erano due segni violacei sotto gli occhi. Quelle alterazioni sembravano parte di un generale cambiamento di atmosfera. Beaumarchais era una celebrità, mentre Jacob aveva ormai sostituito al fallimento nella scrittura la passione per la politica radicale. Voleva lottare per i diritti universali, diceva, e aveva intrapreso un grande viaggio in America per promuovere la sua nuova battaglia. Rosen era finalmente tornato a seguire i suoi interessi commerciali al di fuori delle restrizioni della burocrazia governativa. E nel frattempo al loro piccolo gruppo si era aggiunta una nuova amica, una donna di nome Izabela, che veniva dalla lontana Europa dell'Est, ed era a dir poco bello che si potessero ancora fare nuove amicizie, anche se spesso poi le amicizie si raffreddavano o diventavano problematiche.

Ora però c'era questo nuovo problema di Julia e del marito. Suo marito si chiamava Dolan ed era un manager di una multinazionale. Andava e veniva da una parte all'altra dei confini con grande disinvoltura. In tanti anni, non aveva lasciato su Celine nessuna traccia percettibile.

La sua unica preoccupazione, continuò, era non muoversi affrettatamente. Julia si grattò un'ascella, si annusò le dita, tornò a concentrarsi. Naturalmente le donne lasciavano gli uomini di continuo, e soprattutto gli uomini lasciavano le donne, disse Celine. Ma nello stesso tempo era del tutto possibile che una donna fosse infelice con un uomo o un uomo fosse infelice con una donna e nessuno se ne andasse. A volte quello era il posto più sicuro.

– Ma, disse Julia.

– Se lo lasci, poi che cosa ti resta? disse Celine. – Parlo di soldi.

Era veramente orribile ritrovarsi a parlare in quel modo! Ma non sembravano esserci altre possibilità. Parlando di amore, parlavano comunque di soldi, e forse i soldi erano la questione che stava alla base di tutte le altre.

2

La situazione di Celine era questa. Senza Sasha, il marito separato, Celine non aveva denaro, a parte quello virtualmente rappresentato dalla loro casa e dagli altri beni, che non si potevano convertire in liquidi. Quindi non faceva che pensare ai soldi. Era il costo da pagare per una donna sola.

Le spese più alte erano quelle per gli insegnanti di Saratoga. Saratoga ormai aveva dieci anni e continuava a vivere in campagna a casa di Julia. Celine voleva che Saratoga fosse più indipendente possibile e crescesse in una meravigliosa (e un po' artificiale) famiglia allargata di amici, lontana dal sistema paterno. Le aveva detto di sfuggita che probabilmente suo padre era Claude, ma più che altro la incoraggiava a pensare di non avere un padre, di essere stata concepita dalla sola Celine, e a Saratoga sembrava piacere quella mitologia. Era venuta dal nulla, diceva Celine. In campagna, Saratoga le scriveva messaggi estasiati sull'arredamento, sul cibo, sulle lezioni e i tutori e sull'assenza di veicoli di qualunque genere.

Nel frattempo i pagamenti di Sasha arrivavano quando arrivavano, oppure erano puntuali ma era sbagliata la cifra. Sasha era ancora in disgrazia, esiliato in patria. Si rifiutava di concederle il divorzio. A Celine non faceva piacere dover usare i soldi di Sasha, ma non poteva farne a meno. Lui non rispondeva mai ai messaggi, o lo faceva in maniera assurda, come per ribadire un certo potere obliquo, lanciandosi in conversazioni filosofiche prive di senso. Di recente aveva letto quel romanzo, le scrisse, quello che molti amavano chiamare *Messaggi*. Era un romanzo che una volta gli aveva raccomandato lei, diceva, e che non aveva mai letto. Poi, qualche sera prima, se l'era ritrovato in mano e aveva capito perché lei lo amasse tanto – impietosendosi un attimo dopo per i poveri scrittori, poveri geni, il cui destino era essere eternamente incompresi dai loro contemporanei. Quelle riflessioni non interessavano affatto a Celine, adesso che era entrata in quel nuovo regno del tempo. Tutti i suoi pensieri erano rivolti alle questioni pratiche. Era sempre alle prese con fumosi progetti per portare a casa qualche soldo in più, utilizzando come capitale qualche piccolo prestito dai suoi genitori. Occuparsi dei soldi la rendeva nervosa. Era l'unica forza che la proteggesse dagli uomini, una sorta di cuscino gonfiabile che riparava dalla loro violenza, e che poteva sgonfiarsi o addirittura scomparire da un momento all'altro.

3

– Ma quello che sto cercando di dire, disse Julia, – è che adesso sto con Lorenzo.

– Lorenzo? disse Celine. – L'ebreo?

– Credo sia soltanto veneziano, disse Julia. – Ma può darsi, non ne ho idea. È importante?

– No, disse Celine.

Lorenzo era un personaggio appena entrato nella storia di Celine e del tempo. Era uno sceneggiatore, adattava pièce di successo. Portare sceneggiature all'opera stava diventando sempre più importante. Una sceneggiatura in sé non era abbastanza, e forse aveva senso così. Per essere reale doveva moltiplicarsi.

Lorenzo in realtà era nato nella loro stessa città e non era affatto straniero, ma la sua famiglia si era trasferita prima a Venezia e poi a Vienna, e forse era anche ebreo – per quanto poteva esserlo una persona che non aveva una chiara identità ebraica. E così la sua identità restava in dubbio. Aveva una barbetta liscia leggermente brizzolata e i capelli crespi e scuri, e l'effetto era un'aria amabile ed eccentrica, soprattutto per il forte contrasto con il corpo, muscoloso ma innegabilmente piccoletto, che lui manteneva in forma allenandosi regolarmente con i pesi. Lorenzo era tornato in città per lavorare alla sceneggiatura insieme a Beaumarchais. Fino ad allora, Beaumarchais lo detestava. Adesso lo adorava. Il progetto sarebbe stato prodotto da Hernandez – ormai praticamente tutto quello che c'era in circolazione usciva dagli studios di Hernandez.

– Ma Lorenzo non è un po' vecchio? disse Celine.

Julia fece una smorfia e si strinse leggermente nelle spalle, un modo per far capire che quella conversazione andava capita più che spiegata, al che Celine manifestò la propria comprensione per quella pulsione, diventare il capolavoro erotico di un anziano, sia pure ammettendo che trovava deprimente constatare quanto fosse banale quella perversione, ammesso poi che la si potesse annoverare fra le perversioni, vista la frequenza con cui si manifestava, e qui Julia avrebbe potuto ribattere che forse l'unico modo per *espiare* quella pulsione era soddisfarla. Invece iniziò una frase confusa, qualcosa come:

– Con Lorenzo, il fatto è...

Ma furono interrotte da Catone. Celine spesso – più o meno tutte le volte che lo vedeva, adesso che era così consapevole di vivere in una nuova prospettiva – aveva l'impressione che Catone fosse l'unico a non apparire per niente invecchiato. Veniva a consegnare una nuova serie di messaggi di Saratoga dalla campagna.

In ogni caso, aggiunse Julia mentre Catone si accingeva a fare piazza pulita dei cannoli avanzati, la gente dicesse pure quello che voleva su Lorenzo. Ma lei sapeva che lo avrebbe amato per tutta la vita.

4

Quella sera Julia portò Celine a vedere l'ultima produzione di Hernandez, lo spettacolo di un mago che era diventato una celebrità, dove avrebbero potuto incontrare Lorenzo in privato e discutere le opzioni per il loro futuro in comune.

Questo mago famoso veniva dalle lande selvagge dell'Europa centrale. I suoi erano spettacoli stravaganti. Viaggiava con la figlia di nove anni e un gatto che lui sosteneva fosse la reincarnazione della sua defunta madre. Nel corso della sua carriera per tutta Europa aveva stretto amicizie con numerose celebrità e se ci parlavi te lo faceva sapere. Conosceva tutti, almeno a suo dire – stilisti, architetti, editori di riviste, ballerine –, ma le sue storie finivano tutte con un *però ovviamente non ci parliamo più*, oppure *però ovviamente lei è stata una delusione terribile*.

Il nuovo spettacolo prometteva sistemi unici di visione e di proiezione teatrale. Era uno spettacolo che veniva dal futuro, e c'era un dibattito ossessivo sui suoi effetti speciali. Lorenzo aveva scritto un saggio sul nuovo teatro dell'illusione, in cui sosteneva che per quanto sembrasse che i poteri li avesse tutti il mago, in realtà i codici in gioco erano sempre due, non uno solo. La realtà virtuale prodotta da quelle illusioni era creata dal pubblico non meno che dal mago. L'effetto speciale, concludeva, aveva una *doppia essenza*, e quelle parole l'avevano reso famoso al di fuori della piccola cerchia dei suoi soliti ammiratori.

Celine e Julia presero posto in un palco, al buio. Si guardarono attorno cercando il profilo della barbetta di Lorenzo ma non riuscirono a individuarlo. Sotto di loro, sul palcoscenico, una pistola sparò un colpo e il mago fermò il proiettile tra i denti. Mentre tutti applaudivano, la figlia si mise in testa un elmetto di metallo e il mago, in piedi su un'impalcatura un paio di metri sopra di lei, la attirò verso il soffitto con un gigantesco magnete. Forze invisibili, cose inquietanti che succedevano senza l'intervento umano. Era impressionante vedere all'opera forze simili, per quanto in effetti facesse pensare ad altre forme di attrazione: come per esempio far sollevare il pene di un uomo solamente aprendo la bocca. O far cambiare l'atmosfera e la composizione di una stanza perché vi era entrata una celebrità.

La parte successiva dello spettacolo era un piccolo interludio, in cui la figlia del mago giocava a dama contro un avversario meccanico, un avversario che sembrava muoversi e pensare animato da volontà propria. Era bello, anche se un po' inquietante, vedere quella figura che faceva le sue mosse, magari a scatti ma precise, e Celine avrebbe potuto restare a guardarla per ore, ma in quel momento una voce dietro di loro, nel buio, disse che Julia, cazzo, doveva tornare da lui. Per Celine quell'improvvisa intromissione nell'intimità non aveva nessun senso. Mentre giù in basso sul palcoscenico spoglio il mago stava presentando il nuovo numero, avvertendo che avrebbe suscitato grande paura e ansia nel pubblico, su in alto Julia rispondeva, scandendo bene le parole, che non ne aveva nessuna voglia.

Poi si spensero le luci.

Nel buio, Celine cercò Julia e Julia cercò Celine. Dietro di loro, capiva ora Celine, c'era Dolan, il marito di Julia manager della multinazionale, sudato e puzzolente. Prima di una conversazione importante gli piaceva bere qualcosa. Difficile riuscire a far stare zitto un uomo del genere. In un inglese velocissimo disse a Julia che doveva tornare a casa con lui, e lei gli rispose che era una roba troppo irritante, imbarazzante, era una roba irritantemente imbarazzante, e che stesse calmo, molto molto calmo. Celine rimase colpita che evidentemente in privato loro due parlassero inglese, non tanto per la cosa in sé, dopo tutto Dolan era cresciuto in Irlanda e aveva sempre trovato più comodo l'inglese, ma perché lei lo veniva a sapere soltanto ora. Dolan prese per la manica Julia, che inciampò in una sedia facendola cadere rumorosamente, e in quel preciso momento sul palcoscenico si accese una luce improvvisa illuminando del fumo. Julia si mise a parlare molto rapidamente, chiedendogli che cosa non gli fosse chiaro di quella situazione, che invece era semplicissima, non aveva intenzione di tornare da lui. Poi dal fumo sul palcoscenico emerse uno scheletro, che muoveva le braccia molto piano. *Era lì per giudicare tutti loro*, disse lo scheletro.

Poi, con grande ritardo, arrivò Lorenzo.

La farsa o il melodramma non piacciono quasi a nessuno, pensò Celine, sono forme che sembrano artificiose e impossibili, e tuttavia a volte si verificano, succede che quei piccoli giochi di cause ed effetti si verifichino – come in quel momento, quando Lorenzo entrò nel palco e rimase lì impalato, senza comprendere esattamente la situazione in cui era capitato. Guardò Dolan, poi Julia, che gli fece un gesto come a dire tante cose. Chiedergli silenziosamente scusa per quell'incontro fortuito, fargli sapere che non aveva idea che Dolan l'avrebbe scovata lì, evidentemente doveva averla seguita oppure aveva pagato qualcuno del suo staff. Dire tutto ciò senza parlare però è molto difficile. È dura trovarsi in situazioni in cui il linguaggio non è tutto, che poi forse vuol dire praticamente sempre.

Intanto nel buio Dolan stava fissando Lorenzo.

– Dovete vergognarvi, disse. – *Nemmeno siete un bravo scrittore.*

A quel punto Dolan si scagliò addosso a Lorenzo che si difese con uno spintone e Dolan barcollò all'indietro, incespicò su una panca e fra lo sbigottimento generale precipitò nel buio su un gruppetto di spettatori terrorizzati, uno dei quali cominciò a strillare e urlare perché si era rotto un braccio.

Forse era per questo che l'amore era impossibile, pensò Celine. Creava azione, e gli umani non avevano talento per l'azione.

5

La gente trova così difficile controllare il mondo! Il mondo è un immenso animale che non dà nessun ascolto agli umani, e neanche rispetta la sincerità delle loro mosse. Lei aveva pensato di avercele, quelle mosse, ma tante volte il coraggio le veniva meno, rifletteva Celine. E nel frattempo attorno a lei tutti i sistemi si scambiavano informazioni, indifferenti alle persone senza le quali reti e sistemi non sarebbero esistiti, e quei sistemi erano un grande fuoco che stava consumando tutti.

L'altra parola chiave di quel processo era probabilmente tempo. Sentiva che la parola era molto vaga.

Molto lontano da lì, in una zona che popolazioni diverse conoscevano come lo Stato di New York o la Mohawk Valley, Louis Cook stava apponendo la firma su un messaggio per George Washington. Il passare del tempo e i suoi effetti nefasti erano una preoccupazione costante per Louis, e questa cosa in lui si manifestò sotto forma di desiderio di raccontare a Washington una storia capitata ultimamente durante la visita di Montour.

Di recente, scriveva Louis – in un messaggio che era stato dettato a Montour, che l'aveva poi corretto –, nel loro villaggio era arrivato un commerciante con tre uomini al seguito che si portavano dietro una canoa piena zeppa di pentolini. Nessuno corse a dare il benvenuto a quell'uomo bianco. Il clima era teso e nervoso. Il fatto è che non c'era più un soldo. La gente ciancicava vecchie sigarette e beveva piccoli intrugli di rum svaporato. Quel commerciante, scriveva Louis Cook a Washington grazie alla traduzione di Montour, era un vecchio agente, ma veniva con nuovi soci. Dopo le solite piccole formalità, cominciarono a parlare di prezzo. A quanto pare, si era reso necessario rialzare i prezzi. Louis naturalmente se l'aspettava una mossa del genere, vista la crisi, e quindi rispose che certo capiva, ma doveva assicurarsi che i suoi guerrieri fossero trattati bene, e vedessero soddisfatti i loro bisogni. Era assolutamente d'accordo, disse il commerciante, che però venne interrotto da uno dei suoi soci, il quale disse che non gli piaceva come gli indiani provavano a estorcere la merce e spuntavano prezzi migliori di quelli dei bianchi. Quel tizio, scriveva Louis Cook, sembrava non rendersi conto che loro parlavano la sua stessa lingua e capivano ogni parola.

Perché era un'epoca in cui gli americani dicevano cose terribili sul suo popolo, come se si fossero scordati di tutto quello che il suo popolo aveva fatto per loro. Così come Celine si era ritrovata in un mondo che non riconosceva, anche Louis Cook si era ritrovato in un qualcosa che aveva sperato di non vedere, un mondo da cui erano stati rimossi degli elementi. Aveva perso gli alberi, le piante e i cieli. Gli uomini bianchi scrivevano cose sempre più folli, che sembravano rendere folli anche loro. Gli avevano detto di un uomo bianco che si era imbattuto in un delaware fuori da una palizzata. Il delaware stava soltanto raccogliendo licheni. Fai un favore al mondo e mangiati questo, gli aveva detto il cowboy. Poi gli aveva sparato in bocca. Stava producendo molto malcontento fra il suo popolo, scriveva Louis Cook. Secondo il suo interprete Montour, per esempio, gli americani stavano diventando dei banditi fuori controllo, bande di assassini e psicopatici, e gli dispiaceva che ciò inducesse la sua gente a comportarsi male a sua volta. Montour raccontava continuamente le storie del Tuono, di come il Tuono gli avesse detto che gli animali stavano scomparendo e il granturco scarseggiava perché la sua gente continuava a uccidere gli animali per vendere le pelli ai bianchi e comprare rum – e al Tuono tutto questo non piaceva.

Ecco il motivo per cui, scriveva Louis Cook a Washington, riteneva che fosse molto importante riflettere su incontri come quello. Era ancora possibile fare affari onestamente e in maniera rispettosa. Le persone potevano conversare, anche in più di una lingua, e lui alle conversazioni con gli estranei ci teneva sopra ogni altra cosa, diceva Louis, ed era convinto che quando qualcosa è rotto, o non è quello che ti aspettavi, lo si può sempre riparare se viene trattato con la cura dovuta.

6

O forse bisognava dire, pensava Celine, che per quanto nessuno volesse arrendersi a quella cosa grandiosamente chiamata destino, in realtà invece la gente vi si arrendeva, tutti i giorni? E stavolta il destino voleva che Celine e le sue amiche soffrissero ancora. Il destino non pensò che c'era già abbastanza sofferenza. Pensò che c'era troppa speranza.

Perché se Celine riceveva molti messaggi e ne dimenticava la maggior parte, quello che ricevette il giorno seguente da Julia – trafugato di nascosto da un assistente nel sacco della biancheria sporca – costituiva una grossa variazione nel quadro.

Degli uomini erano andati a casa sua nel cuore della notte, scriveva Julia. Dicevano di essere lì solo per la sua sicurezza, che la portavano a un incontro con Lenoir, il capo della polizia, per parlare di quella faccenda di suo marito. Poi erano andati dall'altra parte del fiume, ma invece di dirigersi verso gli uffici di Lenoir l'avevano portata in una casa, quella da cui stava scrivendo, proseguiva Julia, da qualche parte in città. Ignorava dove si trovasse, non c'era niente che riconoscesse. Era al piano terra di un palazzo. Fuori c'era un giardinetto. Sembrava che nessuno se ne prendesse cura. Bottiglie abbandonate su un cumulo di fango. Era terrorizzata. C'era anche un post scriptum, in cui supplicava Celine di parlare con chicchessia, e poi qualche parola illeggibile. Come se Julia avesse mandato il messaggio senza riuscire a terminarlo.

Celine provava un senso crescente di stanchezza. Era come se al posto della processione dorata dei momenti che aveva sognato per la propria vita ci fosse qualcosa di fragile che richiedeva sforzi enormi. Poteva durare in eterno, la resistenza? E sarebbe stata sempre così minimale? Un rapimento era una forma di intimidazione che faceva decisamente paura, come qualsiasi intimidazione efficace, e Celine non voleva aver paura. Ma se era davvero coinvolto il capo della polizia, la cosa era ancor più spaventosa perché significava che quella in qualche modo era violenza di regime e quindi che le forze con cui dovevano vedersela erano meglio organizzate della solita violenza maschile.

L'unica soluzione, apparentemente, esigeva che lei incontrasse Lenoir. Ma non si vedevano da anni.

Siccome ovviamente capita spesso che alcuni rimangano nelle nostre vite e altri invece spariscano, non è facile prevedere chi sparirà e chi resterà e si prova quindi un senso di estraneità quando inaspettatamente si torna da una persona con la quale un tempo c'è stata vicinanza, ma mai *amicizia*, e che ora si vorrebbe usare nella resistenza che si sta opponendo all'ordine costituito. I vuoti, i compromessi, i piccoli ricordi erano così tanti, o quella per lo meno era l'impressione di Celine. Invecchiando, aveva scoperto che alcuni legami con gli altri erano delle cosine fragili, eventi appesi a corde sfilacciate, e in mancanza degli eventi o delle circostanze che li sostenevano sembravano volarsene via nell'aria turchese. E così, tornando a Lenoir, era difficile per esempio capire quale fosse il tono giusto, dopo tutto il tempo che era passato. Dovevano costruire un modo nuovo di parlare, che tenesse conto però delle vestigia di quello vecchio. Il che era un problema, in primo luogo perché quando Celine l'aveva conosciuto, il suo potere nella società era molto superiore a quello di Lenoir, e non era più così, e perché Celine non sapeva quanto Lenoir fosse vicino al marito di Julia, né quanto sapesse essere violento.

Comunque, Celine aveva deciso che mai più sarebbe scomparsa nel silenzio, soprattutto se era un silenzio imposto da altri, e così mandò un messaggio a Lenoir al quale lui rispose con allarmante rapidità, invitandola ad andarlo a trovare quando voleva, come se avessero una corrispondenza regolare e piacevole.

Piena di timore, Celine attraversò la città diretta all'ufficio del capo della polizia, dentro le stanze del regime.

7

Ora gli interni del complesso di uffici erano imponenti, colorati e improvvisati. Sembrava che Lenoir si fosse concesso una maggior libertà di espressione, e pur sorprendendosi Celine se ne scoprì stranamente ammirata. L'età aveva conferito a Lenoir una nuova autorevolezza. Prese dei campioni di colore, piccole chiazze di pittura, e le chiese un parere.

– Ti piace questo? Stiamo imbiancando. Troppo viola?

– È verde, disse lei.

– Scusa, era quello sbagliato, disse Lenoir.

Gliene porse un altro, una strisciolina di tinte pastello. Celine gliela ricacciò in mano.

Celine sapeva di non essere la persona più forte del mondo, né la più determinata, ma pian piano si stava rendendo conto che se ci pensava intensamente e con passione poteva ottenere quello che voleva. In una conversazione c'era sempre un momento in cui volevi qualcosa, e se il tuo interlocutore faceva di tutto per evitare l'argomento, potevi sempre parlarne apertamente, per quanto imbarazzo potesse suscitare.

– E allora? fece lei.

– Allora? fece Lenoir.

– Che cosa sta succedendo a Julia?

Sembrava che a Lenoir parlare di donne e vite private facesse venire l'ansia. Succedeva spesso, pensò Celine, quando le donne parlavano agli uomini di altre donne.

– Non posso aiutarti, disse a Celine. – So perché sei qui. Non posso aiutarti.

Ci sono conversazioni che si chiudono subito e altre che hanno un finto epilogo. Non sempre si capisce quale si chiuderà subito e quale più lentamente, così come non sempre si capisce se c'è qualcuno in grado di controllare che piega prenderà una conversazione. Lenoir voleva certamente concluderla, ma Celine non voleva accettare che la conversazione finisse in modo così brusco, per cui disse semplicemente che non gli credeva. Lenoir sembrò sorpreso da una frase diretta come quella, come se fosse abituato a incontri dove in genere essere diretti non era possibile o quanto meno era socialmente interdetto. Preso alla sprovvista, fu indotto a essere altrettanto diretto. Non era come una volta, disse. Non poteva muoversi in autonomia. Ora c'erano tante di quelle commissioni, complotti e contro-complotti, gente ansiosa o nevrotica per il clima generale.

– Comunque sia, disse Celine. – Che cosa sta succedendo?

Si poteva credere magari che lui avesse del potere, continuò Lenoir, ma la verità era che tutti tramavano continuamente alle sue spalle. Celine aveva una vaga idea di quello che accadeva lì, nei quartieri del governo, in tutte quelle piccole stanze? *Non c'era più un soldo*, disse Lenoir. Era incredibile la scarsa comprensione che la gente aveva per lui, disse. Celine ribatté che continuava a non credergli, e l'effetto di quelle parole su di lui fu una sorta di addolorata indignazione che lo rese loquace ed espansivo, offrendole informazioni riservate, indicazioni sulle origini della ricchezza del marito di Julia, e qualche retroscena sulla famiglia di Lorenzo nei ghetti veneti. Lo sapeva, disse Lenoir, che il vero nome di Lorenzo era *Emanuele*? Si può essere più ebrei di così? Tutto, concluse, congiurava per rendergli impossibile ogni aiuto a Julia.

Celine lo guardò. Era come dentro una bolla di pensiero, il suo modo per cercare di capire che cosa poteva chiedere a Lenoir. Doveva avvicinarsi a lui, con quella bolla! Come se fra di loro al posto dell'aria ci fossero le emozioni, e lei nella sua bolla trasparente potesse galleggiare verso Lenoir e parlargli, e lui la accogliesse nella propria bolla e capisse quello di cui aveva bisogno. Poi si decise a formulare una richiesta, la più discreta che le riusciva di pensare. Gli chiese l'indirizzo di Julia, e Lenoir, senza risponderle ma con un'aria malinconica e il desiderio di continuare a parlare con lei ancora un po', scarabocchiò un indirizzo, si rese conto di aver sbagliato a scriverlo; ci tirò una riga sopra, lo riscrisse, stava per cancellarlo ancora e rifare tutto daccapo, poi lasciò perdere e glielo porse.

Da come lo fece, sembrava che volesse spazzare via il tempo trascorso dall'ultima volta che si erano visti, o almeno volesse mantenere un piccolo legame con una forma di dialogo che un tempo apprezzavano entrambi.

8

Avevano portato Julia in un appartamento segreto del governo in una stradina laterale, vicino a uno dei canali della zona nord. A quei tempi il clima era un'immensa stasi: faceva molto caldo ma il cielo era grigio. L'aria gocciolava sull'acqua in lunghe folate gentili. Dentro, odore di sugo alla marinara dappertutto.

– Ho un aspetto orribile, disse Julia.

– Hai un aspetto orribile, disse Celine.

Ed era così. La bellezza pallida e affusolata di Julia sembrava essersi sbriciolata in qualcosa di banale e incompleto.

Celine posò su una sedia un sacchetto con la biancheria pulita e un vassoio di bignè. Era evidente che lì non ci viveva nessuno, che quella era una struttura statale, e che le ventiquattr'ore passate là dentro avevano avuto un effetto rapido su Julia – fra il desolato e lo stupito. Non si poteva vivere così, disse Julia. Inconfutabilmente vero, disse Celine, e non avrebbe vissuto così, ma in quel momento secondo lei era importante anche provare a creare un'atmosfera meno tragica, qualcosa di simile alla vita normale. Ma, chiese Julia, che cosa intendeva lei per vita normale?

– Mi hanno rinchiusa qua dentro, disse Julia. – Com'è possibile una cosa del genere?

– Sto riflettendo, disse Celine. – Sto cercando di capire come dovremmo sentirci.

Julia aveva un problema, un leggero calo di udito, ma non se ne era mai resa conto, per cui considerava l'incomprensibilità di tante conversazioni parte della realtà del mondo. Magari, pensò Julia, Celine aveva detto che si sentiva confusa, o magari aveva detto che voleva sapere che cosa sentiva Julia.

– Io sono innamorata, disse Julia indignata. – Ecco quello che sento. *E mi hanno rinchiusa qua dentro.*

Ma naturalmente per Celine quella era una risposta complicata nella sua evidente mancanza di logica e raziocinio, e non sapeva cosa dire – come se in qualche modo Julia le stesse rimproverando di voler sminuire la sua reclusione, o di non prendere sul serio la sua passione per Lorenzo. C'era molta sofferenza in quella stanza e concentrarsi sulla sofferenza era certamente importante, ma era anche importante pensare alle vie di fuga. Il problema era che apparentemente il solo modo per pensare era il vecchio modo di parlare. E Celine voleva un modo nuovo di parlare, ma fino a quel momento non aveva trovato ciò che aveva in mente. Così per un bel pezzo Celine non disse nulla, il che indusse Julia a cercare di riprendere la conversazione. Chiese a Celine che cosa scrivevano su di lei, che cosa dicevano. Stava cercando di capire che cosa stava succedendo, disse Celine. Aveva bisogno di parlare con Marta di tutto ciò. Sapeva soltanto che Dolan aveva fatto un qualche accordo con Lenoir. E di Lorenzo? chiese Julia. Naturalmente doveva parlare anche con Lorenzo, disse Celine. Ma Lorenzo era un outsider, quindi...

– È tutto così brutto, disse Julia.

Una donna sola non poteva fare niente. Le donne non potevano fare niente, sole o non sole. Per agire c'era bisogno di avere dei soci, e i soci dovevano essere uomini. Tutto ciò lo sapevano bene, per quanto le facesse infuriare, e al tempo stesso sia pure accettandolo come uno stato di fatto con cui bisognava fare i conti, continuava a non esserle chiaro chi in quel caso dovessero essere i soci.

– Lo sai quant'era violento mio marito? disse Julia. – Mi svegliavo la notte e me lo trovavo addosso. Riesci a immaginare quanto sia spaventoso? Ogni volta che qualcuno mi faceva i complimenti su una rivista, lui diventava ancora più violento.

– Vuoi dire veramente violento?

– Pazzo furioso. Col sangue agli occhi.

– Non lo sapevo, disse Celine. – Qualcuno lo sapeva?

– Ovviamente no, disse Julia. – Mi toccava nascondere i giornali tutti i giorni, nel caso ci fosse qualcosa su di me.

Celine provò una sorta di vergogna a posteriori. Trovava orrendo non aver saputo di quella cosa, e orrendo che Julia non gliene avesse mai parlato. Era uno dei problemi di vivere fra la gente – si pensava di sapere un sacco di cose sui propri amici, ma quasi sempre ci voleva una catastrofe perché le persone si parlassero a cuore aperto. La natura umana era terribile.

Un fattorino portò un piatto di spaghetti alle vongole ordinato da Julia in una trattoria di immigrati lì nei pressi. Julia cominciò a mangiarli subito.

– Scusa, è un periodo che mangio sempre, disse Julia.

– Non è che sono impazzita.

Prese una forchettata di vongole e sugo.

– È che sono incinta.

9

Celine si sentiva una donna di mezza età. Capiva che ormai certe cose erano al di là della sua portata. Era come se l'attimo presente fosse altrove, pensava Celine. Ci sono momenti in cui ti senti talmente parte dell'attimo presente da pensare te stessa e quel tempo come una cosa unica, tranne poi scoprire che tu potevi andare avanti ma l'attimo presente faceva un passettino di lato, poco più in là, quel tanto che bastava per accorgerti della distanza fra te e l'anima delle cose. E così, il balletto che si cercava sempre di mettere in scena diventava via via più difficile, ci si muoveva, si facevano le proprie mosse, ma il ritmo su cui si doveva ballare era meno udibile e più frastornante.

Adesso le feste di Celine erano segnate da novità e assenze, ed erano leggermente decadute. Ma è straordinario come alla moda riescano le cose più varie, per cui anche se Celine non godeva più delle luci abbaglianti della celebrità totale, il suo fascino resisteva. Le sue feste, come le serate in ogni leggendario luogo microculturale, che si tratti di circoli di canottaggio o di cellule comuniste, erano diagrammi di forze coincidenti ed esplosive: gruppi sovrapponibili che trovavano la propria definizione nel confronto con una rete di altri gruppi.

Adesso c'erano più scrittori, giovani scrittori, che usavano un lessico nuovo come democrazia o sincerità, e per quanto quelle parole le piacessero non sapeva mai se poteva usarle con naturalezza. Altri intorno a lei non sembravano avere la stessa riluttanza. Da quando era tornato dal suo famoso viaggio in America, Jacob aveva cominciato a scrivere lunghi articoli su economia e vero sentire, e quegli articoli gli stavano procurando un'ammirazione che non aveva mai ottenuto con i suoi precedenti scritti. Aveva anche cambiato aspetto, era più curato e quasi abbronzato, e nell'insieme adesso aveva un'aria leggermente meno scialba.

Ma era la scrittura come quella di Jacob a far pensare a Celine che si stava perdendo qualcosa, o che si stava allontanando da qualcosa, perché per quanto utopica volesse apparire, si trattava sempre di un dialogo fra uomini, rifletteva lei, e quel dialogo, come l'atmosfera di qualche assurdo esopianeta, distorceva ogni prospettiva. La cosa che gli piaceva da morire, le disse una sera Jacob parlando della propria passione per la trance ipnotica che in quel momento era così chic, era il modo in cui uno, durante quelle trance, provasse una tale empatia per i poveri e i diseredati da sentirsi come un bambino piccolo. Per parte sua, pensava che la cosa lo aiutasse anche nel rapporto con i suoi figli. Quanti padri sfortunati, aggiunse, erano così presi dagli affari e dal lavoro da avere sì e no idea di cosa pensavano i figli.

– Lo sai quanti figli hai? chiese Celine.

Jacob tacque.

– C'è forse qualcuno che lo sa? disse poi.

Forse era quello il motivo per cui Celine preferiva la compagnia della sua nuova amica Izabela. Izabela era fuori da tutto, come se fosse di un'altra epoca. Aveva un'aria emaciata, tutta zigomi e severità, capelli biondo cenere lunghi e lisci e due enormi occhi verdi, ma una risata buffa e contagiosa. Aveva una riserva personale inesauribile di aneddoti bizzarri e teneri. Un giorno, le raccontò Izabela, da bambina, le era venuta l'idea di fare il bagno nel latte. E così era andata in giro con un'amica per le fattorie dei dintorni a comprare il latte. Si vestirono come due ragazzi e montarono ognuna in groppa a un asino. Partirono di buon'ora, alle sei del mattino, e visitarono tutte le fattorie della zona, facendosi dare il latte. Poi quel giorno fecero il bagno nel latte, spargendo fiori sulla superficie. Fu una sensazione stranissima, disse Izabela. Era convinta che le sarebbe piaciuto da morire, ma in realtà aveva trovato che l'odore fosse disgustoso. Tanto che non l'aveva fatto mai più. A ogni modo, aggiunse Izabela, era un bel ricordo.

10

Lasciata Julia ai suoi arresti domiciliari, Celine andò a cena con Beaumarchais. Beaumarchais era diventato famoso come aveva sempre desiderato, ma aveva anche scoperto che la celebrità comportava oneri molto più gravosi e vari di quanto avesse creduto – quell'opera di costruzione che arrivava al termine della precedente opera di costruzione in effetti era più impegnativa degli sforzi che gli ci erano voluti per diventare famoso. Venne fuori che tutti avevano una teoria sui famosi, e questo rendeva ogni mossa che uno faceva suscettibile di malintesi e revisioni. Lui stesso tante volte veniva odiato da gente che non lo conosceva e Celine, pur sapendolo e comprendendo quanto meno alcuni dei motivi, continuava a volergli bene. Una delle ragioni era che lui non aveva mai accennato al sesso e a quel punto probabilmente non l'avrebbe fatto più. E questo era enormemente rilassante.

Si sedettero e Celine lasciò che Beaumarchais si lamentasse della propria vita. Sembrava che nessuno lo capisse veramente, disse Beaumarchais, sconsolato. Di recente aveva regalato due biglietti per il suo ultimo spettacolo a un'amica. E quando si erano rivisti, dopo lo spettacolo, lei lo aveva semplicemente ignorato, disse Beaumarchais, ignorato totalmente, neanche le avesse fatto, invece che invitarla a vedere una sua opera, un'avance sessuale clamorosamente fuori luogo, neanche l'avesse invitata, dopo la cena al ristorante, ad andare di sopra, in una stanza tranquilla, e si fosse fatto trovare nudo, bell'e pronto in rampa di lancio, con tanto di oggettistica.

– Neanche le avessi detto, continuò Beaumarchais, – quando dicevi che ti piace il pesce *pensavo che ti riferissi a questo.*

– Da quant'è che ci conosciamo? chiese Celine.

– Da quanto? fece Beaumarchais. – Saranno cinque anni?
– Dieci, disse Celine. – Eravamo così giovani.
– Tu sei ancora giovane, disse Beaumarchais. – Io ho una ventina d'anni più di te. Come mai sei così triste?

Non era affatto triste, disse Celine. Poi si rese conto di essere terribilmente triste e gli spiegò quello che stava succedendo a Julia. Era una storia con parecchi punti oscuri e confusi e le ci volle un bel po' per raccontarla, e quando pensava di aver finito si rese conto che in realtà una storia come quella non si poteva finire, non c'erano abbastanza parole o non c'erano le parole giuste, e così a un certo punto semplicemente ci si interrompeva sperando che restasse qualcosa a prolungare il suono delle parole nella persona che le stava ascoltando.

E forse il vero motivo per cui voleva bene a Beaumarchais era che poteva inviargli suoni e segnali che lui coglieva ed era amabile nei suoi messaggi. Era una cosa folle e spaventosa, le disse. Odiava profondamente quel regime. Lo odiava anche lei, disse Celine. Era un regime in cui tutto sembrava impossibile. Non c'era da sorprendersi che la gente si appassionasse tanto alle nuove teorie su fluidi e magnetismo, sieri e pozioni, tutte teorie su blocchi e rovesciamenti magici. Ma ciò che Celine voleva più di qualsiasi cosa era cambiare completamente panorama.

Tutto giusto, disse Beaumarchais amabilmente, ma comunque per il momento doveva viverci, in quel panorama. E c'era almeno una cosa che il regime sembrava ammirare e che poteva tornarle utile. Celine chiese a che cosa si riferisse.
– Alla celebrità, disse Beaumarchais.

11

Ci sarà una punizione per chi un tempo è stato al centro dell'attimo presente, pensò Celine. La punizione sarà ciò che dovrai soffrire da quando non sarai più al centro. Accanto a lei c'era Beaumarchais, e Beaumarchais era uno che non avrebbe sofferto mai. Lei invece avrebbe sofferto perché voleva qualcosa che gli altri non volevano, e cioè avere un'anima che stesse nel fluire del tempo, e lì rimanesse per sempre.

Beaumarchais invece voleva la fama, e quello era un problema diverso, probabilmente con punizioni diverse. Il giorno dopo, quando tornò nell'ufficio di Lenoir insieme a lui, lo trovò molto nervoso. La sua presenza sembrava rendere nervoso anche Lenoir. Era andato lì per cercare una soluzione, disse Beaumarchais, ma voleva cominciare con una confessione segreta. Nella vicenda di Julia e della sua reclusione, di Julia che andava a letto con Lorenzo contro il volere del marito, lui era doppiamente implicato. Da una parte, era amico di Lorenzo. Però doveva confessare di essere andato a letto con Julia. Prima di andare avanti, voleva ascoltare quindi la risposta di Lenoir.

La risposta di Lenoir fu ridere di gusto.

– Lo so, lo so, è divertente, disse Beaumarchais.

– Non è quello a essere divertente, disse Lenoir.

Una conversazione del genere, pensava Celine, poteva andare avanti all'infinito, e questo le dava lo sconforto. Lei voleva solo una vita schietta e ricca di senso, ma le conversazioni a cui era esposta non erano ricche di senso, erano fredde e astratte e la facevano sentire a disagio, ma a quanto pareva bisognava farsela andare bene perché non c'era altro registro possibile, almeno apparentemente. L'universo avrebbe continuato a ripeterle che sbagliava a volere una vita ricca di senso, o forse a cercarla nelle conversazioni umane. Di sicuro gli uccelli sembravano godersela, quello era un fatto. Era già qualcosa, pensò Celine. Intanto nella stanza Lenoir provò a riprendere la conversazione. Comunque, disse, doveva raccontare a loro due che cos'era successo il giorno prima, un paio d'ore dopo che Celine era stata da lui. Era andato lì il marito di Julia, e la cosa era parecchio strana, disse, perché era arrivato con il suo assistente, un tale di nome Yves, che prendeva nota su un taccuino di tutto quello che accadeva.

– Yves? fece Beaumarchais.

– Lo conosce? gli chiese Lenoir.

– Insomma, più o meno, disse Beaumarchais.

Beaumarchais si alzò e andò a prendere le sigarette dal borsello.

Yves era uno dei tanti che arrivavano in città sperando di farcela, disse Beaumarchais. Era un avvocato, ma voleva diventare famoso anche per i suoi scritti. Lo si vedeva spesso in giro con Jacob, a parlare di politica.

In effetti, disse Beaumarchais accendendosi una sigaretta e avvicinandosi a una finestra aperta, di recente aveva scombussolato Yves non poco. Era successo più o meno un mese prima. Si erano incontrati a qualche festa e Yves aveva iniziato a insistere per avere un acconto. Yves non aveva mai scritto niente che gli avesse fruttato un anticipo, disse. Sembrava improbabile che potesse mai lasciare il lavoro di avvocato. Così, per cercare di tirarlo su, disse Beaumarchais, gli aveva detto di essere lieto di sapere che con lui gli editori non avevano mai fatto un soldo. Quando Hernandez vendeva una delle sue sceneggiature, continuò Beaumarchais, era sempre contento di sapere che aveva fatto perdere soldi agli studios. Così era sicuro di essersi fatto dare il massimo.

Beaumarchais spense la sigaretta sul davanzale della finestra e tornò verso la scrivania di Lenoir.

Lui quella cosa a Yves l'aveva raccontata soltanto per provare a consolarlo, spiegò Beaumarchais, era una cosa gentile, una cosa simpatica, ma evidentemente Yves l'aveva ascoltata con malevolo disgusto, perché era andato subito da Hernandez a chiedergli conferma. In ogni caso, era un uomo molto brutto, concluse Beaumarchais. Era prematuramente calvo. Aveva una faccia che sembrava una rana accartocciata. Aveva qualche problema a una mano, una specie di tremito o di tremore, e questo forse poteva spiegare la violenza che aveva dentro.

– Stiamo sicuramente parlando dello stesso tipo, disse Lenoir.

Sembrava preoccupato dal ritratto che Beaumarchais aveva abbozzato.

Ma la cosa divertente, continuò alla fine Lenoir, era che il motivo per cui Dolan era andato a trovarlo era chiedere a Lenoir di mettere in galera anche Lorenzo: l'amante e la moglie.

– E tu che cosa hai risposto? chiese Celine.

– Gli ho detto, fece Lenoir, – che se dovessi mettere in galera tutti quelli che vanno a letto con chi non devono, in pratica si svuoterebbero i teatri, i bar e le saune.

Sembrava presa da una sceneggiatura, disse Beaumarchais. A proposito, disse Lenoir, aveva appena visto il suo spettacolo. Adorava i suoi lavori. Magari, replicò Beaumarchais, Lenoir avrebbe avuto piacere di assistere alla prima prova dell'adattamento su cui stava lavorando insieme a Lorenzo. Stavano preparando un adattamento? chiese Lenoir. Fantastico. Ma la produzione delle opere non era tutta in mano agli ebrei? Poi parlarono di Lorenzo, degli attori con cui stava lavorando Beaumarchais. Era una cosa folle, disse Beaumarchais, la quantità di soldi che quella produzione richiedeva. Se non ti assicuravi gli artisti giusti, farcela era impossibile. Lenoir sembrava molto interessato al denaro. Ne era abbagliato, come ne è abbagliato chiunque, e chiese a Beaumarchais notizie sui soldi americani, quelli che gli dovevano ancora per il progetto di cui era responsabile un tempo, e Beaumarchais rispose che era tutto fermo. Aveva assunto un avvocato. Non aveva idea se fosse bravo o meno.

E così fra i due uomini nacque un'intesa. A Celine sembrava che fossero lontanissimi. Quel modo di parlare di denaro e contatti d'affari era l'opposto di quello che avrebbero fatto due donne, pensò Celine. D'altra parte, funzionava. A un tratto Lenoir era completamente rilassato. Sembrava che la sua autorità di capo della polizia fosse niente in confronto alla familiarità di Beaumarchais con gli attori.

Doveva confessare una cosa, disse Lenoir. La cosa veramente buffa in tutto ciò era che il marito di Julia faceva bene a essere tanto paranoico. Molti anni prima, disse Lenoir, anche lui era andato a letto con Julia. Era successo soltanto una volta, ma da quel momento l'aveva adorata.

– E allora lasciamola andare via con Celine, disse Beaumarchais amabilmente.

Era tutto corruzione, contatti, conoscenze.

Quindi non fu sorprendente e nemmeno in contrasto con le leggi implicite del potere quando alla fine Lenoir annuì. Fece capire che era d'accordo, senza compromettersi con niente di troppo definito come il linguaggio. E così Julia venne rilasciata, nell'aria mite e polverosa.

12

Celine capì che era arrivato il momento di riflettere un po' più attentamente su Yves – di lì a poco sarebbe diventato un campo gravitazionale, capace di piegare tutto ciò che gli stava intorno.

Yves era cresciuto in una cittadina nelle province, dove aveva studiato legge. Aveva sempre con sé uno zainetto impolverato pieno di quaderni. Comprava tutti i libri che poteva, e quando finiva i soldi, li rubava. Andava tutti i giorni al bar a leggere i giornali. I notiziari adesso erano sempre torrenziali e ossessivi. La gente si informava al mattino, poi verso l'ora di pranzo, quando ricominciavano i giornali, per desiderio di verità o per il terrore di comprendere quella verità. Quell'estate nella città di Yves ci furono dei disordini, cosa che lo entusiasmò. Gli faceva pensare che uno come lui potesse spostarsi in ambienti nuovi e così, ispirato da quelle idee di rivoluzioni e riforme, era venuto a vivere in città: in cerca di successo.

Ovviamente è vero che molti dalle province vanno in città inseguendo la celebrità, un'ambizione tutt'altro che insolita, e in effetti con le debite differenze Yves e Celine avevano qualcosa in comune: volevano intensità, e cominciavano a pensare che l'epoca contemporanea fosse il luogo della massima intensità. Le ambizioni di Yves avevano però un lato diverso e oscuro. Era stato colpito da qualcosa come il virus della letteratura. Ma mentre la fama che volevano gli scrittori come Beaumarchais era creare qualcosa che andasse oltre il tempo, quella che aveva in mente Yves era invece continuare a espandersi il più possibile per tutta la vita, creare un'immagine di sé che arrivasse a essere conosciuta dal maggior numero di persone. Aveva sempre pensato che il mezzo espressivo su cui orientare la sua scelta fosse la letteratura, ma quando arrivò in città e scoprì di essere solo un mediocre scrittore, si rese conto di avere un'altra possibilità. Aveva studiato legge, dopo tutto. Yves decise che la fama gli sarebbe arrivata dalle pubbliche arringhe. Immaginava un nuovo modello di giustizia, in cui chiunque poteva presentarsi e perorare la causa di qualcun altro, direttamente davanti al popolo.

Yves radunò un gruppetto di amici radicali. Alcuni di loro erano ricchi, come Dolan. In larga parte erano avvocati o giornalisti, come Jacob. Erano tutte persone sole. Organizzavano gruppi di lettura per discutere le loro idee rivoluzionarie, come i circoli di Jacob in difesa degli schiavi d'America, fondati dopo il suo viaggio nel Sud dell'America, circoli che poi erano diventati associazioni e nuclei di resistenza.

Yves si creò un mondo, e in poco tempo prese ad amare quella città frenetica. Amava i furgoncini dei frullati, i baracchini con le salsicce, le riunioni a colazione. Amava le riviste e voleva averne una sua. Una rivista, pensava Yves, poteva essere la porticina attraverso cui la fiction entrava nella realtà, e nel caso specifico la fiction che lui e i suoi amici volevano mettere in scena era una costituzione. Senza una monarchia bisognava tirar fuori qualcosa dal niente, e gli sembrava molto interessante che dall'altra parte dell'oceano gli americani avessero inventato una cosa chiamata *il popolo*. Si chiedeva se non potesse succedere qualcosa del genere anche lì.

Era come se una forza nuova si stesse insinuando nel mondo, e il mezzo scelto da quella forza, pensava Yves, era il linguaggio.

13

Il mattino dopo il rilascio di Julia, Yves si sedette insieme al suo affranto marito per consigliare un piano. Dolan non doveva lasciare che quella gente la facesse franca, disse Yves. Tutti sapevano quello che succedeva al dipartimento di polizia. La corruzione era ovunque. Dolan era d'accordo che fosse una cosa disgustosa. Quelli, disse Yves, non avevano il senso del bene e del male. Vivevano senza regole. Magari Dolan non se ne rendeva conto, perché era stato troppo a lungo fra loro.

In quel periodo c'era molta tensione in città perché il governo aveva appena vietato tutte le udienze nei tribunali, dopo numerose valutazioni indipendenti sulle previsioni di spesa e sulla programmazione bellica. C'erano quindi molti giovani seduti nei caffè, disoccupati, che discutevano. Tutto ciò rendeva l'atmosfera tesa e fervida di possibilità. Bisogna sempre cercare un'opportunità, rifletteva Yves, quando ci si trova sull'orlo del contemporaneo, e lui alla fine pensava di aver scoperto il suo momento per agire.

Ora, a Dolan Yves piaceva, perché voleva sostenere le giovani generazioni e pensava che il futuro sarebbe stato in qualche modo progressista, ma quella mattina era ancora mesto e sconfortato. La casa gli sembrava vuota. Era molto stanco. Che cosa noiosa essere uno dei miliardi di mariti odiati dalla moglie. Non si era mai sentito inserito nell'ambiente della moglie, ma fino a quel momento aveva provato una sorta di orgoglio per quell'isolamento. L'aveva considerato parte del suo spirito internazionale, tanto quanto era irlandese ma anche francese: troppo irlandese per i francesi, troppo francese per gli irlandesi. Ora, però, tutto ciò che un tempo gli sembrava unico aveva un sapore triste e malinconico, ed era quindi facile bersaglio delle domande e insinuazioni di Yves.

Dolan osservò che se quelle donne pensavano di poter fare quello che volevano, be' non avevano tutti i torti, soprattutto se c'era di mezzo anche Lenoir.

Ma come gli stava dicendo, disse Yves, quella era una nuova epoca. La legge avrebbe vinto su tutto. E poteva citare due casi semplicissimi. Il primo sarebbe stata la causa contro Julia, con l'accusa di adulterio. Il secondo quella contro Lenoir, per condotta inadeguata a un pubblico ufficiale, complici Celine e Lorenzo. Yves avrebbe rappresentato Dolan in entrambi. Ne avrebbero fatto il simbolo della corruzione e dell'ingiustizia della società. Certo, al momento i tribunali erano chiusi, ma questo significava che avevano il tempo di sostenere le cause con testi scritti, attraverso una serie di libelli e altri articoli.

– In un'aula di tribunale, disse Dolan, – non succede mai niente di buono.

– Vero, eppure, replicò Yves.

E fu così che partì la nuova ondata di pamphlet sul senso di Celine e le sue amiche. Nelle settimane successive, Yves sfornò un'iradiddio di parole, una specie di pastone linguistico. L'atmosfera che promanava da quelle donne, scriveva, era qualcosa di magico e di sinistro. Era questo il messaggio di fondo della collana. Le donne corrompevano l'intero sistema, tutto si stava facendo confuso, e gli uomini subivano mille angherie. Gli uomini cercavano di essere sé stessi, ma ovunque andassero, scriveva Yves, trovavano intralci.

14

Adesso che era diventata una leggenda, Celine pensava che non ci fosse sorte peggiore. Ma forse la parola leggenda è troppo generica in questo caso, e per cercare di precisarla meglio bisogna mettere a confronto le leggende su Celine con le varie leggende su una persona molto diversa da Celine, leggende che a Hispaniola, dall'altra parte dell'oceano, cominciarono a circolare contemporaneamente alla sua. Riguardavano l'uomo conosciuto come Toussaint Louverture, colui che aveva liberato gli schiavi, ormai per tutti Toussaint e basta – e forse la cosa sconcertante è questa, che le leggende circolano velocissime, ma il loro significato si rivela più lentamente.

La prima leggenda voleva che Toussaint fosse lo spirito di un guerrigliero del passato tornato in vita – sotto le spoglie di uno schiavo fuggito dalla piantagione che si nascondeva nelle foreste sui monti spostandosi per l'isola, capace di controllare il mondo naturale, che insegnava agli altri schiavi a trovare le radici più velenose e ricavarne del tè o del vino che uccideva i bianchi sul colpo. Perché forse ogni rivoluzione doveva cominciare con la morte di qualcuno. Stando alla seconda leggenda, Toussaint era uno scrittore che voleva

Letteratura + Politica + Vita. Passava le sere al bar delle sale da ballo cittadine, parlando in mille lingue diverse con cimarroni e altri fuggiaschi e incamerando tutte le informazioni che gli davano. La terza leggenda era semplicemente che Toussaint fosse un mostro.

Tutte e tre le leggende riguardavano una persona che il mondo, così come lo si conosceva, ignorava o non sapeva. Per cui, pensando tanto a Celine quanto a Toussaint, si potrebbe dire che le leggende sono storie che il mondo racconta a sé stesso, ma il loro vero significato non è noto a chi le inventa. Le leggende sono storie di come nessun mondo si accorga mai di essere circondato da un altro mondo, fino a quando non è troppo tardi.

15

Celine non pensava più al linguaggio con gioia, con cura. Nei messaggi, lasciava che la grammatica facesse di testa sua, lei non ci badava. Non c'era giorno che non desiderasse essere qualcosa a cui guardare con ammirazione, ma ora sembrava che la via per il retto vivere fosse sbarrata, o diversa, come se, presa una strada, scoprisse che era chiusa o che c'erano gli scavi. La via dei tempi della sua gioventù, adesso che era invecchiata, non c'era più, il tempo era andato avanti. Ma in mancanza del linguaggio, non sapeva bene su che altro poteva fare affidamento. Sapeva solo che in qualche modo si sentiva fuori posto e non c'erano altri metodi in vista.

E questo stava creando piccole differenze fra lei e le amiche. Dopo il rapimento di Julia e i libelli di Yves, avevano messo insieme un'unità di crisi notturna, in cui Celine, Marta e Julia cercavano di capire che mosse fare. Marta le avrebbe volute tutte *furibonde*, disse. Il problema, disse Celine, era che essendo l'odio di Yves per le donne strettamente connesso a quella passione per le riforme (quando non per la rivoluzione) era difficile fare resistenza con la giusta precisione. Se ne rendeva conto, ribatté Marta, ma le piaceva sempre pensare alla loro rabbia di un tempo. Che ora non provava. Faceva molto male, disse Julia, che una persona che non le conosceva nemmeno potesse scagliarsi contro di loro solo perché la cosa gli tornava utile. Perché erano famose, disse Marta. Non era sicura, disse Julia, che le si potesse ancora dire famose. Ciò che voleva veramente, disse Celine, non era certo essere un personaggio pubblico. Il problema era, disse Marta, che non eri tu a scegliere se esserlo o non esserlo. Che si fosse o non si fosse personaggi pubblici, a loro sembrava proprio che lo fossero e lo sarebbero sempre state.

Quella cattiva, disse Celine, era sempre la donna, e quello era l'aspetto della faccenda che lei odiava. Che razza di storie tiravano fuori quegli scrittori dalla vita! C'era sempre una donna noiosa, che non amava abbastanza, non si dava abbastanza o non era abbastanza vivace per quell'uomo meraviglioso. O anche: la donna che si dava troppo, che era troppo vivace – così ardente di desiderio da terrorizzare l'uomo che aveva davanti. Le donne venivano odiate perché facevano ciò che gli uomini volevano da loro: dedicarsi con abnegazione e passione. Laddove, proseguì Celine, era chiaro che molti uomini volevano che le mogli venissero sedotte. Assai più spesso di una donna presa dal desiderio, c'era un uomo che cercava un modo per inventare una distanza fra sé e la sua compagna del momento.

Effettivamente, disse Julia d'accordo con Celine, era stato Dolan a incoraggiarla a passare del tempo con Lorenzo, per non farla sentire sola. Lei non era certo corsa dietro a Lorenzo. E perché avrebbe dovuto? Era stato casomai Dolan a spingerla a frequentare Lorenzo. Era stata un'idea sua. Se capitava che fosse via per lavoro, e capitava spesso che fosse via per lavoro, le mandava messaggi dicendole di vedersi con Lorenzo quando era triste o si annoiava.

– E tu, questi messaggi ce li hai? chiese Marta.

– Be', naturalmente, disse Julia. – E anche Lorenzo. Dolan mandava messaggi anche a lui.

– Quindi, disse Marta, – ci si rimette al lavoro.

Perché bisognerebbe sempre tenere un archivio, non solo dei messaggi inviati ma anche di quelli ricevuti. Chi può sapere se un giorno dovrai contestare documenti e prove.

Di sicuro era una mossa, e ogni mossa meritava di essere festeggiata. Eppure quella sera, andando a letto carica di energie, Celine non riusciva a smettere di pensare alle macerie nella strada delle barricate. Naturalmente, non succedeva spesso per non dire mai che i pensieri di Celine si presentassero in quel modo, sotto forma di frasi. I pensieri affioravano come voci esterne, poi svanivano. E forse, si andava convincendo sempre più, quelle voci non le appartenevano affatto.

Dentro di lei c'era un allarme che suonava. Dentro di lei c'era qualcosa che vibrava.

16

Passarono i messaggi a Beaumarchais perché li pubblicasse quanto prima. In un mondo fatto di scrittura, per cancellare gli scritti malevoli ci volevano altri scritti. Ma le settimane passavano e non si vedeva niente.

A Celine non restava quindi che pensare ai suoi eterni problemi col denaro. Era sempre più difficile immaginare come avrebbe fatto a sopravvivere economicamente in quella situazione – vivendo da sola. Sarebbe stato meraviglioso se la sua amicizia con Marta fosse diventata una sorta di matrimonio, che fosse possibile vivere in modo completamente nuovo, ribelle e improvvisato, ma sembrava una cosa irrealizzabile. Sempre più spesso, parlando dei propri pensieri con Marta, capitava che fra loro vi fossero dei malintesi, come se Celine stesse cambiando in una maniera e Marta in un'altra.

Forse non era l'unica a cercare una via d'uscita. Sembravano tutti stressati. Il gioco d'azzardo stava prendendo sempre più piede. Per strada a volte si vedevano persone che sembravano avere addosso tutti i loro vestiti, nomadi con magliette, pullover e giacconi uno sopra l'altro, e se pochi anni prima sarebbero stati liquidati come pazzi, ora si diceva che avessero accesso a verità superiori, e la gente ne scriveva con ossequio e rispetto. Mentre tutti entravano nel cunicolo del terrificante futuro, sembrava che alcuni scegliessero di farsi più duri, più chiusi, impegnati in qualche segreta missione di miglioramento e purificazione.

Alla fine si imbatté in Beaumarchais. Erano alle distillerie di vodka vicino a casa sua. Gli chiese come andava e lui le rispose che aveva appena fatto un danno al suo nuovo veicolo, e i costi di riparazione, disse, erano malinconia pura. A Celine venne un attacco di claustrofobia, nonostante fossero all'aria aperta. Sembrava essersi dimenticato di quello che doveva fare.

– Sono in ansia, disse lei. – *Che cosa stai combinando con i messaggi?*

– Ci sto lavorando, disse Beaumarchais. – Non ti preoccupare.

– Invece mi preoccupo, disse lei.

– Devo solo capire in che modo pubblicarli.

– Non capisco che cosa significhi.

Era come se per Beaumarchais ogni gesto di scrittura, anche la lista della gastronomia o della farmacia andassero considerati come intensi brani d'autore.

– Sto solo riflettendo, disse Beaumarchais. – Credimi. Ma tu mangi? Hai l'aria stanca. Quando hai mangiato l'ultimo croissant?

– Ho problemi di soldi, disse Celine.

– E chi è che non ce l'ha? fece Beaumarchais.

– Qualcuno, disse Celine.

Celine stava cercando di pensare a che cosa stesse pensando il suo corpo, quella sensazione di essere a lato, bloccata, fuori posto. La turbava pensare in maniera così confusa. Stava cercando di capire le regole del tempo! Era faticosissimo, il lavoro spirituale, il lavoro che stava facendo sul tempo.

A volte le sarebbe piaciuto essere un uomo, non sul serio e non sempre, ma qualche volta sì, soltanto per la libertà e per la leggerezza. Lei non poteva permettersi la spensieratezza, quella di chi stava al mondo senza un pensiero, come sembrava essere Beaumarchais. Era come se i rapimenti, la dipendenza economica e le calunnie che le donne dovevano schivare o affrontare ogni giorno a loro non capitassero mai.

Gli uomini trovavano intralci ovunque, aveva scritto Yves. Provate a mettervi una gonna tutti i giorni, pensava Celine, poi vediamo quali sono gli *intralci*.

17

Più di tutto le mancava Saratoga.

Nel suo ultimo messaggio, Saratoga aveva parlato del suo problema con gli animali di casa. Aveva molti gatti, scriveva Saratoga, che le erano stati dati in dono perché una volta le piacevano i gatti o aveva detto soltanto che le piacevano i gatti, e ora quei gatti continuavano a riprodursi. Ed era un problema perché ogni volta che usciva di casa quelli la guardavano allontanarsi, seduti dietro le finestre, i musetti come tanti triangolini bisognosi che la aspettavano e la imploravano di non andare via. Forse avrebbe dovuto ucciderli o darli via appena nati, scriveva, ma ormai era troppo tardi, e quindi era sempre in mezzo a quei micetti. E per quanto fosse una cosa buona, una cosa gentile, era anche preoccupata per il male che gli faceva ogni giorno trascurandoli, ed era soverchiata dai sensi di colpa. La assalivano tutte le volte che metteva piede fuori casa. Per esempio, scriveva Saratoga, le persone le chiedevano dei gatti, pensando di essere educate, che a lei piacesse parlare delle sue bestioline. La vedevano come una che adorava circondarsi di animali e non si rendevano conto che lei quando era fuori casa i gatti voleva dimenticarseli, li voleva morti, e quando qualcuno si informava su di loro la faceva ripiombare nel senso di colpa. Che cosa doveva fare, chiedeva a Celine, che cosa doveva fare?

Celine si sentì profondamente toccata da quel messaggio perché le sembrava che sua figlia riflettesse con grande lucidità su una situazione che era molto comune e quasi inosservata, il problema di cosa fare con i propri desideri e con gli effetti dei propri desideri, e come rappresentare tutto ciò agli altri.

Decise di non rispondere a Saratoga ma di farle la sorpresa di una visita senza preavviso. In campagna, andavano insieme a camminare nella foresta.

In città, stava nascendo qualcosa, e precisamente la scrittura. Ma stava nascendo anche qualcos'altro, cioè il mondo al di fuori di lei, e Celine continuava a essere molto più interessata alla prima che al secondo.

Nei tratti di foresta andati a fuoco in un incendio dieci anni prima, si stavano verificando delle mutazioni. Qualcosa di nuovo e di complesso si muoveva.

La foresta si stava sviluppando così, spiegò Saratoga, in parte grazie alla sua stessa opera, e in parte grazie a qualche semino piantato da Julia. Glieli aveva dati Jacob che li aveva portati dall'America. Li aveva piantati fra gli alberi superstiti e molto rapidamente, molto lentamente, avevano iniziato a costruire piccoli sistemi di comunicazione, nuovi e intrecciati. Era tutto secco ma negli arbusti scorreva la linfa, densi umori contenuti nel reticolo di capillari in ogni gambo. Cercavano di capire quella terra e quell'aria aliene. Era tutto un fruscio, tutto strano. Erano capitate su un terreno bruciato dal fuoco, e ne erano rimaste estasiate. Piccole felci nascevano e si riproducevano a mezz'aria, fra i rami. Il risultato era quasi buffo. Era una foresta dove tutto era in miniatura, una foresta sparsa qua e là, il che significa in un certo senso che era il contrario di una vera foresta, il tipo di foresta caratterizzata dalla densità. Gli alberi avevano accesso a informazioni di nuovo genere.

Accadde che emersero nuovi interpreti nella comunicazione fra il terreno e gli alberi. Alla base dei tronchi spuntarono piccoli funghi. I primi furono i finferli, gialli contro la terra nera. Nel sottosuolo, i filamenti dei funghi si intrecciavano alle radici, inestricabilmente. Era tutto un groviglio e un viluppo. I filamenti ricevevano piccoli messaggi dal terreno e dalle pietre. Quei funghi un tempo non c'erano nella foresta. Nessuno li aveva mai visti prima. Gli alberi fornivano ai funghi i loro fluidi zuccherini e i funghi in cambio tenevano lontano dagli alberi tutto ciò che ritenevano potesse danneggiarli, tossine o metalli, e quando ne avevano messo insieme una quantità sufficiente trasformavano il tutto in varietà di funghi ancora più pazzeschi: porcini, ovuli, boleti. Ogni cosa era una forma di pensiero e di confronto. Se l'acqua cadeva in una zona troppo lontana per riuscire ad arrivare agli alberi, ci pensavano i filamenti dei funghi a portargliela. Era un'educazione, un microprocesso di apparente autogestione, come un gruppo di persone che occupa una vecchia pompa di benzina e riesce a farne un cinema a beneficio dell'intera comunità.

Camminava con Saratoga fra gli alberi, ed era molto bello, pensava Celine, perché finalmente sembrava non essere costretta a parlare.

18

Tornata in città, con dentro questa immagine di Saratoga, Celine ricominciò a passare quasi tutte le notti con Marta. Vivevano al limite. Si buttarono sul vino novello. I vini erano veramente curiosi: a volte sapevano di prugna o di fiori, altre di muri in pietra e cumino. Volevano osare, proiettarsi verso il futuro. Sembrava una cosa impossibile. Era tutto lento. Stava capitando qualcosa che aveva a che fare con la situazione economica, con la generale atmosfera maschile e con la causa incombente, ma un po' era anche la situazione in sé. Il loro rapporto era ormai pieno di cicatrici e portava i segni del tempo. Dove questo si mostrava con maggiore evidenza era nelle conversazioni, ora un po' meno lievi. Spesso finivano a parlare di loro due, mentre fino a quel momento non ne avevano mai sentito il bisogno, e il linguaggio che usavano si sbriciolava come una superficie troppo secca. Marta diceva a Celine che cominciava ad avere l'aspetto di un uomo magro. Un vecchietto molto piccolo e magro. Se n'era accorta? Aveva forse smesso di mangiare? Celine stava per ribattere, ma decise di lasciar perdere.

Ora, quelle erano brevi conversazioni di poco conto, ma alla fine si accumularono spore polverose e residui, ed era triste che un certo tipo di clima potesse insinuarsi in ciò che si amava di più. Venne fuori un nuovo libello, anonimo ma che portava chiaramente la firma del popolo – in cui si accusava Beaumarchais di essere dalla parte del regime. A segnalare quella vicinanza era l'ambiguità dei suoi scritti, in cui da una struttura di feroce farsa emergevano sentimenti nobili e sinceri. E discutendone, si scoprì che Celine stava da una parte e Marta dall'altra, una distanza che un tempo sarebbe stata impensabile.

Forse ciò che stava accadendo era un leggero spostamento nei valori di ognuna di loro, o nel modo in cui esprimevano quei valori. Marta era sempre più incontenibile nell'immaginarsi il mondo futuro. Le piaceva parlare delle piccole rivoluzioni che stavano iniziando, o forse che stavano iniziando alla periferia delle cose, in tutti gli oceani. Celine era più contenuta ma anche più selvaggia e ambiziosa. Il punto, si diceva, era che non si poteva pensare al futuro utilizzando gli strumenti del presente. Bisognava pensare al futuro utilizzando strumenti del futuro. Altrimenti qualsiasi nuova società sarebbe stata simile alla vecchia. Quindi c'era bisogno di un pensiero più originale.

Era ormai chiaro che stare in coppia con una donna era molto diverso che stare in coppia con un uomo. Per lei e per Marta c'erano soltanto rituali privati, a loro non era concesso niente di pubblico o di condiviso, e alla lunga andare avanti non era facile. Era diventata un peso anche la totale stramberia di ciò che stavano provando a fare. Forse per stare con qualcuno, qualsiasi cosa questo significasse, c'era bisogno anche di una serena attenzione pubblica da parte degli altri. I segreti sono sempre troppo irreali.

Per cercare di ignorare queste preoccupazioni, Celine continuava a leggere romanzi e ad andare a teatro, ma si stufò subito, al modo in cui una persona può diventarci pesante dal giorno alla notte perché nessuna di quelle rappresentazioni le sembravano capaci di descrivere la sua particolare condizione: in cui il potere era del tutto assente.

E nel frattempo le conversazioni si facevano sempre più tese. A una festa, il proprietario di una piantagione a Hispaniola polemizzò con Jacob a proposito della sua fissazione per la difesa degli schiavi, e quando Jacob disse che sarebbe stato interessante fare il contrario, i bianchi senza più niente e gli schiavi al comando, il proprietario della piantagione gli dette una coltellata nel braccio, urlando di andare a vedere quello che stavano facendo gli inglesi a Calcutta, allora avrebbe capito chi erano i veri psicopatici. Intanto in un'altra stanza Lorenzo, un po' brillo per via di qualche nuovo alcolico, sfidò a duello il marito di Julia, poi scomparve prima che l'altro potesse replicare. Andò a rintanarsi in campagna insieme a Beaumarchais, a lavorare sull'adattamento. E Marta non rivolse la parola a Celine per tre giorni perché Celine era andata con Izabela a una corsa di cavalli lì nelle vicinanze senza dirle niente.

Era tutto gran gesto ed emozione e sembrava non esserci il tempo per pensare.

Poi un mattino Celine venne interrotta da Catone, che le portò un messaggio del suo ex marito, Sasha. Il messaggio era per informarla che la loro casa di città stava per essere messa in vendita. Anzi, per essere precisi che l'aveva già venduta. Da lì a due settimane, Celine sarebbe stata una senzatetto. Era un agguato, la vendetta di Sasha, melliflua ma violenta. L'aveva venduta, le scriveva, a un miliardario internazionale, che aveva deciso di cambiare città per un po'.

Le restavano due settimane per trovare i soldi, una casa oppure tutte e due le cose. Abbassò tutte le tapparelle, si sdraiò e chiuse gli occhi.

19

Niente nel modo in cui era stata cresciuta dai suoi genitori le permetteva di pensare in maniera così brutale. Vero che negli ultimi anni si era abituata via via a tener conto del denaro e ad averci a che fare, ma non le era mai toccato pensarci in maniera tanto diretta e impellente. Si chiedeva se non potesse farli lei, i soldi, per esempio vendendo tutto quello che possedeva. Si rese conto rapidamente che i suoi beni erano troppo pochi. Bisognava pensare più in grande.

Quella sera si mise a scrivere messaggi. Scrisse a Marta. Nel frattempo scriveva ai suoi senza accennare a quello che stava succedendo. Quindi fece la stessa cosa con Saratoga. Infine le venne in mente Hernandez, la persona più ricca che conosceva, per quanto lo detestasse profondamente, che le rispose in maniera garbata, dicendole di andarlo a trovare l'indomani.

Hernandez sembrava indistruttibile, come la plastica. Era inviso a tutti, eppure riusciva sempre a sopravvivere, a dispetto dei tanti attorno a lui che finivano pugnalati, avvelenati, cadevano in disgrazia o anche solo impazzivano lentamente. Aveva sempre la faccia da adorabile ragazzino e i capelli troppo lunghi. Quel giorno indossava un completo jeans appena uscito dal sarto. C'era una finestra aperta sul giardino. In un angolo un bambino giocava svogliatamente. Non era chiaro se fosse figlio di Hernandez o meno. Gli oggetti nella stanza avevano un'aria di calma limpidezza. Quella casa sembrava avere il lusso di una delicata armonia fra dentro e fuori, come un gazebo da giardino. Si sedettero l'una di fronte all'altro. Era tutto costoso, prezioso, ma il vero oggetto della conversazione continuava a latitare. Era preoccupato per lei, le disse Hernandez. Sembrava godersela, quella situazione, trovarsi lì con la donna che l'aveva respinto e ora gli chiedeva aiuto. E lei si sentiva male al pensiero che quell'uomo, che lei trovava così disgustoso, avesse un potere su di lei – il potere assoluto ma occulto dei soldi.

Le serviva qualcuno che le desse del denaro, disse, per saldare i conti con Sasha. Assolutamente, fece lui. Conosceva nessuno? Poi le passò un vassoio di arance candite. Le chiese che piani avesse, come se il suo piano principale non fosse proprio quella riunione. Ciò di cui aveva bisogno, disse lei, era che qualcuno fermasse Sasha. Ammesso che qualcuno fosse in grado di fermare Sasha, disse Hernandez. Era una cosa che si chiedevano sempre tutti.

Celine si odiava per essere andata lì. Poteva in parte perdonarsi, perché l'aveva fatto per disperazione, ma si chiedeva se ciò non riflettesse un'intima mancanza di risorse.

Arrivò un assistente e Hernandez fece le presentazioni. L'assistente si chiamava Josef e voleva fare l'attore. Aveva un suo curioso carisma. Celine fece qualche domanda a Josef. Per lui, disse, l'unica cosa che contava era il teatro. Sicuro? chiese lei. Direi assolutamente sì, fece lui. Celine aveva la sensazione che in un'altra versione dell'universo le sarebbe piaciuto parlare ancora con lui, ma le preoccupazioni economiche mettevano in ombra tutto il resto. Era un uomo incredibilmente minuto, con due mani molto delicate. Poi si rese conto che Josef la stava cortesemente accompagnando alla porta.

Celine era troppo scombussolata per opporre resistenza. Il presente si stava rivelando qualcosa di estremamente banale, una cosa opprimente e impossibile. Tutto ruotava attorno ai soldi, i soldi erano ovunque eppure totalmente assenti. Ovunque per gli uomini e totalmente assenti per le donne.

L'unico posto che le restava era da Marta. Così si trasferì a casa sua, senza tirar fuori niente dai due bauli. Tutto il resto era stato messo in un deposito in periferia, vicino alla tangenziale Nord. Si sentiva a disagio, come se all'improvviso vivessero insieme come una coppia – ma naturalmente c'era anche il marito di Marta. Il quale era sempre molto gentile con lei. Forse non si accorgeva dell'intimità fra Marta e Celine, oppure non gli importava. Difficile dirlo. Dedicava molto tempo alla corrispondenza con altri scienziati collezionisti di tutto il mondo, o a organizzare la sua collezione, nella quale il pezzo più pregiato erano ancora le ossa che Washington gli aveva mandato dalle selvagge terre americane. A Celine sembrava un lavoro del tutto inutile, e non sapeva dire se le suscitasse ammirazione o disprezzo.

Non riusciva a concentrarsi su niente.

– Voglio soltanto, diceva Celine a Marta, – che le persone badino alle cose. E ovviamente lo so che sto parlando di soldi e di quanto sono preoccupata per i soldi, ma non si tratta soltanto di soldi. Voglio che qualcuno capisca che forse bisogna prestare più attenzione in generale.

A un tratto a Celine fu evidente che spesso quando si parlava non si diceva niente di importante, poi però qualcuno diceva una cosa assolutamente e incontrovertibilmente vera. E quando questo succedeva, faceva quasi spavento.

Il giorno dopo, il miliardario arrivò in città e si portò via casa sua. Poi Marta e Celine ebbero un'ultima discussione, troppo schietta per non essere definitiva.

20

Un giorno Marta e Celine decisero di tornare a far visita a Julia e Saratoga in campagna, nella foresta. C'erano anche

Lorenzo e Beaumarchais, immersi nella loro frenesia scrittoria. Sembrava un cambiamento di paesaggio ideale.

Tutto cominciava con molta calma – si stava seduti all'aperto con i cani, qualcuno si alzava pigramente e andava dentro a fare un caffè, a scrivere una breve lettera o un appunto sul diario, oppure c'era Saratoga che si lamentava dei libri terribili che le davano da leggere, i suoi insegnanti dovevano pensare che fosse una stupida, e Lorenzo e Beaumarchais intanto parlavano di affari. Celine ascoltava le loro voci come una musica di sottofondo, gustandosi un po' di immoralità e di superficialità, come Lorenzo che si lamentava perché quando sei uno scrittore ovunque tu vada trovi sempre gli stessi problemi: invidia, gelosia, irritazione e ingratitudine. Stesso problema dei produttori, disse Beaumarchais, della gente come Hernandez. Senza un cliente, senza un incarico, non si poteva fare niente e uno non aveva modo di sapere che clienti o che incarichi gli sarebbero toccati. Come se, continuò Beaumarchais, tutta la tua vita sentimentale, l'intero corso del desiderio nell'arco della tua esistenza dovesse incarnarsi nelle persone che ti era capitato di incontrare, le persone che era capitato fossero disponibili. Aveva parlato a Hernandez del finale? chiese Lorenzo. Non ce la faceva, disse Beaumarchais. Non gli era mai successo, disse Lorenzo, di trovare un produttore che sapesse cosa fare con un finale.

– Parlamene, disse Celine mezza addormentata. – Raccontami tutto.

Ovviamente, disse Lorenzo, un finale doveva mantenere un legame molto stretto con l'opera nel suo insieme, su questo non si discuteva. Ma doveva essere anche uno spettacolo a sé, con una sua trama totalmente nuova e apparentemente impossibile. Era questo che Hernandez, come tutti, non riusciva a capire. Un finale doveva avere tutto, con i personaggi in scena dal primo all'ultimo. E se uno era morto? chiese Celine, che un po' ascoltava e un po' guardava nella penombra della foresta. Ma in quella sceneggiatura non moriva nessuno, disse Lorenzo. Non se lo ricordava?

Fu più o meno in quel momento che arrivò un messaggio di Dolan, il marito di Julia, in cui diceva che accettava la sfida a duello. Aveva scoperto dove si trovava Lorenzo ed era partito dalla città. Sarebbe arrivato nel giro di un'ora. Era una cosa inaspettata, se n'erano più o meno dimenticati tutti, e sarebbe stata anche divertente non fosse per gli esiti potenzialmente fatali. Il torpore vacanziero svanì all'istante. Doveva aiutarlo Beaumarchais, disse Lorenzo. Celine si chiese se non ci fosse un'alternativa a Beaumarchais. Che alternativa? dissero Lorenzo e Beaumarchais insieme. Chi altro c'era lì nella campagna? Lorenzo pensò che doveva andare a esercitarsi, tipo sparare a un albero. Beaumarchais, pensò Beaumarchais, avrebbe scelto qualcosa di diverso.

Cominciava a stancarsi veramente, disse Celine. Di che cosa? chiese Julia. Della follia degli uomini, rispose Celine.

Julia si alzò e andò a sdraiarsi. Era stanca, disse. Odiava essere incinta. Odiava tutto della gravidanza. Anche Saratoga andò di sopra, a fare i compiti che le avevano dato gli insegnanti. Celine salì con lei, per andare in bagno. Frugò nella borsa di Marta per prendere un libro. Ci trovò una scatola di medicine, prescritte da qualche sedicente psicanalista – che Marta le aveva giurato di non prendere più da mesi. Tornò da basso, con le medicine in mano.

– Che cazzo è questo? disse.

– È un momento difficile, rispose Marta.

– Per me è un momento difficile.

– Lo è per tutti, disse Marta.

– Ma me l'avevi giurato, disse Celine.

– E allora? fece Marta. – Quale diritto avresti tu?

Fu talmente diretto da essere devastante. Ogni accordo fra loro aveva perso significato, il che è sempre una sorta di segnale premonitore.

Poi Dolan, il marito di Julia, le interruppe con la sua entrata a razzo. Biascicava sciocchezze senza guardare nessuno.

– Dov'è Julia?

– A letto con Lorenzo, disse Celine.

E lui, notò incredula Celine, era lì lì per picchiarla quando Lorenzo e Beaumarchais scesero dalle scale, tute da imbianchini addosso e fucile in mano. Fecero un cenno con il capo a tutti loro, senza aprire bocca, come se quella farsa fosse perfettamente razionale, poi tutti gli uomini uscirono fuori, nel tenue crepuscolo. Attorno a loro la foresta meditava e giocava con il canto degli uccelli,

Celine e Marta restarono sedute in soggiorno. Per un po' nessuna delle due parlò.

– Discutiamo di continuo, disse Marta. – Una cosa che proprio non sopporto.

– Non stavamo discutendo, disse Celine.

– Lo vedi? disse Marta.

– È la situazione, disse Celine. – È il clima. Ci sta contagiando. Tutti questi uomini.

– Non puoi continuare a prendertela con gli uomini per quello che sta accadendo, disse Marta. – O almeno, non soltanto a prendertela con quelli che...

Le loro conversazioni adesso erano buie, piene di buche e di gole. C'erano vuoti, pause improvvise. Tutte le conversazioni erano inficiate da piccoli problemi: profezie che si autoavveravano, circoli viziosi, motivazioni incoerenti...

– Non ti chiedi mai, disse Marta, – perché provino il bisogno di scrivere tanto di noi?

– Perché sono scrittori?

– Be', sì ma anche no, rispose Marta.

– Casa vuota, cuore spezzato? disse Celine.

– Non è quello, disse Marta. – O comunque, non solo quello. Tu non pensi mai a quello che sta succedendo. Tu non lo vedi nemmeno.

– E tu, allora? fece Celine.

Sembrava che non ci fosse più conversazione possibile. Ce n'erano state tante, e adesso era finito tutto.

– Guarda Catone, disse Marta. – Lui è uno che ascolta tantissimo.

– Ascolta tantissimo perché vive con me.

– Ascolta perché c'è qualcosa in pentola, disse Marta.

All'improvviso Celine scoprì che non riusciva a parlare. Era come se Marta la stesse accusando di pensare troppo da donna, di non pensare al potere in quanto tale, e questo infastidiva parecchio Celine perché sentiva che pensando da donna, pensava al potere nella maniera più acuta.

– Non sono felice, disse Celine, dopo una lunga pausa.
– Non è un problema mio, disse Marta.

La frase le fece malissimo perché era impossibile da fraintendere e anche tanto crudele, ma Celine non ebbe il tempo di pensarci perché in quel momento Lorenzo rientrò in casa, con un braccio sanguinante. Il duello, disse Beaumarchais, era stato molto eccitante e divertente. Nessuno si era ricordato di prendere qualcosa per segnare la distanza, così avevano usato due quaderni che per caso lui si ritrovava in tasca. I movimenti di Lorenzo fra l'altro erano buffissimi perché aveva ai piedi i suoi costosissimi stivaletti nuovi con i quali non riusciva a camminare, ma che a quel punto ovviamente era impossibile toglierli.

Il sangue sulla tuta sembrava vernice. Era sicurissimo che il braccio di Lorenzo fosse a posto, disse Beaumarchais correndo su per le scale e rovesciando una fragile felce mentre andava nel bagno a prendere alcol e bende. L'atmosfera era carica di cupi presagi ma euforica. Saratoga venne giù, furiosa per essersi persa tutta la scena madre. Nessuno parlava di Dolan, il marito di Julia. Non si capiva se fosse ancora lì, da qualche parte nella foresta, o fosse scomparso nella notte nera. E come sempre, Celine pensò che era incredibile, i duelli non risolvevano mai niente, così come, le venne in mente all'improvviso, non risolvevano niente le conversazioni.

21

Quella sera Celine uscì nella foresta. Si sentiva molto sola. Non riusciva a smettere di pensare a Marta e alla loro ultima conversazione. Forse in ogni conversazione c'era qualcuno che se ne andava col broncio, pensò Celine, semplicemente perché non si diceva la verità o si esagerava o ci si rendeva conto solo dopo che anche l'altro ti aveva mentito o aveva esagerato. E forse è per questo che spesso le conversazioni sono un evento, qualcosa che ti si pianta dentro. Ma poteva anche succedere che una conversazione ti ferisse perché quello che si diceva era vero.

Tanta fatica per pensare agli altri! Più li desideri, più ti deludono! Era sempre così difficile entrare in contatto con qualcuno. Non ci sarebbe affatto da stupirsi se in futuro la gente cercasse di andarsene per sempre da questo pianeta, sparendo nel cielo buio e incrostato.

Cominciava a chiedersi se non fosse arrivato il momento che Saratoga venisse a vivere con lei in città, poi pensava al modo in cui la gente parlava in città e desiderava che la figlia stesse via per sempre.

Celine voleva crescere nel mondo, così come le alghe crescono su qualsiasi cosa si trovino attorno. Voleva che l'invisibile riuscisse a circolare tra il visibile. Era una cosa che pensava da sempre.

Si inoltrò fra i virgulti americani.

– Continua a pensare ad altre cose, disse una voce.

C'erano sempre molte voci nella sua testa, ma quella sembrava diversa da tutte le altre. Non sapeva che fare. Si girò a guardare le finestre della casa, illuminate nella luce verdognola del crepuscolo.

– Tipo a questa, disse la voce.

– Questa cosa? chiese Celine.

– La foresta, disse la voce. – Il mondo.

– Stavi ascoltando? chiese Celine.

– Non è difficile, disse la voce.

Per un momento Celine rimase lì immobile, perché si rendeva conto che quell'esperienza, se ne avesse parlato, sarebbe parsa estrema per non dire folle, ma lei non si sentiva folle.

– Non sono d'accordo, disse.

– Davvero? disse la voce.

Ciò che intendeva dire, precisò Celine, era che a volte era molto difficile capire qualcosa.

Si rendeva conto che stava parlando con uno spirito o con sé stessa, o forse ambedue le cose, ma in ogni caso la conversazione le piaceva per cui decise di proseguire.

Per esempio, quando leggeva le nuove traduzioni, quelle dalle lingue orientali sull'inizio delle cose, disse, non era sicura di capire.

– Vai avanti, disse la voce.

Quella storia che prima non c'era niente e dopo c'era qualcosa, disse. Era questo che dicevano. Prima non c'era niente e dopo c'era la polvere. Poi quella polvere aveva cominciato ad aggregarsi, aveva cominciato a *rapprendersi*, come quando la maionese inizia a montare. Forse la parola esatta era *emulsionarsi*, un rassodarsi e addensarsi insieme. Oppure, disse Celine, un altro modo in cui la raccontavano era che improvvisamente qualcosa aveva respirato: per impulso autonomo. Qualcosa che sorgeva nella forza del calore. E che era piccolo piccolo, piccolo come un cincillà, o piccolo come l'odore di una sigaretta accesa fra le dita di una donna che con l'altra mano scrive un messaggio.

– Che cosa stai cercando di dire? disse la voce.

– Soltanto che faccio fatica a pensare in quella maniera, disse Celine.

– Pensare come vorresti che qualcuno pensasse a te, disse la voce. – Con empatia e acrobatica agilità.

– Ma è veramente possibile? chiese Celine. – Forse non è nemmeno giusto cercare di pensare come gli altri.

– Non è per te, disse la voce, – ma per tutto quello che c'è fuori di te. Se te lo ricorderai, troverai la via per farlo.

– E se poi tutto ne risulta appiattito?

Ormai il sole stava cercando di tramontare.

– Ricordati la tenerezza, disse la voce.

Celine non disse nulla per un bel po'. Era sola ma non si sentiva sola, si sentiva attorniata, ed era una sensazione delicata. Era come se tutto un mondo riuscisse a parlare con lei. Stava pensando a una cosa che aveva sentito da Claude, il navigatore scienziato. Di recente aveva tenuto una serie di lezioni sull'oceano. Aveva parlato della morte di Titere. Titere era rimasto ucciso nella guerra che sperava di vincere, dopo anni di combattimenti, e adesso le isole erano governate dai suoi nemici, sotto la guida di un re chiamato Tu – e la storia di Titere, disse Claude, lo aveva portato a conclusioni inquietanti. Ormai in quelle isole nell'oceano c'era stato diverse volte. E ad averlo colpito non era soltanto la bellezza e la singolarità di quei posti, ma anche le differenze che vi aveva riscontrato fra il primo viaggio e quelli successivi. La prima volta che le aveva visitate aveva pensato che erano un paradiso, adesso invece non ne era più sicuro. Certo, continuò, creavano begli oggetti, splendidi manufatti, come le divinità piumate, il dio Ku, con i suoi mille denti, che era il dio della guerra, o ancora gli abiti per chi era in lutto, con le piume di fetonte codabianca, la madreperla e il tessuto di corteccia tinto col sangue, creavano tutte queste cose che dimostravano un'intelligenza e una raffinatezza per molti versi superiore anche alla loro, ma ciò di cui voleva parlare era come tutto questo facesse parte di una società che era anche violenta e inquietante. Un tempo pensava che vivessero al di fuori della storia, disse Claude, ma si sbagliava. Quelle isole, come le centinaia di stati europei, presentavano il massimo di diversità nel minimo dello spazio. Si arrivava alla bellezza, ma si arrivava anche alla storia e la storia vinceva sempre.

– Cerca di pensare in modo neutro, si intromise la voce.

– Qualcosa che parli delicatamente.

Celine restò immobile nella foresta.

– Sei ancora lì? chiese alla voce.

Apparentemente no.

Titere sapeva cantare in maniera meravigliosa, ricordò Celine. Non aveva mai conosciuto nessuno che tenesse così tanto alla gentilezza e all'educazione. Una volta era tornato da una passeggiata serale nel parco dove aveva trovato, disse sorpreso, non meno di sette coppie in intimità, e quel ricordo le riportò alla mente, con una certa vergogna, quanto a Sasha piacesse scoparla davanti alla finestra, metterla contro una finestra e scoparla da dietro, fingendo di guardare il panorama.

22

Poi l'estate finì. Cadde il governo e così cadde anche l'ordine di chiusura per i tribunali. Gli avvocati tornarono dalla campagna, riposati, abbronzati e combattivi. Fu un momento di attività frenetica, al cui centro c'era Yves, rumoroso come una macchina, ad assicurarsi che le sue deposizioni venissero lette negli uffici giusti. Una settimana dopo, un giudice decise che le due citazioni di Yves sarebbero state riunite in un'unica causa, un unico procedimento. Sembrava una decisione poco propizia.

La città era come un immenso spazio interno. In ogni stanza c'era odore di muffa e di cibo stantio. Dopo il duello, Lorenzo non aveva più recuperato la funzionalità del braccio. Se ne stava sdraiato al chiuso, a lagnarsi. Approssimandosi il parto, Julia stava di nuovo male. Nelle strade c'erano persone che vendevano alcolici sconosciuti e pasticche frantumate. L'unico modo per potercela fare era prendere qualcosa che ti tirasse su. Non ci si parlava più, se non superficialmente e a brutto muso. Celine voleva andar via da casa di Marta, ma non aveva un altro posto dove stare.

– Hai sentito un avvocato? chiese Celine a Beaumarchais. – Ti prego, dimmi che abbiamo un avvocato.

– Non abbiamo bisogno di un avvocato.

– Ti prego, non dirmi che vuoi difenderti da solo, disse Celine.

– Difendo tutti noi, rispose Beaumarchais.

Poi fece una pausa.

– Non senti odore di merda? Sono io che puzzo di merda? disse poi.

Sollevò la scarpa e se la portò vicino alla faccia, come un contorsionista.

– Merda di cane, disse Beaumarchais.

23

Il processo fu un evento. La storia dell'infedeltà di Julia, del successivo rapimento e rilascio ebbero sulla società l'effetto di un algoritmo, come se fosse qualcosa in grado di interpretare ciò che si agitava nelle persone: fame, ossessione e paura. Sebbene ci fosse abituata, Celine odiava quel genere di pubblicità. Il modo in cui le persone parlavano del processo, come di una cosa astratta, con divertito distacco, la faceva sentire ancora più esposta, e quella sensazione sembrava ora più acuta perché dopo la loro discussione in campagna,

Marta non era lì con lei. Insieme a Marta, Celine aveva passato di tutto, e adesso improvvisamente Marta era sparita.

Le ragioni profonde di quell'interesse pubblico non erano facili da definire, e in effetti l'orrore di tutta la storia, pensava Celine, era proprio che fosse impossibile analizzarne precisamente il significato. Nessuno sapeva né mai avrebbe saputo quale fosse l'odio assoluto, quello fondamentale. L'odio per i ricchi? Per Celine e Julia? Per la polizia? O per tutte le donne, per il loro corpo delizioso e dunque fonte di furori e umiliazioni? Ma probabilmente in realtà non era niente di tutto ciò, e a dare vigore alla faccenda era qualcosa che Celine non avrebbe mai immaginato.

Nella soffocante aula di tribunale aprì il processo Yves, delineando la causa contro di loro. Sul tavolo davanti a lui c'erano i suoi pamphlet, pieni di post-it colorati. Parlò per sette ore. Quando finì, si sedette, squassato dal tremore. Idealmente, pensava Yves, sarebbe uscito di scena, come un attore inghiottito dal sipario di velluto. Nel suo discorso usò la parola *sentimento* undici volte e quattordici la parola *vergogna*. Ventitré persone, fra cui lo stesso Yves, si misero a piangere.

Era possibilissimo che il vero oggetto, pensò Celine, fosse il linguaggio, come lo era sempre. Perché la realtà era solo un'illusione e la si poteva produrre soltanto con le parole. Quindi, ciò che doveva scomparire erano le parole.

24

Ci fu una sera, durante il processo, in cui Celine era andata a una certa festa – ingresso fra colonnati di felci e giochi d'acqua – e nella folla le si presentò un ometto. Era uno scrittore, disse. Aveva scritto quel romanzo, *Messaggi*. Poi tacque. Era gonfio di silenzio. Le sue sopracciglia quasi si toccavano nel mezzo.

Celine pensava parecchio e pensava anche che l'orrore di essere umani era che si potevano tenere pochissime conversazioni, perché la quantità di dettagli necessaria – e nemmeno per tenere una conversazione in sé, ma per dare l'indispensabile contesto perché la conversazione cominciasse, come date, luoghi e nomi – era troppo faticoso per poterlo rifare. Lei voleva raccontare l'effetto che le faceva sentire Yves parlare di lei e del suo mondo, o rimettere in circolazione o citare i pamphlet su di lei – perché alla fine essere accompagnati da un eterno doppio prodotto da parole altrui era una cosa sinistra e inquietante – ma non aveva modo di discutere quelle sensazioni con lo scrittore, se non con tanta preparazione e informazioni che la sola prospettiva la faceva stancare. Così gli disse invece che aveva letto il suo romanzo e che le era piaciuto. Molto brillante, come era riuscito a moltiplicare la prospettiva. Il passaggio agli apprezzamenti non sembrò disturbarlo e anzi per lui i complimenti erano talmente normali che manifestò subito il suo disaccordo. Lui non era affatto di quel parere, disse. Il suo romanzo era un'arma. Non una decorazione. Era così che vedeva la scrittura in genere? chiese Celine. L'ometto non rispose. Rimase zitto per un tempo infinito. Dovreste parlare con Beaumarchais, gli disse lei. Beaumarchais era fuori discussione, rispose lui, dopo il suo ultimo lavoro. Il primo era buono, ma poi non aveva continuato su quei livelli.

Era una cosa spaventosa. Celine non riusciva a credere a tanta crudeltà, poi però capì che anche lui era un vero scrittore, lo spirito della letteratura l'aveva consumato, per cui non lo si poteva giudicare per la violenza del suo pensiero.

Si guardò attorno in cerca di aiuto. Ovunque giovani assistenti che ascoltavano e offrivano drink.

25

Sembrava che il problema fosse come raccontare una storia, e nessuno sapeva più come raccontare una storia che non escludesse o ferisse altre persone. C'erano tante storie che si intrecciavano, e forse era questo, pensava Celine, che era eccitante e pericoloso al tempo stesso. C'era sempre del movimento fra sfondo e primo piano, che impediva di capire la propria posizione esatta nel quadro.

Si chiese se non dovesse dirlo a Beaumarchais. Sembrava che quell'informazione gli potesse servire. Naturalmente era difficile stare al passo con tutte le informazioni! Per certi versi non era colpa sua, ma in ogni caso era rimasto indietro.

Il problema che stava incontrando Beaumarchais, pensò Celine il giorno dopo guardando la sua interpretazione, era che le accuse contro di loro erano del tutto astratte e addirittura sociologiche, e quella non era una dimensione in cui lui riuscisse a immaginare il pensiero degli umani. Lo stressava e lo irritava pure, e nell'enorme palazzo di giustizia con la sua pessima acustica faceva anche fatica a farsi sentire. Ma dopo tutto qualcosa di bello in lui c'era, le sembrava, ed era la calma con cui sapeva descrivere cose che in genere le persone non volevano descrivere.

Era molto importante, disse Beaumarchais, non dimenticare quanto fossero abietti e bizzarri i comportamenti delle persone in privato. E una delle forme di condotta sessuale apparentemente difficili da comprendere era un uomo che voleva farsi umiliare da un altro uomo, o da una donna travestita da uomo. Ma in effetti non era poi così strano. Come non era così strano che qualcuno non sopportasse il proprio desiderio e volesse punire l'oggetto di quel desiderio per avergli suscitato amore per l'umiliazione. Il desiderio era assolutamente surreale. Quanto a lui, disse Beaumarchais, non giudicava nessuno. Quello che invece giudicava era il tentativo di introdurre il desiderio nella sfera pubblica della censura. Lì gli avvocati stavano tentando una cosa terribile e micidiale. Volevano che tutto fosse trasparente. Ma quella era una perversione ancora più grande. Se li avessero lasciati vincere, disse Beaumarchais, si sarebbe aperta una nuova era, devastante e barbara, in cui sarebbero state le opinioni a decidere tutto. Si rendeva conto di essere lui stesso uno di quelli che avevano fatto molto per costruire quel mondo, con le sceneggiature che aveva pubblicato. Ma quella era solo arte, disse. Un mondo di trasparenza totale, concluse Beaumarchais, sarebbe stato non soltanto terrificante, ma forse anche invivibile.

Celine trovava tutto ciò bello ma anche non adeguato alla situazione. Beaumarchais stava diventando vecchio senza rinunciare alle sue opinioni passate, quelle che aveva elaborato in gioventù. Viveva come se il tempo non esistesse. Lei invece era lì, su un altopiano, a scrutare il tempo. E si invecchia veramente, pensava Celine, quando si rinuncia a tutte le teorie che si è faticato tanto per inventare. C'erano sempre grandi trasformazioni in corso, molte vicende si intrecciavano, ed era solo così, lasciando volare via le proprie idee, che si poteva tener testa a quelle trasformazioni senza subire danni o addirittura restarne ucciso.

26

In ogni caso, è un bello shock scoprire quanto tempo è passato e di conseguenza quante cose nuove sono entrate nell'universo. Può arrivare tutta d'un colpo, questa consapevolezza, cosa che succedeva molto spesso oltreoceano, in America e negli altri continenti, come quando Washington mandò un diplomatico nella Mohawk Valley a parlare con Louis Cook.

Louis era dimagrito ma portava sempre i capelli acconciati alla stessa maniera – il cranio rasato e il ciuffetto lucido sulla sommità del capo. Si scusò che la conversazione procedesse a rilento. Di recente si era beccato un virus e non si sentiva bene, disse. Però aveva sempre Montour, il suo interprete. Dopo tutto, Montour continuava a essere la sua voce. Sperava non ci fosse nulla in contrario se a parlare ci pensava Montour.

Quindi Montour chiese al diplomatico di Washington che cosa avesse portato con sé. Il diplomatico tirò fuori una cintura di perline e dei fucili. Un tempo c'erano capanne piene di doni, disse Montour parlando per conto di Louis. Questo era ciò che la gente offriva. Altrimenti come si faceva a capire quando qualcuno parlava con il cuore? Lui comprendeva, disse il diplomatico, ma adesso Louis e il suo popolo erano dei sudditi. E quindi le cose erano differenti. Non capiva, disse Montour. Onestamente non aveva idea di che cosa intendesse.

Poiché il diplomatico non rispondeva, Louis prese bruscamente la cintura di perline e gliela diede indietro, poi fece un cenno con il capo a Montour. Non voleva più perline, disse Montour. E allora, disse il diplomatico, che cosa volevano? Montour fece una pausa. Avrebbero scritto al capo, disse Montour. Non volevano che qualcuno fraintendesse quello che dicevano. Sebbene quello che dicevano fosse semplicissimo; non erano una nazione straniera.

Il potere era sempre lo stesso ovunque. Tutto si sovrappone e c'è sempre qualche elemento che ti sfugge.

Poi Louis cominciò a frugare in una sacca e ne tirò fuori una placca d'argento ovale, una delle medaglie di pace di Washington – impressa sopra c'era l'immagine di un uomo con le piume e i colori di guerra che salutava un uomo in uniforme con un fucile in mano. Gli diede anche quella.

Il diplomatico annuì, poi si avviò per tornare dai suoi, che lo aspettavano giù al fiume.

Fu un gesto così brusco e così scortese o irrispettoso che Montour gli gridò di tornare indietro.

Anzi, aggiunse Montour, c'era un altro messaggio che potevano portare. Con gli americani e in particolare con il loro capo, disse Montour, il problema era che volevano derubare gli altri fingendo che non fosse così. Volevano derubarli con il consenso di coloro che stavano derubando.

E allora, disse Montour, che andassero a farsi fottere.

27

Quello che intendeva, pensò Celine, era questo. Aveva fatto l'errore di confondere l'intensità o il vivere puro con il contemporaneo – e questo significava trovarsi costantemente in uno spazio di previsione, una mania per le piccole previsioni sul futuro, e non solo lei in quello spazio non ci voleva più stare, comunque non sarebbe stato possibile restarci per sempre. Dunque forse vivere alla massima intensità possibile non era ciò che desiderava. Doveva essere qualcos'altro.

E allora importava poco che Yves perdesse la causa contro lei e le sue amiche, che il giudice decretasse che non c'era nessun caso su cui pronunciarsi. Ci fu qualche successo, segnali di fragilità più grandi. Era del tutto evidente, pensava Celine, che ci fosse un sistema e che quel sistema consentisse certe scelte ad alcuni e le negasse ad altri. Quindi la gente aveva ragione a essere sfinita e terrorizzata – anche se non in quel caso particolare, dove c'era una donna perseguitata dal suo ex marito.

Sembrava però che nessun altro lo capisse bene quanto lei. Era come se Celine fosse in possesso di una conoscenza esotica ma non avesse modo di comunicarla a nessuno – come poteva sentirsi un'alhaja al ritorno in famiglia.

Dopo la vittoria, Lorenzo insistette perché andassero tutti a festeggiare in uno dei nuovissimi villaggi casinò. Miasmi di sudore saturavano il posto. Sulla porta, una ragazza che vomitava dietro un palmeto. Hernandez andò incontro a Celine per comunicarle in tono faceto e spensierato che tutto a un tratto era rimasto al verde, quindi ora giocava un'ultima mano per tentare di rivincere tutto. Parlava velocissimo, come se avesse degli stupefacenti in corpo.

Tutti bevevano un acidulo punch pseudo-vegetariano, una specie di pulque casereccio e micidiale. Non aiutava a concentrarsi sul gioco. Celine si scoprì incantata dalle piccole cose, una vespa verde si era poggiata sul piatto che le serviva da posacenere, poi sparì in un nero cunicolo di zampette. Nella cucina dietro il bar, una donna stava stendendo la pasta su un tavolo, la tirava fino a farla sbordare dall'orlo, poi la ruotava, la sistemava, come un giocatore di biliardo che studiava un colpo impossibile.

Forse era per questo che la presenza dei soldi e il bisogno di soldi erano troppo assillanti. Lo sentiva in maniera troppo acuta. Celine si alzò e andò alla finestra a guardare in silenzio il cortile, dove c'erano una fontana e un'estemporanea scultura in legno di quella che poteva essere una divinità femminile, appena coperta da un panno, la base nascosta da mazzolini freschi di nontiscordardimé e rosmarino. Nella sua agitazione, quel piccolo altare la toccò profondamente, e un po' la confuse anche, così come rimaneva sempre perplessa davanti ai sentimenti e alle credenze altrui di cui non comprendeva l'origine.

Celine desiderava un altro mondo, ma sembrava impossibile che un giorno qualcuno potesse vedere un altro mondo.

– Ti ricordi quello che mi hai detto una volta? le chiese Julia, comparsa improvvisamente accanto a lei, mangiando un gelato col cucchiaino. – La prima volta che ci siamo viste.

– Io? disse Celine. – No.

– Mi hai detto, continuò Julia, – *vuoi sapere che cosa ci succederà? Tu farai una cosa, e io farò il contrario. E perderemo tutte e due.*

Tre

1

Un pomeriggio Celine sentì dire che Hernandez era morto dopo lunga malattia. La notizia le procurò un inaspettato piacere, come se la morte del famoso produttore fosse una vittoria personale su qualcuno che a lei aveva fatto solo del male, ma di quel piacere non parlò a nessuno – un po' perché si vergognava della violenza del suo sentimento e un po' perché erano tempi in cui nessuno parlava apertamente delle cose che succedevano. Invece la voce della sua morte poco a poco si estese alla città intera.

Tutta questa segretezza nasceva dal fatto che c'era una rivoluzione ed era ovunque. Nel nuovo clima, le persone volevano sapere chi era *virtuoso* e chi *una vergogna* – e se la vergogna è una categoria universale, si scoprì che i motivi per cui una persona poteva diventare *una vergogna* erano i più diversi, fra cui parlare una lingua straniera o prendere un taxi. Non si sapeva mai quale gruppo stesse per finire sotto accusa. Uno magari stava dalla parte degli ebanisti o degli organizzatori di feste, poi all'improvviso tutti gli organizzatori di feste venivano arrestati e bisognava pensare a una via di fuga.

Ecco perché nessuno se la sentiva di parlare apertamente di Hernandez. Hernandez e i suoi progetti avevano quest'aura di lusso totale, dichiarò Yves in un'intervista, e il lusso aveva fatto il suo tempo. La rivoluzione era andata alla grande per Yves. Da avvocato radicale, si era trasformato in ministro per la Sicurezza interna. Il suo volto ripugnante era spietato. Quindi nessuno cantava le lodi di Hernandez. E per quanto Celine non avesse certo intenzione di difendere Hernandez, la sorprendeva tuttavia constatare come di tutti i suoi spettacoli non restasse niente di particolare. Era stato un uomo così potente, una presenza così importante sulla scena con i suoi capelli lunghi e la scandalosa abitudine di baciare le assistenti nei bagni lasciando all'entrata i vestiti che voleva fargli mettere. E adesso era un'assenza, e nient'altro. In qualche modo faceva spavento a Celine come se, al di là dei dubbi che lei stessa aveva nutrito sul suo valore, fosse comunque spiacevole scoprire che quel valore creatosi passando di persona in persona potesse dissolversi non appena rimaneva fermo un istante o nel momento in cui qualcuno lo negava pubblicamente – come Yves, che ora poteva dire: *Hernandez? Ma perché la gente si infervorava tanto per Hernandez?* E tutto il fascino di un tempo di Hernandez svanì in quel clima di paura.

Trovava molto problematico pensare a Hernandez, adesso che era morto. La caduta di un nemico non era cosa di cui poter gioire se avveniva per motivi diversi da quelli per cui lo odiava lei, e anzi era chiaro che le stesse macchinazioni che ne avevano consentito l'eliminazione potevano agire anche su di lei. Così, quando Beaumarchais le chiese se voleva accompagnarlo al funerale, si stupì da una parte che Beaumarchais fosse tanto attaccato a Hernandez da voler andare al funerale, dall'altra di volerci andare anche lei.

Il funerale si tenne nei sobborghi a est. Faceva insolitamente caldo. Sugli alberi fra i rami facevano capolino le melagrane spaccate da piaghe eczematose. Dentro la sala, nell'aria pesante, c'era un rumore vagamente soporifero, di fabbri ferrai lontani. Era sempre toccante constatare che chiunque aveva qualcuno che gli voleva bene, pensò Celine, per quanto fosse stato una persona terribile. C'era Josef, l'ultimo assistente di Hernandez. Amava sempre il teatro, ma ora faceva l'addetto alle copie in una delle commissioni governative, disse a Celine. Non gli piaceva. La cosa che amava di più erano gli spettacoli – ma trovava gli spettacoli moderni deludenti in confronto a quelli di un tempo. Poi andò a sedersi accanto a una donna anziana, che arrotolava e srotolava una corda tra le mani inquiete. Era evidentemente la madre di Hernandez. Nessuno aveva mai conosciuto sua madre e nessuno sapeva che fosse viva.

Quando iniziò il funerale, Beaumarchais si alzò a parlare, e Celine fu sorpresa da quanto suonassero sincere e personali le sue parole – di come continuava a immaginarsi Hernandez che sentendosi in punto di morte diceva *cazzo, sto morendo*, o di come Hernandez ne avrebbe scritto in uno dei suoi racconti, disse Beaumarchais, se non fosse che il morto era lui. Poi fu interrotto dall'arrivo di Jacob, in gran ritardo, che accennò fugacemente al traffico e all'agenda.

Anche Jacob era diventato superpotente nell'era della crisi. Finalmente era riuscito a compensare il suo aspetto insignificante con una posizione di rilievo nel governo rivoluzionario, dove era ministro per le terre conquistate al nemico. Tutti gli sforzi che aveva profuso nella scrittura infine avevano fatto sbocciare quell'unico fiore: il fiore del potere. Per cui tutte le persone in sala ebbero un attimo di vero sbalordimento vedendolo comparire al funerale di Hernandez. Non si capiva se Jacob fosse lì per ragioni sentimentali o perché era contento della morte di Hernandez, o forse per segnarsi i nomi dei dissidenti presenti. Questo aggiunse un brivido in più al discorso di Beaumarchais che, come spesso i discorsi nella scatola nera della letteratura, parlava della fine della letteratura e della morte dei valori – perché è sempre piacevole credere nella morte della scrittura, soprattutto se credi che anche la società attorno a te stia morendo. Se un'intera forma d'arte è morta, non devi preoccuparti che da qualche parte qualcuno stia creando un'opera dal valore nuovo e inestimabile, e ti senti personalmente assolto da ogni responsabilità rispetto alla scomparsa della forma d'arte.

Fuori, nella piazza, mentre tutti aspettavano un taxi, Jacob si avvicinò volteggiando vicino a lei. La perdurante amicizia di Celine con lui si era complicata.

– Fra quarantott'ore verrà pubblicata la nuova lista, le disse. – Va' via dalla città. Va' via da questo posto.

– Ma perché? chiese lei.

– Oppure, se vuoi restare, fatti togliere dalla lista, disse Jacob. – Per quel cazzo che me ne frega. Devi solo farti *cancellare*.

La vita di Jacob era ormai una riunione dietro l'altra, fra ordini del giorno e documenti, e quel potere gli piaceva moltissimo. A Jacob sembrava un miracolo l'urgenza delle conversazioni che il suo nuovo potere gli conferiva. Ovunque andasse c'era il potere della carta: il potere di consentire o di condannare. Sapeva di futuro.

– Andare via dove? disse Celine.

– Non ne ho idea, disse lui.

Celine si rendeva conto che per quanto fosse sempre stato gentile, in realtà di lei non gli importava niente.

– Ma io non posso andarmene, disse Celine.

2

Al momento lo scenario era sconfortante. Celine aveva l'impressione che il mondo fosse diventato una serie di scene prima-e-dopo, tutte legate al drastico e fondamentale cambiamento – quella rivoluzione che aveva dato a certi intellettuali un enorme potere indiscriminato, e questo era incredibile e anche spaventoso. Erano tanto forbiti quanto violenti!

Lo si vedeva nella faida pubblica tra Jacob e Yves. Un tempo erano amici, ma il potere aveva allontanato per sempre uno dall'altro. Yves aveva ricevuto il posto alla sicurezza interna per la sua totale devozione al sistema. Le sopracciglia erano ancora nere, ma adesso i capelli in testa erano bianchi, il che conferiva un effetto ancora più sinistro alla sua faccia da rospo. Era noto per la freddezza giuridica e per la stravaganza della sua rete di sorveglianza, nonché per la purezza della sua fede nella rivoluzione, ed era stata quella purezza ad aver provocato la rottura con Jacob, che non riusciva a rinunciare davvero al suo passato di scrittore, di esteta che un tempo, molto prima, frequentava le feste, e il cui ministero delle terre conquistate al nemico era famoso per la titubanza e la prudenza, quando si arrivò al terrore assoluto. La loro faida era un tema che in qualche modo toccava la vita di tutti. Toccava ogni posizione. Yves aveva scritto nel documento ufficiale che prima della rivoluzione Jacob lavorava come spia per gli sbirri – aveva siglato un patto con il capo della polizia, il traditore Lenoir, in un distributore di benzina di periferia dietro pagamento di cinquanta dollari. Lenoir era completamente scomparso dalla città. C'era una ricompensa di mille dollari per qualsiasi informazione su di lui. Poi Yves scrisse che anche Beaumarchais era stato uno sgherro della polizia. Ci dava dentro con le denunce. Per tutta risposta, Beaumarchais sfidò prontamente Yves a duello. Nessuno sapeva se i duelli fossero ancora trendy o meno.

Non che fosse poi così importante perché erano tutti d'accordo che Beaumarchais fosse un uomo finito. Era al verde, sempre a inseguire i soldi che gli americani gli dovevano da anni. Aveva una lettera dall'assistente di Washington secondo cui il caso era chiuso. Nessuno in città avrebbe pubblicato i suoi scritti. Beaumarchais continuava a scrivere in segreto il suo diario: lettere furibonde che poi non mandava, annotazioni in cui riportava maliziosamente le conversazioni che gli capitava di ascoltare. Dedicava lunghe ora a quell'attività, cosa che non poteva più fare con le sceneggiature. I nuovi uomini e le nuove donne al potere, scriveva, avevano dato alle persone tutto togliendo loro soltanto un privilegio – quello di scrivere male. Ma naturalmente, continuava, senza quel diritto, che era anche un lusso, era impossibile scrivere alcunché di valore. Aveva talmente paura di scrivere qualcosa che facesse infuriare il suo pubblico, concludeva, da essere diventato maestro in un nuovo mezzo espressivo: il silenzio.

Qualche giorno prima era andato a trovarlo un giovane sceneggiatore, disse a Celine, che dichiarava di adorare le sue opere. Era incredibile, disse Beaumarchais, quanto un tempo gli avrebbe fatto piacere una cosa del genere. Ma anche qui, ormai era troppo tardi.

– Io non voglio essere adorato, aveva detto a quel fenomeno in erba, raccontò Beaumarchais. – Voglio solo mettere in scena uno spettacolo.

Lei capiva il suo stato d'animo. Era rimasta praticamente senza un soldo. Dipendeva da qualche occasionale regalo e dalle elemosine. Aveva affittato un bilocale per lei e Saratoga nella zona est e faceva la fame tutti i giorni, senza niente da dare a Catone, il suo assistente. Per il momento, restava con lei perché non aveva altro posto dove andare.

A Celine mancavano le trattorie, l'eleganza, le bevute. La collezione di porcellane era ormai ridotta a sette pezzi scompagnati e una bacinella per l'acqua. Un sacco di cose sembravano ormai obsolete: chi offriva massaggi sul marciapiede, o i venditori di *croissant.* E poi sentiva qualcosa di molto vicino, qualcosa che aveva una sua consistenza, da toccare più che da conoscere con il pensiero o la parola. Come qualcosa che passasse accanto a una persona sfiorandole la guancia. Non sapeva dare un nome a quella sensazione. Nel caos era diventata sempre più scaramantica. Aveva un vecchio vestito, una cosina delicata e naturale, che metteva sempre quando doveva andare in un ufficio governativo.

E intanto continuavano a scomparire persone. Tutte le settimane veniva diramata una nuova lista di sospetti nemici del popolo. Era stato un piacere vedere i fascisti scappare o finire ammazzati, come Lenoir, o il suo ex marito Sasha, involatosi oltreconfine, a Rotterdam, e persino Antoinette chiusa in carcere tutta sola aveva una sua giustizia – ma la situazione si faceva sempre più instabile, troppo perché fosse divertente.

Ma il vuoto più grosso era Marta. Dopo la sparizione del marito, Marta se n'era andata a Milano. Prima che lo cancellassero aveva fondato un'Accademia delle Scienze e donato allo stato la sua ricca collezione, compresi i fossili di animali. Alla fine però si vide che per lo stato non era sufficiente. A Celine capitava di pensare a Marta tutti i giorni. I gusti e le opinioni di Marta le piacevano più di quelli di chiunque altro. Poi magari non ci pensava per un mese, nel marasma di cose da fare da tutte le parti.

Claude era partito per un viaggio, o non era mai tornato.

Izabela era rientrata a Varsavia dove era dentro un'altra rivoluzione e si sarebbe fermata lì per sempre. Di tutte le amiche di Celine era rimasta soltanto Julia. Lei sembrava avere un po' di più il senso delle relazioni mondane. Dopo il processo, Lorenzo era andato a Vienna a lavorare a una nuova sceneggiatura, e lui e Julia poco alla volta avevano deciso che era finita. Poi cominciò la rivoluzione e il marito di Julia si rifugiò nelle sue tenute oltre oceano, e lei prese la palla al balzo per divorziare e sposare un radicale, un commissario della Ragione. Il commissario era molto dolce, un patrigno amorevole per il figlio avuto da Lorenzo, ed erano molto felici insieme. Nel frattempo Lorenzo, nelle feste di esiliati e alla prima degli spettacoli, ne diceva di tutti i colori su di loro e sulla loro felicità domestica, sebbene lui stesso fosse sposato e apparentemente felice.

E infine una mattina arrivò Catone a dire che se ne andava. Entrava nel movimento. Gli avevano offerto un posto in una delle commissioni.

– Ma non hai bisogno di andartene, gli disse lei. – Questa è anche casa tua. Puoi restarci.

– Questa è casa tua, la corresse lui.

– Però vivi qui, disse lei.

– Le tue case non sono mai state case mie, disse lui. – Non fare le cose troppo semplici. Devi riflettere più lucidamente sulle cose. Io avevo sempre idee diverse.

– Idee su cosa? chiese lei.

– Sulla libertà, disse Catone.

A un tratto, si rese conto Celine, sembrava sincero come forse non lo era mai stato.

– Sei stato tu a denunciarmi? gli chiese.

– Che razza di stronzata razzista è questa? fece lui. – Certo che no. E comunque che cosa vuoi dire: chi ti ha denunciato?

Impossibile capire se credergli o non credergli. Si fermò sulla porta.

– Ti serve una exit strategy, le disse.

3

Al principio della rivoluzione nessuno aveva minacciato Celine: era una radicale e aveva amici radicali. Fondava commissioni per lo studio e la tutela dei diritti delle donne. Dava una mano nelle campagne di strada. Jacob la definiva pubblicamente un'alleata del popolo. Ora però c'era questa frattura tra Jacob e Yves, c'era chi riteneva di essere più radicale di altri e alla fine si capì che quei puristi volevano eliminare definitivamente la forma di radicalismo di Celine – il suo pensiero liberale e la cerchia che vi ruotava attorno.

Tutti i giorni si stupiva che su di lei si pubblicasse lo stesso genere di libelli, scritti dagli stessi scribacchini, lo stesso indefinito brusio letterario, a parte il fatto che ora gli scrittori erano consiglieri speciali e membri del governo. Usavano la medesima tecnica per produrre un effetto nuovo. Adesso le citazioni che inventavano erano sulle sue idee politiche, come quella volta che pare ridesse mentre Jacob le parlava delle questioni della penuria di prodotti agricoli e delle leggi sul lavoro. *Quelli erano problemi di breve periodo*, diceva lei, *perché mai Jacob si occupava tanto di problemi di breve periodo? Era dell'universo che doveva preoccuparsi*. Pareva che fosse l'amicizia ciò che non apprezzavano, o il modo di essere di Celine – molto pacato e intrecciato ad altri viticci, il suo talento nel crearsi complicità.

Che era il motivo per cui adesso fuori da casa sua c'erano pochi miliziani che se ne stavano lì annoiati, gruppi di ragazzini armati seduti su sedie da giardino scompagnate. Il clima era teso. Era tutto confuso, perché per molti versi Celine era più radicale di quelli che lo erano ufficialmente, per le sue idee su dove stesse il potere e su come fosse distribuito. Cose che lei sapeva da quando aveva diciotto anni, quando erano iniziati gli scritti sulla sua persona. Ma il problema era che era stata troppo fra i ricchi, un tempo era ricca anche lei, e alla fine erano cose come quella a essere finite sotto giudizio – e forse i radicali avevano ragione, pensò Celine, almeno in teoria.

Cominciava ad avere piccoli dolori alla schiena e alle spalle. In campagna i genitori stavano diventando matti, perché suo padre era in fin di vita a causa di una noiosa malattia terminale. Sua madre le mandava messaggi tutti i giorni perché, scriveva, sapeva quanto Celine ci tenesse a essere informata.

In città per i viali vagavano persone allo sbando. Se incrociavi qualcuno, attraversava la strada o faceva finta di non vederti. Al momento nessuno aveva idea di come mandare un messaggio a chicchessia perché per mandare un messaggio bisognava sapere dove mandarlo e anche dove ci si trovava, due cose che al momento non avevano la certezza necessaria per cui, pensò Celine, forse non avrebbe mandato più messaggi.

Per un po' tenne un elenco su un quaderno di chi mancava e chi c'era. Lo faceva anche per i nuovi amici – ma poi quasi subito la persona scompariva e così smise di annotare nomi.

4

Saratoga aveva diciassette anni, più o meno l'età di Celine quando era arrivata in città. Questo provocava una forte ansia da confronto in Celine. Avere figli, a quanto pareva, distruggeva parecchio i genitori. Distruggevano ma ricostruivano anche, e in ambiti del tutto inaspettati. Saratoga aveva lunghi capelli biondi e un'aria innocente, ma in realtà era micidiale e misteriosa. Conosceva la matematica, la geometria, il latino e la teoria politica, oltre a una vastissima selezione di poeti europei. Il suo abbigliamento ormai era un look permanente, pantaloni da odalisca e orecchini ghigliottina, e tanta sicurezza di sé o forse tanta indifferenza faceva sentire strana Celine, in una maniera che era quasi rilassante.

Ma lei non aveva mai una paura pazzesca? chiese Celine a Saratoga. Erano sedute davanti a una sala deserta e stavano bevendo il quarto espresso. Era solo lei a pensarla così?

– Mamma, disse Saratoga.

Vivevano in un mondo di discorsi, pensava Celine, diverso da tutte le altre conversazioni di cui lei avesse memoria. Nemmeno con Marta era stata così taciturna e insieme fluente nella comunicazione, ma allo stesso tempo doveva riconoscere che il modo in cui Saratoga pensava e parlava era talmente diverso dal suo che lei non sarebbe mai riuscita a impararlo. E in effetti il sentimento che provava era qualcosa di molto simile al desiderio o forse alla fine, si corresse Celine, ciò che si pensava naturale provare per il proprio amante era in realtà un facsimile del sentimento vero, quello che lei provava per la figlia, perché tenere Saratoga fra le braccia, a letto, sul divano, e sussurrarle dolcemente che l'avrebbe sempre amata era una cosa naturalissima.

Saratoga prendeva il mondo come una cornice in cui muoversi liberamente, proprio ciò che voleva Celine quando l'aveva mandata tra le foreste e le piante, da dove aveva preso quel suo spirito libero e selvatico. E quindi Celine lo adorava, sembrandole che in parte fosse dovuto al fatto di essere cresciuta senza un padre, ma allo stesso tempo dava a Saratoga una sicurezza di sé che Celine trovava inquietante e persino fastidiosa. Saratoga detestava gli scrittori da cui era ancora attorniata Celine. Nei loro libri, diceva Saratoga, parlavano sempre dell'educazione delle ragazze, senza capire o conoscere nemmeno una ragazza. Ogni volta che si incontravano, gli scrittori non facevano che discutere ossessivamente del futuro, chi avrebbe avuto ancora un pubblico di lettori o come sarebbe stato il futuro – ma non si rendevano conto di quanto fosse limitato il loro modo di pensarlo, il futuro. Il vero futuro, diceva Saratoga, non era ciò che sarebbe accaduto di lì a un mese o a un anno, ma il futuro futuro: alieno e incomunicabile. Ma loro non lo vedevano, perché non erano capaci di scatenare il pensiero.

Impossibile dire, pensava Celine, se le preoccupazioni che la angustiavano fossero veramente per Saratoga o in realtà per sé stessa.

– Dobbiamo andare via, disse Celine.

– Tu devi andare via, disse Saratoga.

– Ma se vado via io, tu dove andrai?

– Sai che Hugo vuole che vada via con lui? disse Saratoga. – Nel senso che vuole che ci sposiamo.

Hugo era affascinante e terribile. Veniva da Londra. Si

era fatto una modesta fama come whistleblower e autore di un rapporto sulle atrocità che gli inglesi stavano commettendo in India, e ora si stava preparando a tornare in Oriente per coordinare le indagini. Ma prima della data di inizio del lavoro era espatriato illegalmente per partecipare alle aste. Il governo stava svendendo tutto ciò che era scampato alla devastazione delle case della gente. Hugo c'era andato perché amava le porcellane e i racconti dell'orrore. E poi aveva incontrato Saratoga.

– Cioè, disse Celine, – diciamo che è una via d'uscita.

Quando Hugo parlava, si faceva fatica a capire quello che voleva dire veramente. A Saratoga piaceva perché veniva da un mondo tutto diverso. Non capiva nessuno dei suoi riferimenti e per lei questo era liberatorio. Però Hugo era anche un vero *jazù*, disse.

– *Jazù*? fece Celine.

– È una parola che ho imparato da Hugo, disse Saratoga. – Significa che non mi fido di lui.

– C'è qualcuno di cui ti fidi?

– Be'...

– Perché io non raccomanderei a nessuno di affidare la propria anima a un uomo, disse Celine.

– Lo dici sempre, disse Saratoga. – E io non l'ho mai fatto.

Saratoga bevve il suo caffè.

– Questo caffè ha un sapore blu, disse. – Sai cosa intendo? Insomma, ha proprio un sapore blu.

– No, rispose Celine.

– Ma perché hai paura? chiese Saratoga. – Cioè, no: lascia perdere. Lo capisco perché hai paura. Quello che volevo dire è: *che cosa pensi di fare?*

– Non ne ho la più pallida idea, disse Celine. – I tuoi nonni stanno impazzendo. Mio padre continua ad aggredire le infermiere. E altre cose. A sentire mia madre. Quindi come faccio ad andarmene?

– Però devi provarci, disse Saratoga.

Celine sentiva che le sue parole non aderivano più perfettamente alla situazione. Erano come piccoli frammenti, magari anche graziosi e invitanti, che però non riuscivano a fare quello che voleva lei.

L'unica persona che le veniva in mente e che poteva aiutarla era Jacob.

5

Nelle ultime settimane quella guerra senza quartiere fra i radicali e i radicali purissimi si era ridotta a un'unica questione. Alcuni, come Jacob, volevano abolire la schiavitù nelle isole atlantiche, e quindi sostenevano le rivoluzioni locali nelle loro numerose forme, diffondendo volantini, libelli e poster in difesa dei diritti dei neri. Gli altri radicali, i puristi, come Yves, si occupavano solo di economia e si rifiutavano di riconoscere l'importanza dei diritti degli altri se ciò rallentava i sistemi produttivi della nazione. Che cazzo, dicevano, erano già stati generosi con gli ebrei. Quindi forse era arrivato il momento di piantarla di discutere e di essere più pragmatici. Non c'era tempo per gente che se ne stava con le mani in mano a immaginare un futuro ideale.

Il problema era che il futuro stava arrivando viaggiando a velocità diverse e le storie che si raccontavano cominciavano a mescolarsi. A Hispaniola l'ex schiavo Toussaint, dato che ora lavorava per la rivoluzione, aveva ricevuto un ulteriore nome, Louverture: un nome che significava breccia, illuminazione, apertura. Andò ad accrescere la sua leggenda, quasi a dire che a volte gli inermi sono capaci di tutto, possono combattere all'infinito – perché se hai lavorato in una piantagione sprofondato fino alle ginocchia in un puzzolente schifo violaceo, be' non ti impressionerai certo per l'odore delle terga del bianco mentre affondi i colpi nel suo corpo ben in carne, preferirai l'odore delle terga di quel tipo alle paludi e al loro padrone psicopatico. Ed ecco che arrivava un nuovo capitolo della sua saga – Toussaint Louverture aveva appena voltato le spalle agli spagnoli.

La storia diceva che da Madrid avevano inviato un diplomatico di nome Ulises – il diplomatico che un tempo, molti anni prima, era di stanza a Parigi – a trattare con Louverture. Gli spagnoli avevano intenzione di costituire una rete di colonie americane, e volevano l'aiuto di Louverture. Nel frattempo però Louverture conobbe anche un uomo d'affari che si disse pronto dietro compenso a imbarcarsi in incognito sulle navi spagnole e cominciare a fomentare per conto di Louverture le rivoluzioni fra le popolazioni nere contro i loro nemici comuni. Il piano di Louverture, naturalmente, era convincere gli spagnoli di avere intenzioni ineccepibili e nel frattempo guadagnare anche un po' di soldi, oltre a organizzare la rivoluzione degli schiavi, ed essendo il diplomatico Ulises una creatura garbata e priva di malizia accettò subito il piano. Quello che però Ulises ignorava era che quella stessa sera, non appena i soldi spagnoli furono accreditati sui suoi conti e l'uomo d'affari fu ripartito per i suoi viaggi rivoluzionari, Toussaint Louverture viaggiò tutta la notte per andare a un altro incontro, il fazzoletto rosso legato con cura attorno alla testa, uno spirito del terrore molto elegante, ma stavolta insieme al console francese, dove si impegnò a combattere al loro fianco contro inglesi e spagnoli se si fossero impegnati a concedere la libertà agli schiavi. Ma prima, disse, e lo disse a voce bassissima in creolo, c'era una cosa che il console doveva sapere, nel caso che stesse meditando di fotterlo. Contro i neri non c'era nemmeno uno di loro che avesse la minima possibilità di farcela. Nemmeno uno di loro, grassi bianchi del cazzo.

Storie come quella sconcertavano Jacob e i suoi nemici, crando in città un clima violento che Celine non sapeva interpretare. Comprendere la lealtà di Toussaint Louverture sembrava una cosa difficilissima per loro, come se la sua idea di rivoluzione fosse più ampia dell'ideale che tutti loro condividevano. E quindi poteva batterli in astuzia in qualsiasi momento – poteva essere dentro o fuori dal quadro, con una sua tecnica superiore.

6

Il mattino che Celine andò a trovare Jacob si svegliò con un herpes al labbro e un piccolo eczema sull'ascella. Jacob le aveva detto che nella funzione di ministro per le terre conquistate al nemico doveva andare a ispezionare un campo profughi allestito fuori città, e le propose di vedersi lì, vicino a uno dei moli sul fiume, non appena si fosse liberato.

Lo trovò nell'aria mattutina, come se fosse tutto meravigliosamente normale e scevro da minacce.

Camminarono insieme sul lungofiume, guardando le persone che allestivano le botillerías con i loro bicchieri e le insegne dipinte. Erano amici, disse Celine, per quello voleva parlargli. Per tutta reazione, il volto di Jacob restò assolutamente privo di espressione. Forse fece un cenno con il capo, non era affatto chiaro.

Jacob le chiese se le andava un drink. Erano le undici del mattino, disse lei. Certamente, disse Jacob.

Era abituata a essere oggetto di odio, disse a Jacob. Aveva vissuto fra minacce di morte, libelli, slogan, tutti parlavano di lei con malevolenza e piacere. Lui se lo ricordava di sicuro. E allora perché, disse, era finita sulla lista? Era una cosa senza senso. Lei era una radicale. Tutti i suoi amici erano radicali. Ah, disse Jacob. Insomma, lui avrebbe tanto voluto aiutarla. Ma c'era stata una denuncia. Questo lo metteva in una posizione difficile. La lista era sostanzialmente intoccabile. Celine chiese chi di preciso l'avesse denunciata, perché saperlo le avrebbe dato la possibilità di difendersi. Jacob buttò lì poche parole smozzicate, talmente ellittiche che lei non capì. D'un tratto le pareva che la politica stesse tutta nel non finire mai le frasi. Il vero potere consisteva nel lasciare che gli altri interpretassero qualcuno come quello desiderava che lo interpretassero, senza dire nulla. Celine lo guardò, poi riprese. Una volta, disse, l'aveva visto a una delle sue feste che piangeva in un angolo – se lo ricordava? – e piangeva a causa di qualcosa che avevano scritto su di lui. E questo solo per una *recensione...* Jacob si strinse nelle spalle. Respingeva l'insinuazione. In effetti, disse, aveva creduto davvero di avere una vocazione. Credeva davvero che scrivere fosse il modo per inventare una società migliore. E in un certo senso c'erano riusciti. Erano i libri a fare tutto. I libri creavano opinioni, i libri portavano cultura in tutte le classi sociali, i libri distruggevano il fanatismo e rovesciavano i pregiudizi che un tempo soggiogavano tutti quanti. Ma ormai i libri erano finiti.

Celine si rese conto che si sentiva soffocare, quasi invasa da quel modo di parlare, e si guardò attorno in cerca di conforto o comprensione per la propria sofferenza, ma il paesaggio non fece una piega, i salici, le grida dei barcaioli e gli scoiattoli.

Ma lei chissà perché questo non lo capiva, continuò Jacob, apparentemente irritato neanche fosse lui la vittima, invece di Celine. Lei continuava a costituire commissioni per l'educazione femminile, disse Jacob, o a commissionare rapporti sui diritti delle donne. Sembrava quasi, aggiunse, che non credesse nella rivoluzione. Sembrava quasi pensasse che servivano *più libri*.

– Credevo, disse lei, – che il senso della costituzione fosse di essere una costituzione per tutti, per l'intera comunità.

– Non credo, disse Jacob, – che stia a te dire qual è il senso della costituzione.

Si fermò davanti a un baracchino di salumiere e comprò un panino.

– Sto cercando di aiutarti, disse Jacob. – Ci tengo veramente a te. Sto cercando di spiegare le cose. Com'è che non lo capisci?

Tutto ciò era ancora più orribile perché Celine si rendeva conto che Jacob ci credeva veramente, e capì che stava per mettersi a piangere ma non voleva che lui la vedesse piangere.

Celine disse allora che aveva un'altra riunione e salì i gradini che portavano alla strada. Restò ferma qualche minuto, mentre il suo corpo andava soggetto a qualcosa che sembravano attacchi di palpitazioni. Poi piano piano passò e prese un taxi di passaggio per tornare in città. Osservava l'attività cittadina scorrere fuori dal finestrino, gli uffici, i teatri e gli angoli delle strade, gli altari estemporanei per un morto, alle finestre, sulle ringhiere o sul marciapiede, piccoli ritratti su carta, o madonne di cera avvolte in panni di stoffa come quelli per tenerci gli gnocchi. Si sentiva strana e adrenalinica.

Magari, pensò, le restava solo qualche giorno da vivere.

7

Per ventiquattro ore Celine disperata pensò di uccidersi e uccidere Saratoga, somministrare un veleno a Saratoga e quindi tagliarsi le vene in bagno. Poi Julia le mandò un messaggio: *dove ci sono donne, c'è speranza*. Due ore dopo andò a trovarla. Aveva un nuovo look, severamente neoclassico: uno scamiciato informe, triste e monocromo. Si era anche decolorata i capelli e li aveva tagliati corti. Così sembrava ancora più vulnerabile, sebbene avesse trovato la sua via al potere. Suo marito, disse, l'aveva messa al corrente della novità.

– Sto cercando di capire cosa possiamo fare, disse Julia.

– Ho appena visto Jacob, disse Celine.

– È una mossa che non ci è utile, disse Julia.

E questo anche, spiegò Julia, perché le aveva appena fatto un favore – aiutandola a preservare la sua foresta in campagna. Ne era entrata in possesso quando l'ex marito era scomparso oltre oceano con il suo fuoribordo. C'erano però vari industriali, amici dei radicali, che volevano comprare la foresta, darla alle fiamme e costruirci delle fabbriche. E Jacob era stato davvero fantastico, disse, aveva sostenuto che la sua foresta era uno spazio di tutti e quindi andava tutelato, ma questo significava anche che non poteva presentarsi di nuovo da Jacob. Non poteva chiedergli un altro favore.

E soprattutto, aggiunse, sentiva dire da tutti che Jacob era finito.

– In che senso, finito? disse Celine. – L'ho appena visto, ieri, tipo. È ovunque.

– No, io penso che ormai sia andato, disse Julia. – O quasi. A quanto si dice. Sta per essere arrestato.

– Ma perché? chiese Celine.

– La questione degli schiavi, disse Julia.

Celine si stupiva nel fare quei discorsi con Julia, avere un nuovo piglio, un suo vigore e dei modi sbrigativi. O forse non c'era niente di nuovo, era sempre stata così ma in un modo o nell'altro gli eventi della vita non le avevano dato l'occasione di metterlo in mostra, e un aspetto della perenne ingiustizia dell'universo era che quando avevi conosciuto una persona in un contesto o in un periodo particolare, concederle nuove forme di attenzione richiedeva un atto di immaginazione quasi impossibile.

– Ah be', disse Celine. – Ma se Jacob no, allora chi.

– Dobbiamo vedere Yves, disse Julia.

– Yves? fece Celine. – Quello che ha già provato a distruggerci?

– È il ministro degli Interni, disse Julia. – Il suo *passato* non ci interessa.

Celine si accorgeva di non star bene. All'interno del labbro inferiore adesso aveva tutta una serie di ulcere, come tanti peperoncini secchi. Si chiese se avrebbe mai più rivisto i suoi. Quella mattina sua madre le aveva mandato un messaggio per dirle che suo padre aveva rischiato di morire. Era caduto dalle scale e si era procurato una ferita alla testa. Era contenta che lui non capisse più ciò che succedeva nel mondo. Ne sarebbe rimasto sconvolto, scriveva la madre. Non capiva proprio perché sua madre le scrivesse cose simili, pensò Celine. Non provava assolutamente nulla, solo un totale distacco.

Forse, pensava Celine, dipendeva dal fatto che dentro di sé provava una sensazione molto prossima all'*ineludibilità*. In tutte le trappole che le era toccato affrontare da quando era giovane, pensava, aveva sempre nutrito la certezza di riuscire a trovare una via d'uscita. E invece adesso che era lì, in quell'epoca futura, si scopriva che forse di vie d'uscita non ce n'erano più. Sembrava una di quelle storie dove l'eroe cerca di scappare dal folle laboratorio di qualche genio del male e le porte di metallo gli si chiudono davanti una dopo l'altra. Vie d'uscita non ce n'erano più ancora prima che Celine riconoscesse di dover fuggire.

8

Yves adesso si era sistemato nei vecchi uffici di Lenoir. Le stanze erano tutte dei cubicoli, con una luce sporca, e l'ufficio era un'austera composizione di quadrati e rettangoli: cassettiere, mensole e schedari allineati in file simmetriche, tutti pieni di documenti.

Era tipico di Yves buttarsi a capofitto nei metodi ultramoderni.

Quando arrivarono Celine e Julia, era impegnato in un'altra riunione, o così fu detto loro. Ebbero quindi qualche momento per ammirare la rinnovata bellezza dell'ufficio: ordinato ed essenziale, come una nave spaziale. Sulla sua scrivania c'era una pila di riviste stampate su ottima carta. Celine ne prese una in mano. I libri erano finiti, lo dicevano tutti continuamente, ma le riviste erano dappertutto, e forse era anche logico. Le riviste erano il contrario della letteratura – niente scetticismi, descrivevano un universo assolutamente irreale, e lo stesso si poteva dire di quell'ufficio, pensò Celine: un mondo portato a un innaturale livello di astrazione.

Poi entrò Yves e non appena vide Celine quell'effetto si dissolse. A un tratto, era un tizio trasandato in un ambiente ordinatissimo. Era profondamente sbagliato trovare antipatico qualcuno per via del suo aspetto, pensava Celine, per quelle mani rattrappite e quella faccia da rana, ma d'altronde era impossibile separare il suo aspetto dal suo modo di pensare, come in una sorta di allegoria medievale.

Ultimamente la sciatteria si era accentuata perché Yves era appena stato lasciato dalla sua ragazza. Una sera, nell'atmosfera intrisa di sangue del carnevale, si era ubriacato in un bar clandestino ed era andato via con un'altra donna, anche se, insisteva Yves, si erano dati solo qualche bacetto in un vicolo prima che lei gli dicesse di essere sposata e che forse dopo tutto il sesso non le piaceva. Pensava tutti i giorni alla fidanzata perduta. La notte restava in giro più a lungo possibile pur di rimandare la triste operazione di spogliarsi e infilarsi nel letto da solo. Cominciava ad avere un aspetto spaventoso.

Yves le salutò con un cenno del capo e poi indicò orgoglioso gli schedari sistemati tutto attorno. Era il sistema di raccolta informazioni più avanzato che fosse stato inventato fino a quel momento, disse. All'interno di ogni schedario c'erano note, moduli e registri contenenti i rapporti delle reti di spie, operai dissidenti, valutazioni di tenute agricole ma anche la vita sessuale delle persone. Dopo tutto, continuò ignorando l'agitazione di Celine, quella era l'epoca dell'informazione. Stavano persino mettendo degli slogan sulle banconote: la legge punisce i falsari, la nazione ricompensa gli informatori. Se qualcuno aveva una lamentela, la riferiva alle autorità. Perché qualcosa assumeva realtà e lo si poteva affrontare solo dopo essere stato messo per iscritto. L'unico problema era che tutta quella carta andava organizzata.

Fuori, qualche ragazzino dallo sguardo vitreo e i capelli lunghi ciondolava nella piazza. Contrastavano in maniera macabra con le linee ortogonali della stanza, una cosa ai limiti dell'impossibile. Volevano che facesse portare qualcosa da mangiare? disse Yves. Loro praticamente vivevano con il cibo d'asporto di Balthazar. Lavoravano ventiquattro ore al giorno. Celine si strinse nelle spalle. Diede ordine a uno dei suoi assistenti di portare su qualcosa. Poi si girò di nuovo verso Celine e Julia. Sembrava non avere nessuna fretta di chiedere come mai fossero lì, presumibilmente perché lo sapeva e non aveva voglia di parlarne.

Julia cominciò a spiegare, ma Yves la interruppe. Non sarebbe intervenuto, disse. Naturalmente ammirava il marito di Julia, ma no. Non poteva fare nulla.

Per Yves doveva essere una sensazione meravigliosa, pensò Celine, potersi rivolgere a loro in quel modo, con disumana autorità – o forse anche sconcertante, un dolce che non riesci a smettere di mangiare ma che ti nausea.

Era chiarissimo, disse, quello che pensava la gente. I nemici andavano rimossi dal primo all'ultimo. E che Celine fosse una nemica era evidente da come attaccava continuamente il regime in pubblico, da come il suo nome veniva usato dalle donne che scrivevano folli profezie contro le commissioni per i loro errori e i loro limiti.

Allora, disse Julia, non si poteva fare un nobile gesto in segreto?

Yves la guardò con aria solenne. Lui odiava i segreti, disse. Ben presto di privacy non si sarebbe nemmeno parlato più, e lui ne era contento. Come quando Jacob aveva pubblicato il libello sull'etica e la nuova società – avevano sentito quello che era successo? Una delle sue amichette aveva mandato un messaggio alle quattro donne, ognuna delle quali pensava di essere l'unica, nonché alla moglie. E quando lui se l'era trovata davanti alle corse dei cani e le aveva detto: *Be', è stata una cosa inaspettatamente aggressiva*, lei aveva replicato con un sorriso: *Non vorrai mica vivere nel segreto, no? Se deve nascere una nuova società dalle ceneri della vecchia, chiaramente dobbiamo fare tabula rasa.*

– E tu apprezzi queste assurde vaccate? disse Celine.

Si rendeva conto che nella sua posizione era stupido essere così diretta, ma era molto arrabbiata, perché era chiaro che, come aveva immaginato, Yves non l'avrebbe mai aiutata e quindi si erano esposte per niente.

Entrò un assistente con il cibo del ristorante giù in strada. Yves lasciò che l'assistente andasse via, poi rispose con totale brutalità.

Sapeva che quelli come lei pensavano che la conoscenza fosse importante, disse Yves. Invece dovevano capire che nessuno aveva bisogno di sapere un cazzo di niente. Non c'era bisogno di conoscere i testi classici, o la storia dell'arte. Potevano passare tutto il tempo libero nei locali a luci rosse, se volevano. I classici erano finiti, disse.

Prese un cartoccio di *pelmeni* in salsa piccante e si mise a mangiare.

– Ciò di cui hai bisogno, disse Yves, – è vigilare costantemente sulla tua anima. Ami tua figlia più del regime? Ami tuo marito più del regime? *Ami il vino e il marzapane al cioccolato più del regime?* Perché se è così, non entrerai mai nella terra promessa.

Per un po' nessuno parlò. Ormai capitavano spesso, quelle pause improvvise mentre le persone parlavano. Si cominciava una conversazione che a un certo punto diventava impossibile e allora ci si fermava.

9

Come mai Celine non aveva previsto tutto ciò? Era la domanda che gridava a sé stessa nei monologhi che la tenevano sveglia di notte, ma era possibile che non ci fosse nessuna previsione possibile. Tutti avevano in testa schemi di rete del mondo e quegli schemi andavano riscritti ogni giorno. Tutti erano convinti di vivere al centro del mondo. Ma in realtà i centri proliferavano ovunque ed erano infiniti. Alcuni l'avevano già capito, i più moderni; una di loro continuava a essere Celine e l'altro era un commerciante che aveva conosciuto Louis Cook molto tempo prima e aveva fatto affari con lui in territorio mohawk. Negli anni quel commerciante si era spinto verso sud e ora si trovava da qualche parte in Louisiana, fra paludi, alligatori e strade desolate. Era di origine francese, ma in realtà non aveva più nessuna idea di nazionalità. Era spietato, flaccido, enorme. La sua faccia, pensava, cominciava ad assomigliare sempre più a un cazzo con i relativi coglioni. Cercava di non pensarci. E la ragione per cui stava diventando più moderno di altri, magari più giovani e più al passo con i tempi, era l'intuizione che stava cercando di illustrare in un rapporto per i suoi capi dall'altra parte dell'oceano.

Era come, scriveva, se sulla mappa ci fosse una pressione. Sembrava non esserci niente, ma non era così. C'era una specie di forza invisibile. Significava che, per quanto magari laggiù potessero fare grandi cose, si potessero dirottare i commerci dagli irochesi al Nord, serviva grande ponderatezza.

Smise di scrivere per qualche minuto. Accanto a lui borbottava un pentolino ammaccato. Si preparò una nuova tazza di vecchio tè.

Voleva raccontare loro una storia, scriveva. Di recente aveva provato a spingersi a nord, risalendo il fiume, con un gruppetto di tre uomini d'affari. Poi era stato fermato. Quelli che l'avevano fermato parlavano sioux e gli chiesero chi erano, da dove venivano e dove stavano andando. Era chiaramente in trappola, scriveva. Rispose però in lingua dakota, e quando i sioux fecero l'elenco dei commercianti che conoscevano, fortunatamente il suo nome era fra quelli. La cosa fu di aiuto. A quanto pare, si erano conosciuti anni prima. Tre di loro raggiunsero a nuoto la sua piroga e proseguirono tutti insieme, risalendo il fiume. Poco dopo, si arenarono su una secca e trascinarono la piroga fino a un accampamento. Era un accampamento lakota. Seguì una lunga conversazione con il loro capo, Bisonte Nero, dopo di che i lakota si presero tutte le merci che lui contava di vendere: stoffe, tabacco, asce, minio, polvere da sparo e proiettili. Era molto demoralizzato, scriveva, e voleva andare avanti ma non ce la faceva. Quel territorio era controllato da Bisonte Nero, disse. Erano riusciti fortunosamente a fuggire dall'accampamento e avevano passato la notte dentro il tronco marcio di un albero morto. Ce l'avevano fatta a tornare in città. Uno dei suoi compagni si era beccato il morso di un ragno che avrebbe potuto rivelarsi fatale.

Ciò che voleva dire, scriveva, era che sulla mappa c'era quella pressione, e forse era importante pensarci. Il rapporto più proficuo da costruire era quello con i lakota. Se fossero riusciti ad accordarsi con loro potevano interrompere il flusso di denaro al nord o addirittura, nella migliore delle ipotesi, prendere in mano quel paese. Se fossero riusciti a far entrare le merci dalla Florida e poi a farle arrivare al Pacifico avrebbero avuto in mano l'intero continente, diceva. Il problema erano gli spagnoli. E gli inglesi e gli americani. Ma le conclusioni erano le stesse. Dovevano mettere le mani sulla Louisiana, ma prima dovevano avviare una sorta di missione diplomatica con i lakota.

Si fermò, poi ricominciò, stavolta su un altro quaderno. Da un po' di tempo teneva un quaderno personale, per i propri bisogni terapeutici.

Aveva problemi con il sonno, scriveva. Al momento si trovava da qualche parte lungo il Missouri/Mníšoše, verso monte. Gli sarebbe stato di grande conforto sapere che cosa stava succedendo di preciso in patria. Chiedeva se ci fosse ancora una catena di approvvigionamento. Era tutto un disastro, quello che sentiva dire. Non era quello il modo di mandare avanti le cose. Era davvero spaventato, scriveva.

10

Com'è difficile pensare quando ci si trova intrappolati in una situazione letale! Se Celine fosse rimasta, l'avrebbero uccisa. Lei però non voleva andarsene, perché era la sua città, con le sue amiche e sua figlia. Su un piano più pratico, non sapeva come andarsene. Stavano chiudendo tutte le strade in uscita. Così, per quanto la città fosse mortale, per il momento doveva restarci. E ora il paesaggio che conosceva da sempre le provocava terrore e nostalgia, pietà e amore, al posto della noia o dell'irritazione di un tempo.

Il giorno dopo il colloquio di Celine con Yves, Beaumarchais le disse che quella sera avrebbe avuto una conversazione proprio con Yves, non fra le quattro mura del suo ufficio ma su un palco, nell'ambito di un congresso di scrittori voluto da Yves. Quella, disse Beaumarchais, poteva essere l'ultima volta che saliva su un palco. Avrebbe apprezzato molto il sostegno di Celine. Celine si era ripromessa di non apparire in pubblico fino a quando non avesse messo in atto la sua fuga, ma d'altra parte era affezionata a Beaumarchais e pensava che la loro amicizia fosse più importante di tutto il resto, e quindi nemmeno il rischio di essere uccisa le pareva un buon motivo per vivere in modo diverso da come aveva sempre desiderato. Così, Celine lo accompagnò.

Era l'ultima volta che si occupava del linguaggio, pensò Celine.

Da qualche settimana Yves pubblicava articoli sui giornali ufficiali, nei quali sosteneva che a quel punto tutti i segni dovevano indicare chiaramente ciò che significavano. Nulla era più importante, scriveva, di quella faccenda della rappresentazione. Era un problema quanto mai astratto ma forse era proprio la sua astrattezza a farlo apparire tanto pericoloso e vivo, ed era la ragione per cui tutta quella gente aveva ritenuto di dover essere lì, al congresso organizzato da Yves. Lo si teneva in un impianto sportivo riconvertito e il pubblico era seduto sulle gradinate che sovrastavano il vecchio campo da gioco, con le sue linee e il pavimento coperto di segni. Erano tutti immersi da un puzzo terribile di carne – cotenna di porco, salsa piccante – a cui si mescolava l'odore dolce di ciambelle e di nocciole tostate.

Converremo tutti, esordì Yves, che il solito specchio vada stretto per l'eroe più importante della nostra epoca. Il solito specchio? fece Beaumarchais. Un romanzo, disse Yves, una sceneggiatura, fate voi. Non poteva contenere il riflesso di eroi come quelli che sedevano fra loro, i futuri geometri di questo pianeta. Perfettamente d'accordo, disse Beaumarchais, non sapendo bene cos'altro rispondere. Per descrivere questo nuovo eroe del tempo, aggiunse Yves ignorandolo, serviva un tipo diverso di scrittura, qualcosa che consentisse ai lettori di comprendere la forza storica delle nuove verità. E invece Beaumarchais doveva ammettere, continuò Yves, che nei suoi lavori non c'era quel senso dell'esercito rivoluzionario come massa compatta, non c'era quel tentativo di rappresentare migliaia di soldati armati che avanzavano come una colata di lava. C'erano soltanto singoli individui, ognuno con le sue nevrosi.

Era chiaro che ormai il destino di Beaumarchais era segnato, che tutti guardandolo prendevano le distanze, e Celine sentì di essergli schiettamente e disperatamente vicina, sebbene anche lei si sentisse distante da lui. I suoi motivi però erano diversi da quelli per cui il pubblico ora lo odiava. Per quanto adesso il linguaggio gli si stesse rivoltando contro, Beaumarchais non si sarebbe arreso mai, ed era per questo che lui e Celine si erano allontanati l'uno dall'altra. Perché Celine se ne stava andando, non solo da un luogo ma dal linguaggio, mentre Beaumarchais non riusciva a staccarsi dal suo mezzo espressivo.

Al posto del vecchio realismo, disse Yves, lui auspicava una nuova forma di rappresentazione: un'opera che cogliesse gli aspetti più generali e universali di un'epoca e li mettesse in scena attraverso personaggi unici che fossero specifici e astratti allo stesso tempo, personaggi che unissero il maggior grado possibile di generalizzabilità a un'enorme ricchezza interiore. Beaumarchais si scusava tantissimo, disse, ma quella parola, *generalizzabilità*, lui non la capiva.

La vita cambiava così velocemente, continuò Yves, che quando uno scrittore aveva terminato un'opera doveva constatare che il suo eroe era già cambiato. Questo succedeva perché le forme classiche, trasposte in quell'epoca, in quella straordinaria epoca, davano luogo a false premesse e, peggio ancora, a falsi finali.

– Abbiamo bisogno di un eroe, disse Yves. – Qualcuno da mettere nella costellazione di Robinson Crusoe, Don Chisciotte, Amleto, Edipo...

– E Figaro? disse Beaumarchais.

– Figaro? fece Yves. – Stai parlando del Figaro della tua sceneggiatura?

– Credo che fosse Hernandez, disse Beaumarchais, – a dire che è Figaro ad aver abbattuto il sistema.

– E chi cazzo se ne frega di Hernandez? fece Yves con improvvisa brutalità. – Se volevo il parere di Hernandez lo chiedevo a lui, cazzo. Tranne che naturalmente non lo posso fare, perché è morto.

Beaumarchais sembrava scosso e turbato da quella violenza. Riteneva che fosse importante ricordare, disse, che era stato un radicale. Notoriamente, per dire, il vecchio regime l'aveva censurato.

Yves disse che lui non ricordava nessuna censura. Si ricordava però che Antoinette era stata un'amica personale di Beaumarchais. Per la verità, aveva avuto *molte amiche*. E soprattutto, aggiunse, c'era una differenza fondamentale fra quello che succedeva allora e quello che succedeva adesso. Prima della rivoluzione, il cattivo gusto era soltanto un difetto personale. Ora invece era qualcosa di più, disse Yves. Era un crimine controrivoluzionario.

Ma certamente, riprese Beaumarchais, comunque lui non poteva in alcun modo essere considerato una persona *di successo*. Non aveva fatto altro che essere sé stesso, pigro come un asino, fuori da qualsiasi gruppo. Questo però non era vero, disse Yves. *Largamente* lontano dal successo, continuò Beaumarchais.

– Hai fatto realizzare un'opera lirica, disse Yves. – *Hanno realizzato un'opera lirica tratta dal tuo lavoro.*

– Chiunque può far realizzare un'opera lirica, disse Beaumarchais, – ma questo non significa avere successo! Il mio nome non era citato nemmeno fra gli autori, per dire quanto poco contavo.

Beaumarchais respirava affannosamente. Il suo corpo era così grande e delicato su quel palco, accanto a Yves. Lo capiva anche lui di essere un uomo finito, ed era una sensazione enigmatica, una sensazione scoperta, qualcosa di molto simile a essere desiderati da qualcuno, molto acuta. Fu preso dalla nostalgia. Aveva sempre amato quella città. A casa, nelle province, bevevano ancora il tè un cucchiaino alla volta, con una zolletta di zucchero incastrata dietro un molare. Quella ristrettezza, quell'esistenza paludosa non facevano per lui. Lui voleva la vita notturna e i postumi del giorno dopo. Non riusciva a credere di non avere più la città in tasca. Aveva sempre voluto la stanza, e ci era entrato, ma adesso gliela stavano portando via e quella era una prospettiva che non aveva mai immaginato.

Seduta sulle tribune, Celine lo guardava laggiù in basso e provava un'intensa pietà, come se la realtà fosse una cosa troppo tagliente e pericolosa perché qualcuno la potesse toccare.

– Più parliamo, disse Beaumarchais, – più capisco la rivoluzione.

– Non è una cosa che si possa capire, disse Yves.

– Naturalmente, disse Beaumarchais, cercando di proseguire. – Ma se mai dovessi capirla, sarebbe grazie a queste conversazioni.

Vero, disse Yves, scandagliare gli abissi della propria complicità era molto difficile. Bisognava sorvegliarsi costantemente, sul modello del sistema governativo di sorveglianza reciproca. Naturalmente, aggiunse, poteva ammettere che da un certo punto di vista, un punto di vista molto limitato, quello che stava succedendo sembrasse estremamente increscioso, ma in una prospettiva più ampia era tutta un'altra cosa. Forse non bastava una vita per scoprire il vero significato della rivoluzione.

Celine aveva la nausea, come un astronauta. Si stava lasciando alle spalle l'intero linguaggio, come un astronauta si lascia alle spalle la terra. E quanto meno lei capiva la sua missione, pensò Celine, anche se stava per morire.

11

Camminò ore per le strade, poi tornò a casa tardi, col buio, sentendosi profondamente sola, temendo il silenzio dell'appartamento se Saratoga dormiva o era uscita con Hugo.

Scoprì invece, cosa non poco inquietante, che non era affatto sola, perché nel suo appartamento c'era Yves.

– La serratura era rotta, disse.

Yves la trovava una spiegazione razionale.

– Dov'è Saratoga? chiese lei.

– Chi? fece Yves.

Sapere che Saratoga non era in casa e che quindi non poteva farle del male, se era lì per fare del male a qualcuno, la rassicurò almeno un pochino, ma Celine si rendeva anche conto che, essendo sola, c'era il rischio che Yves facesse del male a lei.

Era molto tardi, gli disse. Magari poteva tornare l'indomani perché lei era stanca morta. Oh, ma era stanco anche lui, disse Yves. Lavorava tutta la notte, tutte le notti. E in effetti quella sera dopo il congresso stava lavorando come al solito, e mentre lavorava pensava a lei, così gli era venuto in mente di andarla a trovare.

Si fermò, come aspettandosi che andasse avanti lei, poi riprese a parlare prima che Celine trovasse le parole.

Non si aspettava un posto del genere, le disse, guardandosi intorno nell'appartamento spoglio. I sistemi di sicurezza erano terribili. Tipo la *serratura*, per esempio. Ma si rendeva conto di quanto fosse pericoloso vivere in un posto così vulnerabile?

C'era poca luce nella stanza, solo quella della luna fuori, davvero troppo debole perché Celine riuscisse a vedere qualcosa. Cercò tuttavia di guardare Yves e di continuare a guardarlo perché capiva che era importante ricordarselo e non lasciare che nella sua testa diventasse più mostruoso e terrificante di quanto non fosse, e focalizzarsi sul fatto che sudava o sui capelli che gli ricadevano sugli occhi l'aiutava a vederlo nelle sue giuste proporzioni.

Stava pensando che non sapeva dove fosse Saratoga. Normalmente la cosa l'avrebbe preoccupata, ma in quel momento sperava che non tornasse prima che Yves se ne fosse andato. Solo che non era facile capire quando se ne sarebbe andato Yves.

Avrebbe voluto che gli dessero delle medicine, disse Yves.

Alle volte sentiva di avere troppa energia, di essere troppo lui stesso e di traboccare fuori, di tracimare – si spiegava? – e in quel momento si sentiva così e avrebbe tanto voluto che qualcuno potesse aiutarlo.

Dev'essere terribile, disse Celine, e lo disse con il tono più gentile possibile perché non si capisse che la voce non era del tutto sua, tremava di paura e lei non voleva che Yves sentisse quella paura. Però era importante parlare perché intanto lei stava cercando di capire fino a che punto poteva essere violento.

Esatto, disse lui. Perché lo detestava? Sapeva essere molto dolce con le persone che gli erano amiche. Ma lei non aveva mai voluto diventare sua amica.

– Ma eri tu che mi odiavi, disse lei.

Si accorse con sorpresa che, per quanto capisse benissimo che quello era una specie di episodio psicotico, una parte di lei continuava a voler capire che cosa intendesse l'altra persona.

– Be', disse Yves, – è stato un cazzo di errore grosso così. Guardati ora.

Naturalmente era possibilissimo che Yves non volesse farle del male, che volesse solo limitarsi a terrorizzarla e darle una dimostrazione del suo potere, ritenendo di non avergliene date abbastanza, ma era anche possibile che avesse intenzioni letali.

Per lo meno, pensò Celine cercando di calmarsi, era ancora seduto. Lui era seduto e lei in piedi, il che le dava una sorta di vantaggio.

– Sembri molto spaventata, disse Yves.

Il senso poteva essere gentile, ma il tono era assassino.

Poi però Saratoga entrò di corsa nella stanza facendo un sacco di rumore, tutta presa da uno dei suoi drammi privati, e si bloccò confusa, vedendo nel loro appartamento un uomo che non conosceva. Anche Yves si bloccò. La guardò e fu come se qualcosa dentro di lui si sciogliesse. Sembrava trovare incredibile che qualcuno fosse entrato in quella stanza, dove finalmente aveva tutto il potere – come se qualcosa avesse alterato l'equilibrio della stanza, qualcosa cui non era abbastanza forte da opporsi.

– Tu chi sei? chiese Saratoga.

Yves si alzò, lentamente. Vicino a lei tutto a un tratto sembrava vecchio, e in lui non c'era più un briciolo di potere.

– Sono il ministro della Sicurezza interna, rispose.

Sembrava che si sforzasse di essere fiero di quella qualifica, come se la qualifica comportasse una qualche gloria. Ma Saratoga non fece una piega. Poi, piuttosto che star lì a studiare altri modi per fare colpo, Yves fece un cenno con la testa, le passò accanto e chiuse la porta.

E Saratoga restò lì, a guardare Celine, con l'aria di chi pensa che ci sia della confusione a cui bisogna fornire una risposta. Celine ci mise un po' a trovare il modo di rispondere – solo dopo aver sentito richiudersi il portone giù in strada e i passi di Yves nella strada sonnacchiosa.

Allora finalmente Celine rispose alla domanda di Saratoga, abbracciandola forte e tenendola stretta.

12

Il pomeriggio successivo, un improbabile pomeriggio rosa, Celine andò a trovare Julia. Aveva talmente paura ed era sempre così infelice che cominciava quasi ad affezionarsi al terrore, che almeno era una cosa sua, una cosa di cui poteva prendersi cura. Trovò Julia con un pezzetto di carta in mano. Celine la scrutò attentamente. Di quei tempi, un pezzetto di carta poteva essere un'ottima notizia o una pessima notizia.

Julia disse che era contentissima. Aveva parlato con suo marito. E suo marito aveva trovato un posto per Celine, sotto falso nome, su un cargo per Boston. Partiva di lì a una settimana.

– Ma io non ce l'ho una settimana, disse Celine.

– Be', nasconditi, disse Julia.

– E quindi che succede? disse Celine. – Non ti rivedrò più?

– Direi di no, disse Julia.

Si guardarono negli occhi.

– Non sappiamo niente, disse Julia.
– E Saratoga? disse Celine.
– Sta a lei, rispose Julia. – Se vuole, il posto c'è.
– C'è?
– C'è.

Era una cosa ai limiti dell'inconcepibile. Chi poteva aver bisogno di fuggire? Era una follia anche solo pensarlo. Tutto ciò che amava e odiava era lì, era sempre stato così e quindi sentirsi dire che forse non avrebbe più rivisto quella città era surreale.

– Che cosa c'è di nuovo? disse Celine. – Raccontami tutto. Come sta tuo marito?

Se quella era la sua ultima conversazione prima di lasciare la civiltà, voleva che non finisse mai, e anche che fosse come le sue solite conversazioni, senza nessun tono di urgenza né di paura. E Julia evidentemente lo capì e si spostò verso di lei.

– Insomma, sai, disse Julia, – l'altro giorno l'ho beccato a leggere un porno. È stato davvero terribile.
– Perché, a te non piacciono?
– Perché vuole parlarne, vuole spiegare. Un po' come quando è super geloso, ma al contrario. Io non ho voglia di parlarne.
– Perché non ti piace?
– *Perché non è importante*. Non c'è niente da dire. Lui invece ha bisogno di parlarne. Mi distrugge la mente.
– Che genere di porno?
– Americano. Violenza tribale e quelle porcherie lì. E adesso quando siamo a letto insieme, dice, non riesce a smettere di pensarci.
– E a te non dà fastidio?
– Perché dovrebbero darmi fastidio le sue fantasie? Non ho sposato le sue fantasie. L'ho sposato per la sua *faccia*.

Andarsene, pensò Celine, era tanto duro perché c'era il peso di quello che uno si lasciava alle spalle, gli infiniti dettagli delle amicizie. C'era tutta quella vita ed era strano pensare che avrebbe continuato a essere così in mezzo a tutta quella morte, e che anche lei avrebbe continuato a vivere senza quello scenario intorno. E in realtà veniva fuori che la città più che uno scenario era una piccola rete e le sembrava impossibile pensare di poter vivere nello stesso modo in un posto diverso, ma d'altra parte ovviamente la gente lo fa e l'avrebbe fatto anche lei.

– Ma dove vado a nascondermi? chiese Celine. – Non posso nascondermi in questa città per una settimana.

– Vai in campagna, disse Julia. – Usa una delle capannucce nella foresta.

– La tua foresta?

– Non è veramente la mia foresta, la corresse Julia. – Nessuno possiede una foresta.

E d'un tratto a Celine diventare invisibile dentro una verde foresta sembrò la cosa ideale. Sembrò lo sviluppo più naturale del mondo.

13

Celine andò a casa, aveva urgenza di parlare con Saratoga. Desiderava tantissimo che andasse con lei, ma desiderava ancor più che fosse felice, e forse le due cose erano incompatibili. La trovò che leggeva un libro di fantascienza. Le sfiorò la spalla, lei spinse via il libro. Era arrivata in un punto dove si descriveva un viaggio sulla luna. Sembrava bellissima, l'idea di un viaggio sulla luna. C'erano delle incisioni protette da un foglio di carta velina, come una patina d'acqua. Qualcuno che volava dentro un cesto in mezzo alle stelle.

– La cosa andrà forse affrontata più velocemente di quanto credessimo, disse.

– Di cosa parli? chiese Saratoga.

– Di quello che devi fare, rispose lei. – Che dobbiamo fare. Vado in America. Ha organizzato tutto Julia.

– Tipo quando? chiese Saratoga.

– Tipo ora, rispose Celine.

Saratoga la fissò per un tempo assai più lungo di quello che si aspettava Celine.

– Allora credo che potrei andarmene in India con Hugo, disse alla fine Saratoga. – Cioè, non saprei. Non ci ho pensato seriamente. Ti voglio bene. Solo che l'America proprio non mi va.

– Non pensi all'America selvaggia? disse Celine.

– Ma certo, disse Saratoga. – Però non con quelli.

– Quelli chi?

– Insomma, i fascisti, disse Saratoga. – Quelli che se ne sono andati da qui.

– Io non sono una fascista, disse Celine.

– Lo so, ma insomma, disse Saratoga.

Celine era disperata. Capiva che tutto quello che aveva desiderato per Saratoga, tutto il futuro che aveva immaginato, era ormai superato e irrilevante, e che in realtà nulla di ciò che stava abbandonando aveva importanza, e il dato di fatto era la personalità di Saratoga, solida e impermeabile, con i suoi desideri e le sue decisioni. Ma allo stesse tempo non poteva fare a meno di essere furiosa per tutta la situazione generale che forse le stava separando per sempre.

– Hugo vuole che ci sposiamo, disse Saratoga.

– Lo so, disse Celine.

Provò ancora una volta.

– Non voglio che sposi qualcuno perché ti sembra di non avere altre opzioni, disse Celine.

– Che è quello che hai fatto tu.

– Che è quello che ho fatto io.

– Ma non è la mia unica opzione, disse Saratoga. – Io almeno non la vedo così.

Celine stava guardando il libro di Saratoga e a un tratto si sentì precaria come il linguaggio, precaria come le parole che fluttuavano lì sopra, piccole macchie di inchiostro su una superficie incolore.

– Allora non vieni con me? chiese. – Prima vado in campagna da Julia. Poi vado in America.

– Mamma, ti voglio tantissimo bene, disse Saratoga. – Ma non vengo con te.

Ci fu un lungo iato temporale.

– Ti ricordi la casa di Julia in campagna? disse Celine.

Saratoga la guardò come se fosse matta.

– Certo che me la ricordo, rispose Saratoga.

14

Il mattino dopo Celine lasciò la città senza Saratoga ma con un'assistente di nome Yvette, nascoste entrambe dietro i finestrini oscurati di un veicolo governativo. Veicolo e assistente erano stati forniti da Julia. L'assistente era stata accusata di sabotaggio e tradimento e Julia voleva salvare anche lei. Non aveva neanche salutato Beaumarchais, pensò Celine, e questo le seccava perché non salutare qualcuno poteva voler dire non rivedersi più, e che questo potesse accadere fra lei e Beaumarchais le dispiaceva molto, come se quel loro dirsi sciocchezze e stizzirsi per le opinioni assurde dell'altro non dovesse finire mai. E adesso invece forse sarebbe finito.

Quando arrivarono in campagna da Julia deviarono su una stradina che scendeva e invece di dirigersi verso la casa proseguirono nella foresta. Celine stava quasi per voltarsi indietro, a guardare la casa, ma poi capì che in realtà era contenta di vederla sparire, e la ragione era che le ricordava troppo Saratoga. E così il veicolo procedeva nella foresta, su una pista disastrosa, e alla fine si fermò davanti a una casina. Era buia e sembrava sprangata con assi di legno. C'era puzza di carne vecchia. Insieme a loro, l'autista lasciò un cartone di latte e un sacco di fagioli secchi.

Celine si sentiva profondamente infelice! Dentro di sé aveva paura di aver perso di vista Saratoga per sempre, come se fra loro ci fosse un muro temporale, e ci fossero cose che Celine avrebbe desiderato fare con Saratoga o per lei ma che ora poteva soltanto iniziare a fare. Sarebbe poi stata Saratoga a portarle a compimento, dall'altra parte del muro.

Aveva sogni agitati, spesso con scene di inseguimenti, e molte volte sognava di perdere Saratoga e non riuscire a trovarla, svegliandosi con il cuore che batteva all'impazzata.

Comunque Celine viveva in quella foresta, in attesa del passaggio. Le cause attorno a lei conducevano le loro complicate esistenze – cause vicine e cause lontane. Andava a camminare tutte le mattine nella foresta esotica ed era quasi buffo rendersi conto che, non avendo mai vissuto in una foresta, a lei il carattere esotico di certi alberi che arrivavano da altri continenti non risultava affatto esotico, considerato che non conosceva niente e quindi non si aspettava niente. Le piaceva imparare la forma delle foglie e si accorse che cominciava a conoscere certi gruppetti di alberi, alcuni intricati cespugli di rovi. Tutti i giorni durante i suoi giri le succedeva di non sapere di preciso dove si trovava, poi però arrivava sempre in un punto che ricordava. Era come imparare una lingua, leggevi un testo di cui non capivi quasi nulla e a un tratto trovavi una parola che ti piaceva, e da lì cominciavi a capire anche il resto.

Un giorno capitò in un boschetto e vide delle persone dei villaggi che si aggiravano con gli occhi bassi, come stessero cercando qualcosa. Si muovevano in maniera molto delicata e attenta, in una specie di coreografia. Si avvicinò a una donna e le chiese cosa stavano facendo. Cercavano funghi. Celine provava a seguire il loro sguardo. Vedeva soltanto il terreno. Se ne può intuire la presenza, spiegò la donna nel tentativo di aiutare Celine, da piccoli segni. Minimi movimenti del terreno mentre spuntavano, disse, oppure determinate piante che crescevano alla base del tronco, come i funghi. A volte, aggiunse, magari dall'umidità su un albero, o da una traccia di escrementi animali. Celine rimase ferma in piedi, immergendosi in quel luogo. L'aria sapeva di bagnato e di vegetale, come se si potesse mangiare.

Nella foresta, le bastava fare un giro su di sé per perdere l'orientamento. Sembrava che al mondo non ci fosse nessun altro, anche se probabilmente c'era gente ovunque che la stava cercando – manipoli di soldati, ubriachi che se l'avessero trovata l'avrebbero uccisa. Era davvero strano sentirsi così in pericolo e così isolata.

Andava a camminare fra le macchie di rovi e i cespugli di ginestra spinosa, e rileggeva tutti i messaggi di Saratoga che aveva conservato, mentre Yvette andava a cercare qualcuno per farsi vendere delle uova o un po' di erbe.

Una settimana non finisce più, quando hai paura.

15

Il giorno prima della partenza, appena uscita dalla casupola Celine sentì dei movimenti. Guardò fra gli alberi. Dall'altra parte di un campo c'erano dei soldati che venivano verso di lei. Erano come macchioline nell'aria. Si voltò, girò dietro la casina e corse nel folto della foresta. Aveva piovuto e le foglie gocciolavano delicatamente. C'era un piccolo processo idropneumatico in corso e lei era entrata in quel processo. Era sorpresa dalla profondità della sua paura, nonostante si trovasse in uno stato di ansia permanente da settimane o forse addirittura da anni – ma che quell'ansia diventasse qualcosa di così concreto e specifico la disorientava.

Le venne in mente un ricco vocabolario da storie di fuga – impronte, rumori, tracce – e provò a pensarci ma era difficile. Lasciava orme scure nell'erba bagnata. Si inoltrò ancor più nel bosco, dove il terreno era più battuto. Cercava di muoversi con passo leggero ma veloce. Fra gli alberi vedeva la macchia colorata dei soldati in tuta che si avvicinavano.

Finalmente raggiunse una zona riparata e si sdraiò, perfettamente immobile, nascondendosi sotto le felci. Rimase sdraiata, a guardare la superficie del suolo. Sentiva l'odore dell'humus che fermentava e imputridiva felice di sé. C'era una piccola processione di insetti piccolissimi. Il terreno in qualche modo frusciava e comunicava. Rimase così per un bel pezzo, orizzontale, contro il suolo. Sembrava quasi che le felci si allungassero verso di lei, come se lei e le felci avessero trovato un modo di intendersi, per quanto folle questo potesse sembrare.

Poi di nuovo sentì una voce.

– Non aver paura, disse la voce. – Ma la storia è tutta una questione di scale di grandezza. E in questo momento il tuo senso delle proporzioni è *terrificante*.

Naturalmente non era la prima volta che sentiva voci a quel modo, comunque era una cosa che faceva paura. Aveva paura dei soldati e adesso aveva paura di quella voce, così come l'aveva spaventata la voce che aveva sentito nella foresta anni addietro, prima che nascesse Saratoga, e anche dopo il duello di Lorenzo. Anzi, forse si faceva sentire proprio quando lei era molto spaventata.

– Chi sei? chiese lei.

– Sto cercando di parlarti, disse la voce. – Sto cercando di darti conforto.

– Vai avanti, fece lei.

– Solo una cosa: ricordati da dove è nato tutto quanto, disse la voce. – Ritorna col pensiero alla notte dei tempi.

– Ma come si fa? disse lei.

– Immagina un'esplosione, disse la voce, – che si verificò ovunque simultaneamente. Non c'era atmosfera, quindi niente odori, niente suoni. Solo calore. Pensa a uno di quei pomeriggi in cui fa un caldo tale che anche nelle piscine stanno tutti fermi, e andare da una parte all'altra è un'impresa titanica perché c'è un'aria afosa e torrida – e poi si alza ancora e ancora la temperatura: così forse riuscirai ad avere un'idea del calore di quel momento.

Era stranissimo, perché sebbene quella che stava vivendo fosse un'esperienza verbale, era indiscutibile che non si sentisse una parola, né qualunque altro suono: solo una lieve brezza tra le foglie.

– Scusa, ma *tu chi sei*? chiese Celine.

– Ora, continuò la voce, – niente poteva resistere a quelle temperature se non un brodo di particelle, il brodo più denso che tu possa immaginare. Ma prima o poi tutto si raffredda e a un certo punto, grossomodo dopo qualche centinaio di migliaia di anni, le cose cambiarono. Il gas si depositò per forza di gravità. E poi arrivarono galassie, stelle e pianeti, come la tua terra. Finché un giorno sul brodo ribollente cadde un fulmine e fu l'inizio di qualcosa. Qualcosa cominciò a vivere.

– Scusami, disse alla voce. – Ma in questo momento non ho tempo per la storia antica. Guardami. Mi interessa soltanto ciò che è super contemporaneo.

Silenzio.

– Non prenderla sul personale, sospirò la voce. – Non sei l'unica. Però dovete migliorare le vostre teorie sulla *perversione*. Sembra che voialtri consideriate perversione l'applicare male una categoria, come innamorarsi di un piede invece che di una persona, ma se riusciste a entrare nella nostra ottica...

– *Nostra* di chi? fece lei.

...allora capireste che la mente dell'universo è il non plus ultra della perversione, una struttura costellata di paralleli e affinità che possono apparire assurdi soltanto se li si percepisce secondo le vostre categorie. Ti rendi conto, per esempio, che è stato parecchio difficile scovarti in questa foresta, sei assolutamente simile a un albero.

– Penso... disse Celine.

– Da quant'è che ci sono gli umani, trentamila anni? E il pianeta su cui vivete ha qualcosa come 4,5 miliardi di anni. *Fatti due conti*, tesoro.

– Ma io non vivo in quella prospettiva, disse Celine.

– Però ci puoi provare, replicò la voce.

La luce cominciava a impallidire.

– E comunque devi andartene, aggiunse.

– Ma io sto *cercando* di andarmene, disse Celine.

– Devi andare lontano, disse la voce.

Sembravano passate ore, e Celine si rese conto che i rumori dei soldati erano spariti. Anche la voce sembrava essere sparita. Poi calò la sera.

Celine tornò alla casupola. Si sentiva spossata, come se dentro di lei fosse successo qualcosa, l'effetto di un narcotico, o un virus. L'indomani si svegliò tardi. Rimase distesa a lungo, a pensare. Tutti pensieri che non avevano parole. Una serie di immagini incredibili, che scorrevano, scorrevano... e non le era chiaro come sarebbe andata a finire, quella serie.

16

Poi Celine e Yvette erano in mezzo all'oceano nella stagione degli uragani, direzione America. Era come sospesa, fra due stati, e in quella sospensione sembrava più che naturale ripensare a tutta la storia passata.

Perché invecchiare ti portava ad avere un vissuto più ampio, com'era ovvio, ma anche a ridimensionare l'importanza di tanti fatti della tua gioventù, fatti che Celine pensava l'avrebbero definita per sempre. A un tratto le manovre per mandare al potere Rosen o i suoi stessi tentativi di difendere Julia sembravano eventi che forse non erano l'unica cosa che le potesse capitare e questo, se da una parte era malinconico, dall'altra, nonostante tutta la sua paura, era quasi liberatorio.

Forse, pensò, era questo che la voce nella foresta voleva dirle.

Ma più di tutto pensava a Marta, a che cosa stesse facendo a Milano. Le sarebbe piaciuto saperlo. Vedeva Marta come in fondo a un lunghissimo tunnel e la sua figura si rimpiccioliva di ora in ora. Le tornava in mente sempre più spesso che la prima a sedurla era stata Marta, e adesso Marta non c'era più. Ovvio, la storia non era tutta lì, ma in quel momento sembrava che lo fosse. Celine non sapeva di preciso perché fosse importante. Poi una notte pensò di aver trovato una risposta o un approccio a una domanda, ed era il fatto puro e semplice che lei e Marta erano due donne. Se Marta fosse stata un uomo, o almeno così pensava Celine, avrebbe guardato alla persona che l'aveva sedotta e alla storia che avevano avuto come a qualcosa di normale se non spiacevole – e lei era una delle tante eroine, abbandonata su un'isola deserta. Ma il fatto che Marta non fosse un uomo, che tutte e due avessero le stesse possibilità di libertà, aveva fatto emergere un altro tipo di sentimento. Lei desiderava levità, pensò Celine, era ciò che desiderava sempre, e l'unica vera levità era quella – quando nessuno aveva più potere dell'altro. Bisognava concludere che era un'utopia, visto che si erano fatte reciprocamente del male. Quell'assoluta normalità di farsi reciprocamente del male era ciò che lo rendeva così bello e libero.

Intanto gli uragani infuriavano. E a lei tornavano in mente di continuo mille cose, in mezzo a quel frastuono – cose piccole, come quella volta che Julia le aveva detto che magari Celine non era d'accordo, ma a lei la carpa piaceva solo marinata tre giorni nella grappa. O ancora suo padre, molto anziano e con la vista ormai indebolita, che si serviva il pollo. Continuava a lasciarlo cadere accanto al piatto, e se glielo facevi notare ti rispondeva senza scomporsi, *ma da bambino in campagna facevamo così.*

Poi finalmente arrivò la luce e comparve una sottile striscia di terra grigia. La nave vi si diresse beccheggiando. Il mare dell'alba era melmoso: cupo, desolato, rifiuti. Arrivarono in un porto pieno di colori. Sperava proprio che quella fosse finalmente l'America e lei potesse sentirsi al sicuro.

Le venne in mente che da tanto tempo, forse da sempre, gli uomini volevano che lei mostrasse sorpresa se per caso solidarizzava o si sentiva libera insieme ad altre donne, se provavano attrazione l'una per l'altra o se in coppia creavano un potere – mentre nella sua esperienza quell'attrazione e quel potere erano assolutamente naturali e quindi non c'era motivo di sorprendersi. Si rifiutava di svilirli facendosene stupire. Ovviamente, non era né un'ingenua né un'innocente. Capiva i sistemi colossali a cui doveva sottostare e che generavano una violenza immensa ed efferata nell'aria, avvelenata e color confetto, ma continuava a non vedere motivo per stupirsi se provava tenerezza e senso di libertà con un'altra donna. Sorprendersi era come dire che si trattava di una cosa rara. Laddove invece nel corso della storia c'erano molti momenti, pensò Celine, o quanto meno dovevano esserci stati, in cui si intravedeva un lampo di utopia.

17

Non c'è da meravigliarsi che Celine ripensasse alle voci sentite nella foresta, o che fosse tanto confusa. Che paura, essere un'eletta! Avrebbe voluto parlarne con qualcuno, ma non aveva nessuno. Sentiva la mancanza di Marta, sarebbe stato bello parlare con lei, pensava. Poi piano piano si accorse che l'altra persona che le mancava era Claude.

Aveva l'impressione che magari Claude avrebbe saputo che cosa pensare di quelle voci. Anche lui aveva una sorta di aura da eletto. Il ragionamento di Celine era: soltanto pochissime persone riuscivano a pensare alle voci, perché in effetti quella era l'epoca della scrittura. Claude invece era aperto e permeabile, come un pezzo di stoffa.

Le storie che si raccontava Claude stavano diventando sempre più trasparenti. Al momento stava tornando dal suo ultimo viaggio nell'oceano, come le aveva scritto di recente. Nella traversata verso casa si era fermato sull'isola dove un tempo aveva conosciuto Titere, che adesso era proprietà di Tu. Aveva accettato di riportare in Europa un marinaio che voleva farvi rientro dopo aver vissuto sulle isole imparando le lingue e studiando le piante. Il progetto del marinaio era di portare con sé una scatola con delle piantine, che poi avrebbe trasferito in un vivaio. C'erano alberi del pane, palmettos, baccelli di vaniglia, banani. Furono imballati in una cassa, pronti per il trasporto.

Prima che la nave salpasse, andarono del re per un'ultima udienza. Tu offrì doni al marinaio: una collana con un pesciolino e una pagaia con un disegno a zigzag come la corazza dell'armadillo. In cambio il marinaio si rivolse al re e gli disse che, ora che era sul punto di partire, voleva dargli qualche consiglio. A suo parere, la società locale doveva diventare più aperta. Lo diceva più che altro per il bene del re, aggiunse, perché di sicuro nel volgere di poco tempo la popolazione avrebbe sviluppato una naturale resistenza a quell'oppressione. Si chiedeva se non dipendesse dal loro terribile isolamento. Intorno, disse, non c'era che mare. Doveva essere stato quello a tenere la società in simili condizioni di arretratezza. Ma non potevano contare sull'isolamento ancora per molto. In futuro ci sarebbero state numerose invasioni.

E Tu, scriveva Claude, rispose che per gli uomini bianchi naturalmente il mare era assenza e terrore, perché non capivano. Se fossero nati lì, avrebbero visto le cose in maniera diversa. Il mare e le isole non erano in contrapposizione fra loro. Da loro, qualsiasi cosa poteva accadere sulla terra o sull'acqua, indifferentemente. Il piccolo atollo laggiù, per esempio, disse Tu, era il punto dove un giorno il dio del mare aveva scagliato il suo giavellotto, e l'aveva scagliato con tanta forza che era scomparso alla vista. Poi quella sera, calato il sole, lo videro bruciare in cielo e sparire dall'altra parte della luna.

– Ma questa è una leggenda, disse il marinaio.
– Devo spiegarti tutto? disse Tu.
Poi, disse Claude, congedò il marinaio con la sua cassa di piantine, concedendogli di genuflettersi per accomiatarsi.
Quella era una delle storie preferite di Celine, ora che stava lasciando tutto.

18

Alla fine la nave di Celine non aveva attraccato in America, ma su una delle isole sparse negli arcipelaghi lì attorno. Si trovavano in una scalcinata città portuale su Hispaniola, fra bananiere, bastimenti, navi da guerra e commercianti di frutta e verdura. Dovevano sostare almeno una settimana, le dissero, mentre riparavano la nave.
Scesa dalla nave, la accompagnarono in una strada che puzzava di animali macellati e di cacao. L'aria era pesante sul corpo. C'erano impalcature ovunque e anche edifici bruciati, e a fatica provò a confrontare quella vista con l'idea che si era fatta di quel posto da articoli e conversazioni, quel posto i cui soldi se li erano portati via molte famiglie di sua conoscenza. C'erano cabaret e sale da biliardo, *bodeguitas* di rum e un barbiere, con fuori quattro teste di cera che reclamizzavano quattro parrucche. Attorno a lei sentiva la gente parlare creolo, e per quanto a tratti somigliasse alla sua lingua, Celine non riusciva a capire tutto e si vergognava di essere così impedita.
Naturalmente aveva applaudito Jacob quando faceva i suoi discorsi contro i proprietari delle piantagioni – che reclamavano i loro voti in parlamento ma si opponevano all'estensione del voto ai loro schiavi. L'aveva applaudito con convinzione, per il modo in cui li aveva fatti apparire tanto incoerenti quanto malvagi. Ma non bastava, si rendeva conto, essere belli dentro e avere l'etica dell'empatia. Se si voleva aver cura del prossimo bisognava fare molto di più.
La portarono in un albergo economico, di proprietà di un ex europeo. Quel pomeriggio l'accompagnò a fare un giro in città. Cominciò raccontandole di quando un tempo

viaggiava per i mari. Parlava la sua lingua con sorprendente scioltezza. Celine gli chiese come mai e la risposta fu inaspettata. Aveva fatto il marinaio, disse stringendosi nelle spalle. Anzi, in sostanza il pirata. Per tanto tempo, le disse, aveva odiato il mare. Poi però aveva scoperto che quella vita un po' gli piaceva perché la sua passione era imparare nuove lingue. Dovunque si fermassero, lui parlava con la gente. Teneva un quadernetto. Un quadernetto come? chiese Celine. Che genere di parole? Per esempio, disse il pirata/albergatore, su una certa isola un uomo diceva una cosa mimando una pugnalata, e quella cosa somigliava a *ma–te*, uccidere in spagnolo. E così lui si faceva l'idea che anche quella parola significasse uccidere. Oppure c'era un uccello del paradiso che volava attorno a una palma e un uomo glielo indicava, dicendo qualcosa come *manoo*, e lui prendeva nota.

Ma come facevate a sapere che cosa voleva dire? gli chiese Celine. Lui la guardò. Come facevate a sapere, proseguì lei, se quella parola voleva dire uccello, oppure volare oppure uccidere un uccello, o un'altra cosa ancora? Lui la guardò. Magari era vero, disse. Che rompicapo.

Tutto a un tratto sembrò innervosirsi. Ai tempi quella vita gli piaceva un sacco, disse. La vita del marinaio. Si incamminarono verso l'albergo. E forse, aggiunse, era per quello che ammirava i guerriglieri e i rivoluzionari locali – e la guardò come aspettandosi che lei manifestasse disagio o disaccordo rispetto a quella dichiarazione della sua ammirazione.

Celine invece continuò a guardarlo sorridendo – ma al tempo stesso in quella confusione di lingue non poteva negare di sentirsi leggermente turbata, non per paura della rivoluzione o dei guerriglieri, ma per una cosa che le era venuta in mente all'improvviso a proposito dei nomi. Si ricordò di Catone e si vergognò di non avere idea di quale fosse il suo vero nome. Aver cancellato il suo nome adesso le sembrava una cosa terribilmente importante e terribilmente sbagliata. Ma al contempo si stava godendo la distanza dal proprio nome, dall'immagine che l'aveva accompagnata da quando aveva diciotto anni, il suo doppio, il suo piccolo ologramma. In Europa la conoscevano tutti, o pensavano di conoscerla. Le persone credevano di sapere con chi le piaceva andare a letto e qual era la sua cioccolata preferita, credevano di sapere come le piaceva scopare o farsi scopare, e quella supposta conoscenza delle opinioni altrui su di lei era un peso che doveva portarsi dietro ogni giorno. Lì invece in quello stato di sospensione intuiva la possibilità di altri stati, come la leggerezza o la proliferazione. Qualunque immagine di sé la disturbava, e soffriva quando pronunciavano il suo nome. Voleva amicizie prive di ogni immagine: abolire l'orrore dell'aggettivo. Se devi usare un aggettivo, pensava lei, che sia per una persona, per un brano musicale o per una qualsiasi sensazione, allora sei dalla parte dell'immagine, e quindi del dominio, e quindi della morte.

E comunque, anche Catone le mancava. Era stata molto ingiusta con Catone, e adesso era troppo tardi.

– E quanto avete pagato il visto di transito? chiese il pirata/albergatore.

Celine lo guardò nell'androne lurido dell'hotel.

– Che visto di transito? chiese.

19

Venne fuori che per proseguire verso l'America da quella zona di guerra serviva un visto di uscita o un visto di transito, non si capiva se si trattasse di due documenti diversi o uno unico, e c'era grande ansia e confusione, la dannazione minima di chi vive in un sistema burocratico. In tanti avevano sognato una società supermoderna, e ora scoprivano con orrore un aspetto del supermoderno – e cioè che il potere radicale aveva bisogno comunque del fruscio di scartoffie, e che dall'ideale del potere totale era venuta fuori solo l'esperienza del suo fallimento. Significava che tutta quell'attività di cui la città sembrava il fulcro, era in realtà inutile o era una forma di procrastinazione. Molta gente voleva andare via dall'isola, ma andare via era difficile se non impossibile. Dipendeva dai contatti che avevi.

Incredibile quanta influenza potessero avere le parole su un mondo solido.

L'ansia dilagava dappertutto. In albergo c'era una finestra che si apriva verso il mare, un piccolo orizzonte sottile. Andare al di là di quell'orizzonte sembrava sempre più importante. La gente si rivolgeva ai consolati e alle ambasciate. Andavano nelle agenzie di viaggio per vedere se riuscivano a sistemare la cosa. Tanti che garantivano agganci influenti poi si scopriva che lavoravano in qualche sordido bugigattolo, o nel corridoio buio di un capannone vuoto. Intanto i giornali erano ovunque, con le loro rubriche sulle navi in arrivo e le navi in partenza, tranne che gli elenchi cambiavano ogni giorno e le sole imbarcazioni che partivano andavano nei posti sbagliati, o richiedevano più scartoffie di quelle che chiunque riusciva a mettere insieme.

E nel frattempo tutto andava avanti, caldo, grigio e tropicale.

20

Una sera un manager chiese a Celine se voleva andare a vedere uno spettacolo con lui. Pareva che ci fossero effetti splatter clamorosi, disse. Pensò che poteva essere un'opportunità per parlare del suo visto di uscita e magari far progredire la situazione, perché quell'uomo aveva un aspetto elegante, efficiente e persino gentile, o per lo meno non pauroso. Quindi gli disse di sì e già mentre andavano verso il teatro fece un accenno ai suoi problemi di visto, ma lui si limitò a dire che avrebbero avuto tempo di discuterne più tardi, e immediatamente le tornò il sospetto che aveva imparato a nutrire per tutti gli uomini – che stavano sempre a rinviare, non dire, tenere nascosto –, il sospetto che le azioni degli uomini avessero sempre ragioni lascive, oscene o quantomeno illogiche.

La rappresentazione era molto violenta, gli effetti speciali pacchiani. Al termine, la nuova conoscenza di Celine le disse che aveva invitato a raggiungerli un amico, anche lui arrivato da poco sull'isola. Scrutò tra la folla in movimento. A un tratto prese a sbracciarsi in direzione di un uomo fermo poco più in là, che la guardò e poi le fece un inchino e un sorriso come a far capire che la conosceva.

– Ulises, disse il manager, presentandoli.

– Ma noi ci conosciamo, disse Ulises.

Sembrava arcisicuro, ma per qualche istante Celine non riuscì a ricordare chi fosse – e perché mai avrebbe dovuto ricordarselo, pensò, stava invecchiando molto velocemente, e quando si invecchia spesso si dimenticano i nomi. Ulises provò a spiegare. Si erano conosciuti molti anni prima, disse, quando lui era l'ambasciatore del suo governo nella città di Celine. Andava sempre alle sue feste. E adesso, disse, era lì.

Poco alla volta, Celine ritrovava la persona che ricordava in quello che era diventato il suo corpo. L'ultima volta che aveva visto Ulises era stato forse vent'anni prima, quando stava iniziando i suoi tentativi di vivere in maniera più libera e aveva bisogno di uomini come lui per tutti i complotti e i controcomplotti, e se ne era servita per far arrivare ad Antoinette il biglietto di Sasha andato perso. Era invecchiato come potrebbe invecchiare un cantante lirico, e allo stesso tempo non era invecchiato neanche un po'.

Ulises disse che stava cercando di trattare con Toussaint Louverture e i suoi uomini, per conto del governo spagnolo. Si diceva che ora Louverture fosse al soldo dei francesi. Era tutto molto confuso. Poi si chinò verso di lei e, come se le stesse confidando una cosa profondamente spiacevole, disse che era lì con la moglie. Fu molto strano il modo in cui lo disse – come se fosse necessario metterla sull'avviso, come se vivesse dentro una sceneggiatura molto kitsch.

21

A cena le finestre aperte davano su un canale puzzolente. La parola più usata era *transito*. C'erano apatia e scoramento ovunque. C'era anche un collega di governo di Toussaint Louverture, che non parlava di politica ma scriveva. Citò una poesia appena pubblicata su una rivista, una poesia che lo aveva toccato profondamente – su come a volte si pensava di essere al centro di una festa, invece al centro della festa non c'era nessuno. Al centro della festa c'era il vuoto, disse, il nulla, l'assenza. Era difficile da tradurre. Ma al centro di quel vuoto c'era un'altra festa.

Celine sentì che le era simpatico. Aveva voglia di parlare con lui, ma c'era Ulises, seduto di fianco a lei, che la tampinava. Ulises fece accenni ai visti, poi ai propri ampi poteri. La guardava in modo schifoso, come se in quella città, lontano da quell'altra che una volta Celine considerava la sua, fosse tutto a un tratto vulnerabile e dunque esposta a un attacco totale. Ma forse quella era una lezione importante, un modo per farle capire che era lei a doversene andare, dalla sua città, dalla cultura che un tempo aveva conosciuto.

Celine si girò dall'altra parte per parlare con la moglie di Ulises, che beveva solo acqua e non mangiava niente. Faceva troppo caldo, disse, come se questo spiegasse tutto. Disse il proprio nome a Celine, ma si sentiva poco, perché lei parlava a voce molto bassa. Celine le chiese di ripeterglielo, ma nemmeno stavolta capì esattamente la risposta. Non se la sentì di chiederglielo ancora. Parlare con lei sembrava impossibile, ma non c'era nessun altro con cui farlo, perché la moglie di Ulises era l'unica persona che potesse salvarla da Ulises. La solitudine era seduta accanto a lei, o appollaiata sulla sua spalla, come un macigno, un piccolo profugo pesantissimo. Celine le chiese che cosa stesse leggendo. La moglie di Ulises rispose che lei non leggeva. Leggere era noioso, disse. Gli spettacoli, quelli sì che le piacevano.

Era così incredibile, pensò Celine, essere lì, e che ci fosse anche Ulises, un brandello di passato. A un tratto sembrava quasi che mentre lei si accingeva ad andarsene, sulla sua strada convergessero numerose altre forze. Poi il collega di Louverture si alzò, si scusò, lasciò cadere accanto al piatto di Celine un biglietto con sopra scarabocchiato qualcosa e lasciò la sala.

22

Si svegliò con i postumi del giorno dopo. Rimase sdraiata a guardare il soffitto. Guardò il biglietto dell'amico di Louverture lì accanto. Diceva che sarebbe andato a trovarla nella prima mattina. Restò a letto distesa a fissare una chiazza di umido sul soffitto. Poi di colpo si alzò e andò da Yvette.

Se ne andarono in campagna. La campagna era un dizionario di piante mai viste – e tutte parevano amare dissimularsi, confondersi, mimetizzarsi. Studiarono piante alpine, frutti di cappero, minuscole pianticelle di peperoncino, liane che allungavano le loro radici fra le pietre, piante dalle foglie vellutate che di notte respiravano, sensitive che si ritraevano al semplice suono della voce umana. I baccelli di semi scoppiavano nella calura con un suono secco, come quello di una pulce schiacciata fra le unghie. Cominciò a fare piccoli disegni per sé stessa su un quadernetto mezzo rotto, tutto scarabocchiato con liste per i bagagli e indirizzi di emergenza. Partiva per disegnare fiori e finiva per fare mostri.

Ma sembrava che all'occhio non bastasse vedere, voleva dell'altro, voleva anche ascoltare.

Nel pomeriggio tornarono in città. Una volta in camera sua, Celine si sdraiò nel caldo. Dopo qualche minuto, Yvette venne a dirle che c'era una persona che voleva vederla. Celine si sentì male. Doveva essere Ulises. Arrivò invece il collega di Louverture. Era già venuto a cercarla due volte, disse. Celine non capiva bene se era un rimprovero o che, ma non ebbe tempo di interrogarsi oltre sulla questione perché lui andò avanti velocemente. Era venuto a portarle i visti per lei e la sua assistente. Naturalmente, si affrettò ad aggiungere, non chiedeva nulla in cambio. Lo faceva solo per simpatia nei suoi confronti. Il modo in cui l'avevano trattata gli uomini era del tutto inappropriato.

Non era per nulla facile capire fino a che punto fosse sincero, o che cosa davvero volesse. Lo trovava gradevole però trovava anche piuttosto ridicolo quel suo modo di pensare. Aveva un'idea delle donne e della loro protezione da piccolo dentista, o da ragioniere. Il problema, voleva dire lei, non era che Ulises volesse scoparsela. Il problema era che quell'idea non gli sembrasse assurda. Ma d'altra parte lei di quei visti aveva bisogno e li voleva moltissimo.

– Vi ringrazio, disse Celine.

Si alzò e lo guardò. Non lo invitò a fermarsi. Sembrò restarci male, ma lei non batté ciglio.

Una donna sola, pensò, doveva per forza essere sgarbata, altrimenti c'era sempre qualche malinteso. Qualunque cosa facessi, c'era qualcuno che ti odiava.

– Vi ringrazio davvero, disse Celine.

Due giorni dopo, riprese la sua fuga verso l'America.

23

C'era una cosa che stava andando alla deriva, in Celine, e forse era la sua visione delle parti e della totalità. Sembrava che collegare le parti a una totalità le fosse sempre più difficile, come in un problema di topologia. E se la totalità di qualcosa non aveva una forma espressiva? si chiedeva. Era tutto sfilacciato, interdipendente, vago, casuale e sostituibile come la lista della spesa, qualcosa che si poteva dilatare o restringere o ci si poteva scarabocchiare sopra. Era come se nel precipitoso processo di allontanamento da quello che un tempo credeva essere il centro, stesse raccogliendo nuove informazioni, per cui se prima attorno a lei gravitavano i nomi di Marta, Jacob, Beaumarchais e Yves, ora in quello spazio che lei stava cercando di capire c'erano nomi nuovi. E le sembrava importante provare a interpretare queste altre storie, per esempio la storia di cui parlava la gente, una recente visita a Washington di una delegazione di capi americani. La delegazione era guidata da Louis Cook, il colonnello mohawk. Celine non lo aveva mai sentito nominare. Era lì, stavano dicendo ai notiziari, per chiedere che si facesse qualcosa contro gli insediamenti illegali in America.

Louis Cook era un eroe. Aveva i capelli bianchi ma faceva ancora cinquanta flessioni tutte le mattine.

Quanto a Washington, dicevano tutti che per lui era un momentaccio. Passava le giornate a letto a lamentarsi della pancia. Ci furono due settimane di cene sontuose in onore della delegazione nei saloni da ricevimento dei grand hotel, ma non ci fu verso di convincere Washington a mettere piede fuori dalla sua camera. Finalmente, il giorno in cui Louis

Cook disse che se ne andava dalla città e che la faccenda sarebbe stata risolta con altra violenza e altro sangue, Washington lo contattò per organizzare un incontro. Per i commentatori il motivo per cui si era mostrato così riluttante era molto chiaro. Sui giornali scrivevano tutti che il valore supremo di quella terra era la libertà, e la libertà suprema per un americano era costruirsi la casa dove più gli aggradava. Tutto ciò metteva Washington in una posizione molto scomoda e a lui non piaceva dover discutere dalle posizioni scomode.

Celine era molto interessata a questa storia, come lo era sempre a tutte le storie sul potere, e i modi in cui veniva esercitato. Ma naturalmente non si sa mai tutto di una storia. Conosceva le parole che Louis aveva trasmesso a Washington, ma non sapeva che Montour, l'interprete, era ormai troppo vecchio e infermo per poter andare, e così Louis doveva cavarsela da solo. Washington parlava della libertà per gli americani, disse Louis, ma quella era solo libertà di esproprio.

Il pensiero di Louis, tuttavia, era meno filosofico. In lui c'era solo dolore. Era impossibile, pensava Louis, far capire a Washington che i fuorilegge e i faccendieri dello Yazoo stavano non soltanto rubando la terra, ma lasciandola in condizioni disastrose, bruciata, abbandonata alle erbacce. I loro maiali e le loro vacche calpestavano le coltivazioni. I cervi migravano. E intanto laggiù a ovest c'era il problema dei lakota. Quelli diventavano sempre più ricchi, mentre la sua gente su al Nord viveva in insediamenti sempre più ridotti. Capiva che in un certo senso i popoli sono sempre qualcosa di immaginario per gli altri, ma era comunque deluso.

Non voleva però lasciar trasparire il proprio dolore. Era il più anziano dei presenti e sapeva che era importante non lasciare mai trasparire il dolore in una stanza. Quindi i giornalisti videro solo Washington spiegare una grande mappa su un tavolo e tracciarvi sopra delle righe con una bizzarra matita rossa – sulla sua scrivania ce n'era sempre un barattolo pieno.

24

Celine arrivò a Boston e si rese conto subito che il suo viaggio era ancora funestato dal problema dei soldi. Non era una sorpresa, chiaramente, molta gente nel tentativo di fuggire si ritrovava nel deserto, o su una nuvola, ma in ogni caso per continuare quel viaggio erano necessarie grandi doti, e una di queste era il denaro – che se non avevi già dovevi riuscire a procurarti, e allo stesso modo avevi bisogno di tutto il linguaggio possibile.

A Boston Celine vendette tutto ciò di cui non aveva bisogno immediato. La presentarono a diverse famiglie che trovarono esotica lei e difficoltosa la conversazione, ma vendette a loro abiti, stoffe, pizzi e gli ultimi pezzi superstiti del primo servizio che aveva comprato, e non fu facile guardare le porcellane che se ne andavano, i vari piatti, la ciotola dell'acqua. Poi però una delle donne a cui stava vendendo le porcellane evidentemente si accorse che era triste e si sedette con lei, e quella donna le raccontò che anni prima, nella guerra contro gli inglesi, la loro casa era andata completamente a fuoco e loro avevano perso tutto. Ovviamente, continuò la donna, non era una catastrofe, erano tutti quanti salvi, lei, il marito e la figlia, ma la cosa che ancora la tormentava era aver perso due scatole di vecchi vestiti da bebè e i primi disegni fatti dalla figlia. Era la loro unica bambina, l'unica bambina che avrebbero mai avuto, disse la donna a Celine, e pensare a quei disegni che non c'erano più. Pensare a quei disegni che non c'erano più.

Sembrava che quell'epoca, per quanto esaltante, si facesse notare anche per quello che le persone perdevano tutti i giorni, pensò Celine, tanto che mentre sui giornali tutti si sforzavano di immaginare la vita moderna come una cosa ordinata e rigorosa, dove non c'erano fate o streghe ma nuove idee sulla purezza delle classi e sulla nobiltà della rivoluzione, la realtà dei fatti era quel senso che ognuno nutriva dentro di sé che tutto fosse stato cancellato.

Intanto cercava di migliorare il suo inglese leggendo i giornali. C'erano molte parole che non conosceva, per cui cercava di capire le frasi da preposizioni e congiunzioni, o da occasionali sovrapposizioni con la sua lingua. Teneva un quaderno in cui annotava i termini che pensava di conoscere, e quando c'era da aspettare o non sapeva che cosa fare tirava fuori il quaderno e lo leggeva, come il pirata/albergatore di Hispaniola. Avere a disposizione soltanto un vocabolario limitato produceva uno strano effetto sulla lettura, come se articoli o cronache celassero un mistero che chi conosceva meglio la lingua magari non avrebbe potuto cogliere. Si capiva che lì la gente aveva paura di molte cose, aveva paura delle popolazioni del Nord, dell'Est, dell'Ovest e del Sud, aveva paura della popolazione nera, di quella delle isole e degli schiavi scappati dal Sud, aveva paura dei mohawk e dei sioux, e sembrava che la loro risposta fosse la violenza contro tutti coloro di cui avevano paura, cosa che a Celine non sembrava affatto razionale né tanto meno simpatica anche se, come lei sapeva bene, c'era chi la pensava a quel modo ma poi magari era una persona per tanti versi premurosa e attenta.

Era una contraddizione, e Celine era sempre più insofferente alle contraddizioni.

Con i soldi risparmiati, e con la cifra extra ricavata dalla vendita delle sue cose, si cercò un posto dove vivere. Dietro un giornale lesse di una fattoria in campagna in vendita nel Nord dello stato, vicino a una città chiamata Albany. Non aveva idea di dove fosse Albany e dovette cercarla su una mappa. Mandò un messaggio dicendo che la prendeva. Ingaggiò un autista e si fece portare alla prima stazione. Da lì partì con Yvette e una guida, un mohawk, su un sentiero nella foresta – circondato da piante parassite e rampicanti selvatici. La faceva pensare a Claude, a come doveva essere stato per Claude, quando girovagava per le isole e i mari, dovendo capire un mondo che non aveva mai pensato di dover capire. C'erano cespugli di rododendri, viola, color giglio, tutte le gradazioni del rosa, e poi piccole insenature con piante acquatiche. Alla fine arrivarono in un villaggio. Anche i suoni erano inimmaginabili. C'erano galline di brughiera e altri uccelli di cui aveva letto i nomi ma che non aveva mai visto.

Poi arrivarono alla casa, che aveva intorno qualche acero e un grande fienile. Nella parete della camera da letto c'era una porta che si apriva su un campo.

Era tutto totalmente diverso ma in qualche modo familiare, e una settimana dopo camminando fra i boschi, finalmente ne comprese il motivo. Quegli alberi, si accorse a un tratto, erano gli stessi che c'erano nella foresta attorno alla vecchia casa di Julia – alberi americani che molti anni prima erano stati portati in una lontana campagna esotica.

25

Per qualche settimana, Celine e Yvette si organizzarono per coltivare frutta e ortaggi. Yvette le insegnò a seminare, individuare le erbacce, annaffiare, e lei trovava che venire educata, acquisire nuove informazioni, fosse una condizione rassicurante. Per il resto Yvette passava gran parte del tempo nella vicina città, a organizzare le reti di vendita per i loro prodotti, e così quando lei non c'era Celine cominciò a fare ciò che non aveva mai fatto prima, cioè a scrivere. Era così bello stare da sola! Quando aveva finito di lavorare nell'orto, entrava in casa e si metteva a scrivere. Le piaceva che facendolo ci si sporcasse, così come adorava fare l'orto – perché lì le penne erano diverse da quelle che era abituata a usare e spesso si ritrovava le mani nere e macchiate di inchiostro. All'inizio si limitava a brevi frasi che parlavano di come si sentiva. La mancanza di fiducia nel futuro, scriveva, la costringeva a restringere le proprie aspirazioni alla sfera quotidiana. Buttava giù frasi del genere, si fermava, poi ricominciava. Impossibile sapere che tipo di frasi potesse essere utile in quell'epoca, o se non utile avere almeno un certo grado di solennità.

Tutto quello che scriveva lo eliminava il giorno stesso. Le piaceva produrre parole ma non aveva alcun desiderio di conservarle. Non poteva nascere niente di buono da frasi che venivano abbandonate a un'esistenza indipendente da chi le aveva scritte.

Cominciò a scrivere racconti cortissimi, due o tre paragrafi ognuno. Trovava più facile la scrittura indiretta. Le sue storie erano fantasie, storielle. Erano ambientate in un imprecisato futuro e i personaggi erano lei e una schiera di creature fantastiche; per un po' si dedicò parecchio a quei racconti, come se scrivendoli potesse imparare qualcosa di importante. Poi le venne qualche dubbio.

In quella nuova casa si sentiva purificata perché era sola. Le finestre erano piene di coccinelle. Sulle ali avevano nove puntini. Si ammassavano sul davanzale delle finestre, o sulle scale nelle fessure fra i gradini. A Celine piaceva stare al sole e sentire in sottofondo il brusio indistinto delle ali sulla cornice delle finestre. Quando morivano, lasciavano dei piccoli gusci secchi che rotolavano giù dalle scale.

Poi una mattina Yvette venne a dirle che voleva andarsene. Aveva conosciuto un tale in città, disse. Pensava che le sarebbe piaciuto andar via, farsi una famiglia. Però le dispiaceva tantissimo lasciare Celine, disse.

Il giorno che se ne andò Yvette, Celine restò a casa e si rese conto che forse per la prima volta in vita sua non aveva nessuno intorno, nessun amico o nemico, nessun assistente o segretario. Quella condizione si prolungò e si accrebbe nelle settimane seguenti. A volte una ragazza andava a darle una mano, ma in linea di massima era da sola. Le piaceva, quel vuoto. Naturalmente era comodo avere qualcuno al posto tuo che faceva cose come pulire la casa o preparare un'aiuola, ma gli assistenti, si rendeva conto, le avevano sempre messo ansia. Non le piaceva sentire su di sé la responsabilità del tempo di altre persone. Vederle lì, in attesa dei suoi ordini! E poi, la loro presenza rendeva una casa per certi versi più accogliente ma per altri meno, come una casa allestita sul palcoscenico di un piccolo teatro, e finalmente capì che cosa intendeva Catone, uscendo definitivamente dalla sua vita, quando le aveva detto che le case di Celine non le aveva mai sentite sue. Se ci lavorava qualcuno, non era mai casa *tua*. I soldi guastano tutto.

Nello spazio morto del pomeriggio, dopo essersi presa cura dell'orto e degli animali, provava a leggere vecchi romanzi, quelli che un tempo le piacevano ma ora trovava noiosi e pieni di manierismi e imprecisioni. Li mise da parte, impilati sul davanzale di una finestra. Alla fine dell'estate, erano ricoperti di polvere, borotalco e gelsomino sotto il sole.

26

Quando il tempo cominciò a rinfrescare, andò in città a comprare qualche vestito più caldo. Dai mohawk comprò un paio di mocassini. Non aveva mai visto scarpe del genere. Quelli, le dissero, erano gli ultimi irochesi superstiti – dopo le guerre americane. Vivevano più su nella vallata. Celine trovava che parlare con loro fosse facilissimo. Lei stava lì e parlavano.

Avevano pochissimi soldi, dicevano. Era dura. Prima c'era stata la questione degli americani che si erano presi tutto ciò che possedevano. E adesso c'erano i problemi dei porti del Sud, come New Orleans. Passava tutto quanto da lì. Non ci potevano fare niente.

Celine gli offrì del denaro di tasca propria e quelli la guardarono sbigottiti. La prima volta che ritornò in città, invece, portò in dono un bollitore. Era buffo, lei parlava con il suo accento, e quelli le rispondevano con il loro – e tutti comunicavano in una lingua di adozione. Sembrava una lingua nuova e divertente da parlare, e la seconda lingua può essere ben più elastica della propria, tanto che in effetti chi pensava di parlarla perfettamente perché era l'unica che conosceva, non aveva la stessa freschezza e lo stesso carattere.

E così, le raccontarono le storie della terra in cui si trovavano. Si era formata, dicevano, nell'istante in cui una donna era caduta in acqua dal cielo, così come i semi dell'acero cadono sulla terra. Gli animali cercarono di aiutarla a sopravvivere, in quell'acqua terribile. Si tuffarono e provarono a raggiungere il fondo, dove si trovava il fango. Alla fine un topo muschiato tornò su con una zolla stretta nella zampa. A quel punto si fece avanti una tartaruga e disse alla donna di spalmarle il fango sul guscio, così che si formasse la terra. La donna ne fu così felice che si mise a ballare su quella terra, e più ballava, raccontavano, e più il fango si spandeva, fino a che l'isola tartaruga divenne il mondo. In cambio anche Celine raccontava a loro le sue storie preferite, che non prendevano spunto dall'origine del mondo ma dal pensare a qualunque cosa esistente: la storia di un uomo convinto di vivere in un romanzo, o quella di un uomo che un giorno andò sulla luna.

C'era una donna con cui fece amicizia. Si chiamava Catherine. Di lavoro faceva l'interprete, le disse. Veniva da una famiglia di interpreti. Suo padre, un uomo di nome Montour, era in fin di vita. Quindi adesso l'interprete di famiglia era lei. In realtà, aggiunse, suo padre aveva sempre amato parlare la lingua di Celine. Era sicura che avrebbe trovato molto interessante conoscerla.

Si incontrarono l'indomani, nel loro piccolo accampamento appena fuori città. Montour era seduto in mezzo a grandi pile di coperte. Qualche cane gli gironzolava attorno. Parlava la lingua di Celine alla perfezione, con quell'eleganza che spesso ha chi parla una lingua straniera, mettendoci più cura di chi la usa tutti i giorni.

Sapeva che era un interprete, disse Celine. Un lavoro molto difficile, disse Catherine. Non sempre, naturalmente, per lo meno non quando le persone avevano voglia di intendersi fra loro, ma tante volte invece non avevano voglia di intendersi e questo rendeva il compito molto più difficile. Non doveva pensare però, aggiunse Montour, che fosse impossibile. Solo, disse, che per fare gli interpreti bisognava essere molto forti. Ci voleva tantissima forza per trasmettere qualcosa da una persona a un'altra.

– Che genere di forza? chiese Celine.

Evidentemente Montour aveva bisogno di riflettere su cosa dire, perché restò in silenzio per qualche momento.

– Per non insistere, rispose alla fine. – Per non insistere a essere una cosa sola.

Celine non era sicura di aver capito bene, se quella frase tanto enigmatica fosse voluta o ci fosse un problema di traduzione, ma prima che potesse dire qualcosa lui si mise a parlare con la figlia nella loro lingua. A quanto pare aveva bisogno di riposare, disse Catherine a Celine. Però voleva dire che era felice che sua figlia avesse un'amica come lei. Montour sorrise a quella traduzione. Catherine ne fu palesemente compiaciuta, l'affetto tra loro era più che evidente – e Celine scoprì con sollievo che quella vista le procurava felicità, e non solo disperazione a pensare al suo mondo, quello dov'era Saratoga.

L'anno si avviava alla fine, e a Celine pareva strano che una cosa tanto importante come la sua vita precedente stesse per finire – ma allo stesso tempo l'orrore che lei aveva vissuto continuava, altrove, e dunque in realtà non stava finendo proprio niente. Tutte le volte che si trovava in città chiedeva all'ufficio postale se qualcuno le aveva mandato una lettera. Per qualcuno intendeva Saratoga, ma da mesi non c'era nessun messaggio.

Quando molto timidamente arrivò la primavera, Catherine le insegnò a estrarre zucchero dagli aceri, incidendo il tronco dell'albero e mettendo un recipiente sotto. Nelle fragili notti la linfa colava nella bacinella e il mattino dopo si rompeva il ghiaccio. Sotto c'era una specie di concentrato, che poi veniva fatto evaporare sopra delle pietre arroventate sul fuoco.

Qualcosa stava finendo, pensò Celine, e molto probabilmente si trattava della sua storia.

Poi un pomeriggio era fuori da casa sua e stava facendo a pezzi un cosciotto d'agnello che voleva arrostire per cena. A un tratto, alle sue spalle, udì una voce profonda parlare nella sua lingua con un accento terribile.

– Non ho mai visto un lavoro di macelleria eseguito con tanta maestria, disse la voce.

Si girò di scatto nella foresta americana e incredibilmente vide la figura elegante di Lorenzo. Era lì, le disse, per riportarla nel mondo.

27

Celine aveva pensato di essere alla fine della sua storia. Non era certo il finale che aveva immaginato, ma sembrava quello che le sarebbe toccato accettare. E invece ora sembrava anche che la storia non sarebbe finita, neppure laggiù nella foresta americana, ma si sarebbe arricchita di ulteriori svolte, strascichi e sviluppi.

Il mattino dopo Lorenzo la portò nella sua casa di Filadelfia. Era spiritoso ed espansivo come non lo era mai stato ed era incredibile mettere a confronto quel Lorenzo con il Lorenzo che anni prima era stato con Julia. Sembrava quasi che, in quell'ambiente estraneo, Celine avesse acquisito un nuovo amico uscito dall'ombra del vecchio. Aveva smesso di scrivere sceneggiature, disse Lorenzo. In Europa il clima era troppo teso. Era venuto laggiù con la sua nuova moglie, e adesso stava scrivendo un testo sulla letteratura italiana. A livello di traffici, stava provando a mettere in piedi una speculazione terriera. Era ossessionato dalla Louisiana. Pensava rappresentasse una grossa possibilità di guadagno.

Appena arrivati in città la portò in una libreria sulla South Street che, le disse, per molte persone era un luogo di ritrovo. Erano tutti esuli, come Celine, anche se, si scoprì poi, esule era una categoria decisamente ambigua, perché ciascuno diventava esule in tempi diversi, e quella sfasatura era segno di come ognuno fosse esule per ragioni asimmetriche se non addirittura contraddittorie. E dunque eccoli lì, rossi e bianchi, reazionari e radicali, ma viste dall'America quelle differenze tendevano a sfumare o anche ad azzerarsi completamente. Creava disorientamento nelle amicizie, quel vivere tutti insieme, mescolati e aggrovigliati, perché alla fine sembrava a tutti che parlare la stessa lingua fosse molto importante, forse più che essere d'accordo politicamente con qualcuno o a un certo punto averne desiderato la morte.

All'inizio quel mondo in cui Lorenzo la introdusse per Celine fu molto deprimente. Sembrava che come al solito fossero tutti ossessionati dalla scrittura. L'unica differenza era che mentre un tempo gli scrittori di sua conoscenza pensavano alla scrittura come qualcosa di utopistico e pieno di speranza, i giovani scrittori in esilio tendevano a vedere la letteratura ammantata da un destino tragico. In recensioni anonime si dichiaravano a favore dell'espressionismo, dell'appariscente, dei codici, di un isterico gusto dell'orrido. Evidentemente, la morte era dilagata nell'ambiente e questo li faceva felici.

Ruotavano tutti attorno a uno scrittore di nome André – l'ultimo in ordine di tempo a essere acclamato per la sua originalità. C'era sempre uno scrittore nuovo! pensò Celine. C'era sempre un elemento nuovo in una serie infinita! André parlava correntemente varie lingue antiche e sconosciute, ma forse la cosa più notevole in lui era che, per essere uno scrittore, era insolitamente bello, alto e slanciato, zigomi pronunciati, un gradevole accenno di barba e una chioma sapientemente acconciata, il che lo rendeva sorprendente e difficile da giudicare, perché nessuno credeva davvero che uno così bello potesse essere anche uno scrittore di talento. Invece era così. André credeva in un progetto internazionale. Se mai fosse tornato nella città che un tempo tutti loro consideravano la propria, disse, si sarebbe dedicato alla ricerca della storia di tutte le lingue, perché le lingue erano tutte sullo stesso piano, non ce n'era nessuna che fosse più valida. I radicali stavano per ucciderlo, ma era riuscito a fuggire su una barca in partenza, via Lisbona e quindi New York. In qualche modo durante il viaggio era diventato amico di Washington, il che gli conferiva un fascino unico.

Celine trovava frastornante la baraonda della libreria e anche le conversazioni in appartamento. Sembrava che tutti loro, piccolo diagramma di velocissime frecce, fossero venuti di qua dall'oceano per poi ritrovarsi intrappolati in un'infinita e noiosa spirale. Le persone continuavano a fare discorsi come se avessero ancora qualche influenza su avvenimenti lontani migliaia di chilometri, quando in realtà erano ottenebrate e totalmente fuori da quelle vicende. Ogni giorno qualcuno parlava degli elenchi, l'elenco di quelli che non potevano tornare in patria, l'elenco di quelli che erano stati uccisi. Ovviamente, cercavano una logica in quegli elenchi, per affermare il potere su eventi di cui un tempo avevano gioito. Ma a rendere tutto ancora più surreale c'era il fatto che i giornali ci mettevano talmente tanto ad arrivare che gli scenari e le cronache così freneticamente pubblicati si erano già verificati o si erano rivelati impossibili.

Un giorno Celine lesse che Julia e il marito erano stati arrestati e si trovavano in carcere a tempo indeterminato. Per un po' non riuscì più a leggere, continuava a pensare a Julia e a come doveva sentirsi. Qualche settimana dopo, quando scoprì di essere nuovamente in grado di farlo, la prima notizia che lesse fu quella dell'avvenuta esecuzione di Jacob. Poi, da un giornale più vecchio arrivato con grande ritardo, apprese che anche Sasha, dopo aver cercato di rientrare clandestinamente in patria per motivi che nessuno aveva capito, era stato arrestato e ucciso. Rimase più sconvolta di quanto avrebbe creduto. Poi lesse che dopo gli ultimi violenti disordini, Yves era scomparso. Era tutto aleatorio e in movimento, ed era incredibile come persino per Yves provasse una vaga malinconia.

Uno può vivere anni, forse, senza mai pensare alla morte – ma a un certo punto comincia a pensarci di continuo, e anche se era tutto molto improvviso, quell'elenco di morti, pensò Celine, non era più drammatico di ciò che succedeva nella vita di quasi tutti, che fossero in guerra o meno. Per tutti arriva un momento in cui all'improvviso molte delle persone che conoscono stanno morendo, o stanno cominciando a morire. Per cui forse non era strano che pensasse con affetto persino alle persone che aveva odiato, perché le aveva conosciute vivendo, l'avevano accompagnata nella sua vita e nella vita c'era sempre qualcosa di toccante, persino in Yves, in Jacob e in Sasha, con le loro ambizioni e la loro violenza.

Un giorno Lorenzo andò a dirle che alla libreria c'era un messaggio per lei, e nel tempo che ci mise a percorrere le strade bagnate ebbe con sé la luce calda di Saratoga. Il messaggio era invece di Izabela dalla Polonia – inviato dall'altra parte dell'oceano – scritto nello stile di quelli che si scambiavano un tempo, con un lessico brillante e sentimenti futuristici, ma adesso stranamente Celine si sentiva lontana da quel tipo di scrittura. Dalle sue parti, scriveva Izabela, ormai erano arrivati all'ansia pura. La loro piccola rivoluzione intelligente sembrava finita. Ma quello che voleva dirle, scriveva Izabela, era che Celine le era apparsa in un sogno! Stavano guidando. Poi a un tratto Izabela pensò che in realtà non sapeva niente dei genitori di Celine. E Celine le aveva detto: *Ah, immagino che ti riferisca a cose come testamenti impugnati e roba del genere.* Poi il sogno finiva, scriveva Izabela. Su un secondo foglio c'era un altro paragrafo. Non aveva saputo pensare che alla rivoluzione, ai soldi, ai parlamenti. Passava il suo tempo aspettando di vedere quali dei suoi amici sarebbero stati uccisi e quando. Avrebbe dato qualsiasi cosa per tornare con lei in quel ristorante dove erano state una volta, scriveva Izabela, quello vicino a casa di Celine. E di sicuro avrebbero preso la minestra di cipolle.

Celine lesse il messaggio nel baccano della libreria. Le mancava, Izabela, perché era il simbolo di un modo di vivere, ma si sentiva in colpa perché quella lettera non le interessava per niente. Era affranta per l'assenza di Saratoga. Di lei aveva solo l'ultima foto scattata prima di partire, in cui era vestita in maniera molto semplice, in mussolina bianca, come tutti, e quella foto la turbava molto, perché Saratoga era praticamente identica a Claude, e Celine si era così abituata a sorvolare su quella faccenda del padre, come se Saratoga fosse venuta fuori dal nulla, che quella somiglianza la disorientava e addirittura la scombussolava.

Aveva voglia di uscire da quella strana forma di società e tornarsene a casa sua in campagna, ma capiva che Lorenzo ci sarebbe rimasto male. Quindi si rassegnò a restare. Una sera Lorenzo dette una cena per alcuni assistenti di Washington. Celine odiava il tono di fondo. Gli uomini avevano l'aria di essere infastiditi dalle mogli ma questo, invece di scuoterli e di farli riflettere su come cambiare la situazione, sembrava piacergli o quanto meno darlo per scontato, e perciò dare per scontato pure che una donna non dovesse mai aprire bocca. Quindi Celine parlò quasi soltanto con Lorenzo. Secondo lui, disse, l'Europa era finita, ma d'altra parte non era in grado di parlare la lingua locale con un minimo di eleganza ed era mortificante dover vivere in un mondo dove nessuno capiva le sue battute. Di fronte a loro André, il giovane scrittore, stava parlando di uno sconosciuto, a suo parere il più grande autore vivente, che non pubblicava niente e non scriveva romanzi, poesie e nemmeno saggi, non scriveva niente di niente se non un diario di cui mostrava qualche frammento agli amici, e quei frammenti, disse André, erano brevi frasi che parlavano del clima, sia di quello fuori che di ciò che si agitava nel suo animo. Probabilmente, sentì che diceva André, il diario era la forma contemporanea più importante, perché era la forma del vuoto, della mancanza.

Riemergendo da quella conversazione Celine si accorse che Lorenzo le stava porgendo delle porcellane. In un primo momento non capì. Voleva regalargliele, disse lui. Lei le guardò. Erano una ciotola per l'acqua e un piattino da contorno. Entrambi a righe blu. Quando era stato a Boston a insegnare in università, le disse, aveva visto due pezzi delle sue porcellane in una casa. Le aveva riconosciute immediatamente dalla particolare tonalità di blu Klein che lei aveva sempre amato. E così le aveva comprate, per regalargliele.

Incredula, sbalordita, Celine scoppiò in lacrime.

Il giorno dopo, decise finalmente di andarsene, di tornarsene ai suoi panorami americani. Una volta a casa, provò a ripensare a quel piccolo momento di socialità creato da Lorenzo, e a come mai lei si sentisse così infelice. Era come se dentro di lei certi sentimenti si fossero risistemati. E in effetti pressappoco tutto ciò che le stava a cuore aveva subìto una riorganizzazione, ma riconoscerlo e capirlo richiedeva tantissima energia. Forse in qualche modo aveva a che vedere con il vivere nel limite più estremo dell'attimo presente. Il futuro non c'entrava niente, questo lo sapeva, il futuro non era un concetto da considerare, e forse, cosa in realtà ancora più importante, bisognava allargare la scala più di quanto lei si sarebbe aspettata. Era difficile, pensò, essere più precisi per il momento. Più in là di così non poteva spingersi.

Adorava le piante nel suo nuovo giardino, gli alberi giganteschi. Magari le sarebbe piaciuto diventare un albero, pensò, come in un racconto fantasy.

Iniziò a rispondere a Izabela, ma poi si rese conto che non ci riusciva. Scrivere lettere le era impossibile, così come non aveva voluto che Lorenzo la riportasse in quel mondo. Tutto ciò che aveva vissuto aveva a che fare con le amicizie e le loro interazioni. E ora stavano svanendo nel nulla.

28

Nella sua fuga oltre oceano dall'Europa, Celine aveva pensato a sé come trasportata dentro una nuvola, qualcosa di necessario e perciò privo di significato. Era in transito, e non c'è nessun significato nel transitare. Magari invece c'era di mezzo qualcosa di più grande, se solo fosse riuscita a vederlo. Forse in un certo senso aveva ragione Lorenzo, e il finale che lei si era figurata lì in America lo era soltanto in apparenza, era un piccolo inganno prospettico e magari alla fine si sarebbe visto che di finali ce n'era più d'uno: una serie di finti finali prima di quello vero. Dove Lorenzo sbagliava era nel pensare che questo volesse dire rientrare nel mondo della conversazione.

Quasi in risposta, una mattina la sua amica mohawk Catherine si presentò a casa portando in dono dei cibi per festeggiare il suo ritorno. Erano semplici piatti di terracotta colmi di zucca stufata, chili con fagioli neri, fiori di zucca fritti. Erano gusti nuovi che Celine non aveva mai assaggiato prima di allora. Insieme c'erano anche dei cesti di frassino nero, striscioline di frassino nero intrecciate.

Cominciò così un periodo di istruzione e di divertimento.

Catherine aveva una figlia che veniva qualche volta e si metteva sotto il faggio o sotto i vecchi aceri, e più Celine parlava con loro, più pensava a Saratoga. A un tratto le sembrò terribile non essere insieme a Saratoga, o vicino a lei. Le mancava con un'intensità quasi impossibile da definire. Era una sensazione non meno acuta di quella che un tempo provava per un'amante, come Marta, la disperazione profonda di voler sentire sulla lingua il sapore di qualcuno che non era lì. Una cosa al tempo stesso fisica e astratta, un genere di mancanza che non ti abbandonava mai.

Cominciò a mandare messaggi a Saratoga tutte le settimane, anche se non aveva la minima idea se potessero arrivarle o se mai le sarebbero arrivati. E intanto passò l'estate parlando con Catherine. Cominciava a imparare la sua lingua, con tutta la lentezza possibile. Ripetevano insieme i nomi delle cose e lei li scriveva.

Un giorno Celine andò a camminare nei boschi. Trovò dei fiorellini bianchi, completamente bianchi. Erano le piante più strane che avesse mai visto, tutte bianche dallo stelo alle foglie ai petali. Ne toccò una e sentì che era carnosa. Era nel folto dell'ombra, tra il tappeto di foglie. Quella sera portò Catherine a vederla e le chiese che cosa fosse. Era un fiore fantasma, disse Catherine. Celine non aveva mai visto una pianta simile: un essere albino. Sembrava impossibile che una cosa del genere potesse tenersi in vita, senza la luce del sole.

Poco alla volta, Celine cominciò a pensare che forse non era dentro una nuvola, o in mezzo al deserto, ma su un ponte immerso nella nebbia. Si trovava su un traballante ponte di legno, in alto sulla montagna. Se fosse riuscita ad attraversarlo, sarebbe arrivata in un posto straordinario. Ma ogni volta che stava per farlo, c'era qualcuno che la tratteneva perché voleva parlarle o aveva bisogno di lei. Ma non si accorgevano mai che era sul ponte. Il ponte era il suo segreto.

Era forse, pensava Celine, un significato più grande?

Dalle sue lezioni con Catherine le sembrava di intuire che per capire le parole doveva pensare in maniera diversa. C'era una noce chiamata *pigan*, o *pegan* o *pican*. Non c'era verso che riuscisse a pronunciare correttamente parole del genere – le sembravano troppo complicate e scivolose per il suo sistema fonetico abituale. C'era una parola per la forza che faceva spuntare un fungo dal terreno nottetempo. C'era una parola per descrivere l'aspetto dell'avena odorata quando era matura. Quello che trovava più difficile era che il mondo fosse diviso in animato e inanimato. C'era un modo differente per parlare con una persona rispetto a quello per parlare con un quaderno. Si usava un altro verbo. Non aveva mai dovuto imparare niente di simile prima di allora, diversamente da Izabela che una volta le aveva spiegato come il russo avesse una parola per il movimento ripetuto e una per il singolo movimento, per il movimento a piedi o per quello con un veicolo, ma mentre Izabela trovava che quelle differenze fossero una seccatura, a Celine quelle insolite forme locali sembravano deliziose.

Certe parole erano intraducibili, cioè le si poteva rendere solo con perifrasi talmente lunghe che le parole non erano più la stessa cosa che nella lingua di Celine, come se in quella lingua le parole potessero avere molte più implicazioni. Oppure c'erano parole che lei non capiva affatto, come quella che Catherine usava di continuo, qualcosa di simile a *dodem* o *dodet*, per dire che c'era un orso che si prendeva cura di lei e sorvegliava il suo mondo. Celine non aveva idea se quell'orso fosse reale o immateriale. Le sembrava difficile spiegare la differenza a Catherine, e forse non ce n'era nessuna.

Se avesse dovuto dare una definizione del ponte sul quale si trovava, pensava Celine, sicuramente avrebbe avuto a che fare con il nuovo sapere che Catherine le stava portando, o con la nuova vastità che intratteneva, là fuori nelle foreste. Ora non le sembrava più bizzarro pensare a una foresta come a un luogo popolato – o credere che si potesse parlare con il sole, gli animali o le piante, come le voci che sentiva prima. Era come se il mondo fosse un sottofondo di voci, e non c'era motivo perché ognuna dovesse essere prodotta da un singolo essere visibile.

E a Celine venne da pensare molto semplicemente che il motivo per cui quella rottura o allargamento non la allarmavano era perché si era già inventata almeno due o tre versioni di sé. Gli uomini attorno a lei parlavano di cambiamento – ma sempre protetti da un'ampia rete di sicurezza. Se era in crisi, un uomo poteva sempre separarsi dalla moglie, cominciare un nuovo lavoro o trasferirsi in un altro paese, senza quindi conoscere mai l'autentico terrore della rovina. E anche se a volte quella sicurezza maschile l'aveva affascinata al punto da essere persino gelosa di quel loro potere aggiuntivo, si rendeva conto che aver dovuto reinventarsi probabilmente le aveva dischiuso le porte di una saggezza più vasta, per quanto fastidioso potesse essere.

29

A volte per avere conferma di un cambiamento c'è bisogno di cose nuove, e così successe a Celine, nel suo nuovo spirito cosmico. Un giorno, André, il giovane scrittore, andò a trovarla in campagna. Lo guardò, stupita. Era seduta con Catherine su una panchina. Laggiù in campagna, André sembrava terribilmente esotico e innaturale.

– Cosa ci fai qua? gli chiese.

A rendere André particolarmente insolito, ben più del suo aspetto e dei suoi capelli fini, era la sua idea che qualunque futuro dipendesse dalla comprensione di India e America, le frontiere e le periferie. Bisognava pensare al Sud, all'Ovest e all'Est, diceva. La sua era una passione antropologica, e lo rendeva a suo modo adorabile.

Credeva che fossero state loro a organizzare tutto, balbettò in risposta. Ovunque andasse, cercava di prendere più appunti possibile, disse, e in particolare voleva capire che cosa la gente pensava degli spiriti da quelle parti. E Celine aveva detto che forse lei poteva presentargli qualcuno del posto. Avevano organizzato quella visita settimane prima, disse lui, a una delle cene di Lorenzo. Lei lo guardò: era stracarico di materiale, blocchi da disegno, colori e pennelli, oltre a numerosi quaderni e penne. Le aveva anche portato la sua posta da Filadelfia, disse, e Celine sentì un fiotto di speranza zampillarle dentro, ma capiva che prima bisognava risolvere quella faccenda.

– Ma che cosa abbiamo organizzato? disse.

– Che sarei venuto qui, rispose lui, – a parlare con gli americani.

– Io non ho mai detto niente di simile, obiettò lei.

– Eravamo con Lorenzo, ripeté lui.

Era sincero e insistente, e comunque ormai era lì. Mandarlo via sembrava impossibile.

Celine si girò verso Catherine e prima di tutto tradusse nel suo faticoso inglese quello che André le aveva appena detto. Non era così facile, disse Catherine, da spiegare a una persona come lui. Gli spiriti esistevano, ovviamente, ma erano anche animali, e lei non era sicura che lui fosse capace di pensare a quel modo. Ma, chiese André, che cosa voleva dire? Be', disse Celine traducendo per Catherine, che cominciava a parlare molto più veloce del solito mentre lei intanto si perdeva nei ragionamenti, voleva dire che anche gli animali avevano una vita sociale, proprio come le persone. Il motivo per cui quella conversazione era così difficile da spiegare, aggiunse Celine cercando di aiutare André, era che Catherine non faceva nessuna distinzione fra il mondo della natura e quello delle persone, o fra il mondo delle persone e quello degli spiriti. Tutti quei mondi erano popolati da anime, e le anime potevano comunicare in ogni momento con altre anime. Anche se, aggiunse continuando a tradurre, la comunicazione perfetta poteva avvenire soltanto fra anime di una stessa comunità. Quando una forma si trovava in mezzo ad altre forme – fosse un umano che parlava con una pianta o un fungo che parlava con un giaguaro – servivano sempre diplomazia e traduzione.

André disse che non capiva esattamente come funzionava quel movimento fra livelli diversi. Certo che no, disse Celine. Il modo di guardare il mondo che lui prediligeva, osservando un mondo esterno perfettamente ordinato in categorie, rendeva impossibile fare cose come quelle che Catherine poteva fare pensando o parlando. Catherine conosceva la metamorfosi. Loro conoscevano solo la *letteratura*.

André sembrava sconsolato – come se le informazioni che gli avevano fornito fin lì fossero insoddisfacenti, o così astruse da essere inattendibili. Comunque, prese nota di tutto. Era come se loro avessero raggiunto i limiti della sua comprensione, e se André ne era turbato, in qualche modo Celine si sentiva vibrante e persino potente. Le dispiaceva per quel ragazzo che era venuto fin lì per vedere lei e che era troppo carino perché la gente lo prendesse sul serio. In qualche maniera, le era simpatico.

Celine cercò di stemperare il clima.

– Che cosa dicevi della posta? chiese.

– Oh, certo, fece André.

Tirò fuori un messaggio dalla tasca e glielo porse, senza distogliere lo sguardo dai suoi appunti.

30

La lettera finalmente era di Saratoga. A volte le lettere sembravano incredibili nella loro tenacia a voler raggiungere le persone. Erano creature davvero determinate! L'indirizzo era tutto scarabocchiato e coperto di criptici timbri postali, codici del corriere e calligrafie di sconosciuti. Evidentemente a un certo punto era stata ripiegata in quattro.

Stava lasciando il marito, scriveva Saratoga. Stava divorziando. La situazione che aveva trovato laggiù era allucinante, scriveva. Regnavano la barbarie e la totale anarchia come in Europa. Era fin troppo evidente che da una certa distanza – per esempio un oceano – non ci si potesse far rappresentare da qualcun altro. In un sistema del genere quindi non poteva esserci giustizia. Ma soprattutto si era resa conto che Hugo non le piaceva. L'aveva creduto un uomo arguto e invece si sbagliava. E così tornava in Europa. Poi aggiungeva che la madre le mancava tantissimo e la pensava sempre. Le dispiaceva non ricevere più messaggi.

Celine rilesse le frasi di Saratoga tante volte. Era come quando i tarocchi ti danno la conferma di un grosso cambiamento di vita. Le sembrò evidente, di un'evidenza lampante, che continuare a vivere lontano da Saratoga era sbagliatissimo. Era certamente parte di quel nuovo significato a cui Celine si stava avvicinando, dentro la sua nuvola. Ovvio, considerato che quella lettera ci aveva messo quattro mesi per arrivare a lei, era possibile che nel tempo che le ci voleva per arrivare in Europa i progetti di Saratoga o quelli dell'universo subissero dei cambiamenti. Ma quello, d'altronde, era il tipo di rischio che il messaggio esigeva.

Guardò il pezzo di carta stropicciato. Era come un frammento di Saratoga che poteva tenere fra le mani.

31

Il giorno dopo, Celine tornò a Filadelfia per organizzare la sua uscita di scena dall'America. In libreria trovò Lorenzo che mangiava panini saucisson e mostarda rileggendo una sua vecchia sceneggiatura.

– Torno in Europa, disse Celine.

– Ma se sei appena arrivata, disse Lorenzo.

– Sono qui da sei mesi, disse Celine. – Anzi no, di più. Non mi ricordo.

– Ma è niente, disse Lorenzo.

In ogni caso, aggiunse, secondo lui era un piano molto pericoloso. Si poteva restare molto delusi, tornando. Anche lui pensava alla gente che conosceva un tempo. Erano tutti così diversi ora, disse, così inaffidabili. Difficile sapere che cos'era rimasto del mondo che conoscevi, una volta tornati indietro.

– Lo sapevi che hanno arrestato Julia? chiese Celine.

Lorenzo rimase a lungo in silenzio.

– Il fatto, disse alla fine Lorenzo, – è che Julia farà qualunque cosa e lo sappiamo tutti. Non sono preoccupato per Julia.

– Com'è che tutti credono di sapere tutto di tutti? disse Celine.

– Be', fece Lorenzo.

Posò il pezzo di panino, usando per piatto la copertina della sceneggiatura, come se dovesse fare chissà che discorso.

– Non era una *domanda*, disse Celine.

Tutto a un tratto fu presa dalla rabbia, quasi che la rabbia fosse l'elemento mancante che le avrebbe permesso di entrare nel vero finale.

– Com'è che uno crede di sapere qualcosa di qualcun altro? disse Celine.

– Una volta ci andavo a letto, disse Lorenzo.

– E questo che cazzo vuol dire? fece Celine. – Vuol forse dire che Julia ti conosce, solo perché sa quanto ti piaceva leccarle il buco del culo?

Lorenzo rimase ancora in silenzio, un silenzio stavolta più greve.

– Visto? disse Celine. – Tutti odiano sentir parlare di sé. Panico puro.

E avevano ragione, continuò Celine meno aggressiva, sedendosi di fronte a Lorenzo, avevano assolutamente ragione ad aver paura, perché essere sulla bocca degli altri era la prima lezione sulla morte che una persona riceveva, la prima lezione sulla sua trasformazione in oggetto, in qualcosa che era lei ma allo stesso tempo non era lei. Eppure quando le persone parlavano degli altri sembrava tutto così nitido, perfettamente nitido e calzante, proprio come lui, disse Celine in conclusione, che pensava di conoscere Julia alla perfezione.

– Mi dispiace, disse André. – Probabilmente hai ragione. Anzi, sono sicuro che tu abbia ragione.

Celine era raggiante. Era un altro di quei momenti in cui nella conversazione affiorava una voce, una voce inaspettata che non potevi dire fosse proprio tua, una cosa che nasceva tra due persone in una certa situazione, quando la conversazione era una cosa vera con affermazioni vere e non un mero esercizio di ambiguità e di sotterfugi, il che era molto raro.

– Fatto sta, concluse Celine, – che tu non hai nessun diritto di parlare di Julia.

Una settimana dopo, Celine partì dall'America per zigzagare sull'oceano fino a casa – mentre gli osservatori e gli analisti di tendenze andavano avanti a descrivere ciò che sarebbe successo. Sarebbe tornata la monarchia, dicevano. Oppure avrebbero introdotto il comunismo di guerra. Ma prima forse una dittatura militare. Tutto ciò era chiaro. Perché si poteva sempre, con analisi attente e pazienti, prevedere ciò che sarebbe successo nel futuro.

Quattro

1

In che modo cambia una persona è un mistero, così come è un mistero in che modo qualsiasi cosa cambia in qualcos'altro. Certe persone invece non cambiano affatto, e forse questo è un mistero ancora più grande, di sicuro un grande peccato. Mutare e prendere una forma nuova è conoscere la vera felicità.

Per qualche tempo dopo il suo ritorno in Europa, Celine ebbe l'impressione di essersi trasformata in qualcosa di muto e di fantastico, perché lasciarsi alle spalle il linguaggio come stava facendo lei significa certamente entrare nel regno del fantastico. Molti intorno a lei credevano negli dèi o nella politica e questo sembrava recargli grandissimo conforto, che però Celine non riusciva a trovare. Le sue inclinazioni erano più strane. Quando le persone parlavano di un nuovo ordine delle cose, faceva fatica a capire quello che dicevano, e sempre più si andava convincendo che se non capiva ciò che per gli altri era chiarissimo era perché mancava un passaggio logico in quello che al mondo sembrava tanto coerente e inoppugnabile.

Verrebbe da pensare che quando dentro di te cambia qualcosa di importante, sarà evidente a te e anche agli altri. In realtà però ci vuole del tempo perché questi cambiamenti diventino visibili – a te e al mondo. Il mondo è molto indaffarato e non può accorgersi dei cambiamenti di tutti! Per cui in realtà tocca sempre a te accorgerti di come stai cambiando, se stai cambiando, e può volerci un bel po' di tempo perché in realtà siamo tutti parte della frenetica attività del mondo.

A Celine tuttavia capitò un'esperienza talmente straordinaria che alla fine le fu facilissimo accorgersi che dentro di sé era cambiato tutto, e così pure nel mondo.

2

Una sera, in una notte di luna dopo le rivoluzioni, Celine, Izabela e Julia stavano tornando in città dopo una gita in campagna. Era un'estate torrida e buia, e Celine e Julia erano andate a stare da Izabela, da qualche parte in mezzo alla foresta europea, che adesso si allargava come una grande macchia attorno a loro. Durante il viaggio, parlarono della luna, di quell'enorme disco screziato nel cielo, e della vita che magari c'era nell'universo intorno a loro, ignota.

– Ci sono soltanto due possibilità, disse Izabela. – O siamo soli nell'universo o non lo siamo. E tutte e due mi spaventano in pari misura. Se siamo soli, be', è una cosa super spaventosa. Ma se *ci sono* altri esseri, che cosa stanno facendo? Ci osservano? Ci stanno ascoltando in questo momento? Siamo forse uno zoo per il loro diletto privato e la loro edificazione?

Alzarono lo sguardo verso la luna solitaria e l'immenso spazio nero che la circondava. Era impossibile vedere che cosa stava accadendo sulla luna, così come verosimilmente dalla luna non era possibile vedere le attività sulla terra.

Arrivate a casa portarono qualche divanetto in giardino e mangiarono cioccolata e biscotti, buttandoli giù con l'alcol. A un certo punto nella notte Julia fece un brindisi alla pianta dentro di loro che era alcol. E in effetti bevvero così tanto che si addormentarono fuori, completamente vestite, sotto la luce delle stelle giganti.

3

Il mattino dopo, quando l'alba scivolò via, Celine si svegliò di buon'ora. Le parve che il mondo nel suo aspetto presentasse piccoli ma ben definiti cambiamenti: come per esempio dei fiori diversi in giardino, e dei funghi. Era possibile che fosse soltanto un brutto effetto degli eccessi alcolici e così entrò in casa a prendere dell'acqua. Allibita, vide il calendario sulla parete della cucina secondo cui correva l'anno 2251. Tornò fuori per dirlo alle amiche ma fu distratta da qualcosa che trovò nel cortile: una struttura che somigliava a un'imbarcazione, decorata da migliaia di minuscoli palloncini argentati. Quei palloncini sembravano fatti di un materiale morbido, ma quando lo toccò scoprì che aveva una sua solidità, una sorta di metallo flessibile che non aveva mai visto in vita sua. Aprì il veicolo e si sedette dentro. L'interno era pieno di colori e molto gradevole.

Poi, mentre stava per scendere, il veicolo si sollevò fluttuando nell'aria.

In un primo momento fu estasiata da quella sensazione nuova. Guardava il cielo che si avvicinava fuori dal finestrino. Poi guardò in basso e nelle strade c'erano soltanto persone o nient'altro. La città era ormai sconfinata – piccole costruzioni, fabbriche, stadi per lo slalom e le corse – finché finalmente vide i campi fuori città e il veicolo passò in volo sopra tanti piccolissimi cavalli.

Cominciava a salire sopra i primi strati dell'atmosfera. Vide il Mediterraneo, poi il Mar Nero e subito dopo Iran e India, poi il Giappone attraverso l'oblò del razzo e qualche ora dopo emerse tutto l'Oceano Pacifico, che poi scomparve a sua volta per essere sostituito dal continente americano. Vedeva chiaramente il moto rotatorio della terra e alla fine nell'oblò riapparvero l'Oceano Atlantico e l'Europa, solo che adesso non riusciva più a distinguere i diversi paesi, perché era troppo in alto.

Tutto ciò avveniva molto tranquillamente, come nel tempo che ci si prende stando a letto a leggere tutto il giorno dopo aver portato a termine un lungo progetto. E intanto

Celine continuava a salire nello scintillante cielo nero. Poi però, quando sembrava che quella navigazione potesse continuare all'infinito, all'improvviso la navicella si ribaltò, come un qualsiasi veicolo che fosse finito nell'oscurità in un cantiere stradale abbandonato, e Celine si sentì precipitare. Le scoppiavano le orecchie e stava gridando senza nemmeno rendersene conto. Sembrava tutto assurdamente strano – ma la cosa più strana fu che guardando fuori dall'oblò improvvisamente davanti a sé vide la luna: la superficie bianca, adesso da distanza ravvicinata, colorata e tutta ghirigori. Poi distolse lo sguardo perché pensò che non era possibile. Nel momento in cui la pressione e la velocità sembrarono insopportabili sentì un gran trambusto, qualcosa che si gonfiava rapidamente e vide che attorno a lei i palloncini argentati si dilatavano a dismisura, e la navicella spaziale che stava piombando giù a capofitto cominciò a rallentare e alla fine atterrò delicatamente sollevando una nuvola di sabbia.

Celine scese e guardò in aria. Per un momento si sentì rassicurata perché era evidentemente nel suo mondo e dunque in un modo o nell'altro avrebbe trovato la via di casa, finché non alzò lo sguardo al cielo. Un piccolo pianeta che era un debole puntolino nel cielo, come una stella ingrandita. Poi si rese conto che la stella era la terra, e vomitò.

4

La luna era bella ma anche strana e coperta di piante e felci, come una superficie opaca luminosa. Attraversò prati di fiori selvatici. Aveva l'impressione di camminare da ore ma lì sulla luna era difficile calcolare il tempo perché gli effetti della luce erano tutti diversi. C'era un fiore che somigliava a una ginestra ma ad annusarlo sapeva più di narciso o di letame. Si chinò per studiarlo più da vicino, ma poi esitò, per timore, forse, o per prudenza.

– Forza, puoi toccarmi, disse una voce.

Lei restò lì, muta. Ovunque andasse, pensò, persino sulla luna, risuonavano voci intorno a lei. Aspettò che chiunque avesse parlato si facesse vedere. Niente. Dopo qualche minuto, decise di riprendere a camminare. Doveva tornare alla navicella spaziale, pensò. Non voleva visitare la luna. Voleva andare a casa.

Poi le si avvicinò quella che sembrava una persona. Non avrebbe saputo dire se fosse un uomo o una donna, ma forse, pensò, non aveva importanza. La persona era molta alta, con una pelle di colore scuro, vestita con un sobrio completo bianco, un capo di ottimo taglio. Per quanto si potesse pensare che fosse umana, era però impossibile, notò Celine, capire come si muovesse.

– Prego, disse. – La stavamo guardando.

– Voi chi? chiese Celine. – E che cosa significa *guardando*?

– Mi chiamo Harper, disse Harper. – Possiamo vedere quello che vogliamo su questo pianeta.

– Mi sono persa, disse Celine. – Vengo dalla terra. Non so come sono arrivata fin qui.

– Noi questo pianeta lo chiamiamo terra, disse Harper, – voi invece lo chiamate luna. La luna è un mondo come il vostro. E il vostro mondo è la nostra luna.

Vi fu un silenzio mentre Celine cercava di stare calma.

– Stai un po' con noi, disse Harper. – Vieni a vedere.

5

Celine era molto spaventata, ma la paura è una sensazione assai confusa e la si può interpretare in molte maniere. La sua rasentava l'eccitazione. Su quel pianeta Celine aveva l'impressione di avvertire un rimescolio dentro di sé, un barlume di vita. Era come se ci fosse un altro modo di vivere e di pensare, un modo che lei aveva cercato e ricercato sulla terra, e quello che le stava accadendo quassù, per quanto incredibile o allucinatorio, era per dirle di restare attaccata alla sua visione, di non lasciarla andare via.

E così Celine disse di sì a Harper.

6

Harper le fece cenno di salire su un veicolo fluttuante che aspettava lì vicino. Appena furono dentro cominciò a muoversi ma apparentemente restando fermo. Era come se fosse il paesaggio a muoversi, non il veicolo, che veleggiava su campi, giungle e vallate, poi a un certo punto si dissolse attorno a loro nella fragile aria purpurea e si videro alcune tende, piccoli padiglioni e altre strutture ricreative, un luna park che Harper definì città. Era fatto interamente di un materiale che splendeva al sole – una luce più tersa che sulla terra, probabilmente perché l'aria non era contaminata da tutte quelle polveri ed emissioni umane.

Celine chiese a Harper com'era possibile che lei gli parlasse nella sua lingua.

– Noi conosciamo tutte le lingue che ha usato l'umanità, disse Harper stringendosi nelle spalle. – Fra di noi preferiamo usare la lingua che abbiamo messo a punto, con i colori e i profumi e anche i suoni. Tutto può parlare con tutto.

– Per esempio, una pianta? chiese Celine.

– Naturalmente, replicò Harper, – le piante parlano fra loro. E le montagne parlano con le volpi. Tutto parla con tutto il resto: le alghe con i pomodori, le lucertole con le nuvole. Bisogna fare attenzione, ovvio. È tutto un parlarsi fra diplomatici.

– Per me le lingue sono difficili, disse Celine. – Voglio dire, trovo difficile imparare una lingua nuova: mi vergogno sempre del mio pessimo accento.

– Accento? fece Harper.

– Qui non cambia l'accento da una nazione all'altra?

– Cioè? fece Harper.

– O da una città all'altra?

– Qui nessuno vive in una sola città, disse Harper. – È tutto portatile.

Poi indicò a Celine l'ingresso di un padiglione fluorescente.

7

Il padiglione si rivelò la casa più grande che Celine avesse mai visto. A quanto pareva, Harper condivideva quello spazio con diversi altri esseri alieni, come se in casa ci fosse una festa permanente. C'era un'ottima energia, anche se per lei i rapporti fra quegli esseri alieni erano difficili da comprendere, il che non avrebbe dovuto stupirla, pensò Celine, perché non è mai facile arrivare a una festa dove sembra che tutti facciano resistenza o quanto meno che mantengano un contegno riservato. All'inizio Celine pensava che le creature del posto potessero essere di colori diversi: dal nero pece al crema, passando per il rosso, il verde e l'azzurro. Poi capì che non c'era modo di capire il colore della pelle perché loro non indossavano vestiti così come lei li aveva sempre concepiti, ma una specie di velo semitrasparente che li fasciava da capo a piedi e su cui era possibile proiettare colori o indumenti trompe-l'oeil a proprio piacere, tanto che in realtà poteva darsi benissimo che la pelle non ce l'avessero proprio.

Sembrava un mondo fatto di colori stravaganti. Per cena servirono delle pastigliette che contenevano, spiegò Harper, tutti i nutrienti necessari. Le pastiglie erano color malva, rosa e ruggine. Le pareti attorno a Celine erano di tante tonalità, profonde e intense: blu oltremare chiaro, verde brillante, un viola scurissimo che a tratti era anche iridescente. Sembrava una tappezzeria, una tappezzeria che fosse stata accartocciata e poi stesa con piccole increspature, figure astratte di colore spesso. Di velluto, jacquard, nylon, lana bouclé, pelliccia finta o materiali che gli assomigliavano.

– Ma che cosa si fa quassù? chiese. – Come vivete?

Tutti si misero a ridere.

– Questo è il posto più felice dell'universo, disse Harper. – Noi non abbiamo bisogno di fare niente. Capisco che possa sembrarti strano. Gli umani hanno sempre tante cose da fare. Qui invece produzione e riproduzione avvengono senza alcuno sforzo, tramite medium, in codice.

– Non capisco, disse Celine.

– Immagina un libro, disse Harper. – O un ritratto. Un medium è un luogo dove la vita si moltiplica.

– Certo, disse Celine, – ma quelle sono solo immagini, parole.

– Prova a vederla in questa maniera, disse Harper. – Fin dall'inizio, l'universo ha cercato di procurarsi informazioni su di sé. Più pensa, e più l'universo si organizza, con medium sempre più stravaganti. I primi erano molecole, cellule, che poco alla volta presero la forma di minuscoli organismi, poi di animali e funghi e piante finché in breve tempo il codice diede luogo a piccole comunità. Poi divenne linguaggio, con i libri, le riviste e il gossip. Quindi il linguaggio divenne immagine. E infine siamo arrivati noi.

Celine lo fissava allucinata e impaurita.

– Vieni con me, disse Harper.

La portò fuori dal padiglione, su un viale fatto di una specie di vetro scintillante che portava a una struttura simile a un'illusione ottica, come un grattacielo piegato a formare un semicerchio. Dentro c'era una serie di altri edifici. Dalle finestre si intravedevano nuvole e galassie, che mentre camminavano di tanto in tanto comparivano di là del vetro.

– Vedi? disse Harper.

Ed entrarono nel complesso industriale.

8

In alcuni edifici c'erano file di oggetti o macchinari. In altri invece non c'era niente, o quasi, soltanto schermi su cui apparivano e scomparivano numeri a grandissima velocità. Dopo aver attraversato un hangar per razzi, Celine vide quello che sembrava un elaborato sistema di scrittura alloggiato all'interno di una specie di orto botanico. C'era un'aria densa, umida e profumata, palmizi e insetti follemente colorati, e tra il fitto fogliame spuntava una moltitudine di mani fatte di un minerale lucido, zinco o forse granito, file e file di mani attaccate a tante aste, intente a scrivere alacremente su piante che si svolgevano come fossero rotoli di carta.

– E questa che roba è? chiese Celine.

– Producono libri, disse Harper. – Scrivono storie.

– Ma è una macchina, disse Celine.

– Molto tempo fa, disse Harper, – capimmo che le storie non hanno bisogno di un *autore*. Le mani sono un po' una gag.

– E che cosa scrivono? chiese Celine, che cercava di leggere i libri man mano che venivano stampati.

– Oh, romanzi, disse Harper. – Anche descrizioni di pianeti, storie di sabbia, rocce e licheni. Qualsiasi cosa gli venga voglia di scrivere. Questo per esempio è un romanzo sulla vostra terra.

Le mani scriventi avevano un aspetto delicato, le dita lunghe con le unghie dipinte di un luminoso arancione fluo.

– Ma una macchina, chiese Celine, – è capace davvero di scrivere un romanzo? È capace di pensare a composizioni proprie?

– Ma certo, rispose Harper. – Che cosa credi, di non essere un codice anche tu?

Poi Harper la fece entrare in una nuova stanza che sembrava illuminata dalle sue stesse pareti. C'erano grandi finestre che guardavano sulla sabbia del deserto, con cactus rachitici e altra vegetazione. Dentro c'erano diversi esseri che si affaccendavano attorno a tavoli su cui si trovavano bottiglie, alambicchi, rubinetti. C'erano anche tramezzi dappertutto che creavano zone differenti, tutte perfettamente visibili le une dalle altre.

– Questo è il luogo dove ci riproduciamo, disse Harper.

Ci fu una pausa mentre Celine cercava di raccapezzarsi.

– Qui da noi i nuovi esseri non vengono prodotti all'interno dei corpi, disse Harper. – Preferiamo concepirli in questi open space pieni di colore.

– Ma perché? chiese Celine. – Non c'è cosa più bella che fare un piccolo con il proprio corpo, e starci insieme sempre.

– Esattamente per le ragioni che hai appena detto tu, disse Harper. – Perché fare le cose in una maniera tanto limitata?

Harper sembrava risplendere di piacere.

– Se vuoi capire la luna, soggiunse Harper, – devi studiare il nostro metodo di riproduzione. È quello che rende possibile la nostra felicità, che ci consente di essere liberi.

Era stranissimo, pensò Celine, sentire a un tratto che capivi cosa stava accadendo, e nello stesso tempo che non lo capivi affatto.

Un essere stava porgendo un drink azzurro a un altro essere in miniatura, mostrandogli poi come emettere luce in vari colori traslucidi.

– È tuo figlio? chiese Celine.
– Ma no, le rispose l'essere.
– Tutti gli adulti si prendono cura di tutti i bambini, spiegò Harper.
– Ma tu gli vuoi bene? disse Celine. – Voglio dire, tu riesci ad amare questo esserino?
– Certamente, rispose l'essere. – Perché non dovrei?

9

Quella notte Celine la passò su un divano, mentre luci pulsanti si muovevano nell'aria. Accanto a lei zampillava piacevolmente una fontana in una sorta di cortiletto interno. Il clima era torrido. Sembrava silenzioso, ma in sottofondo si sentiva una musica ritmata e ripetitiva, come il suono delle cicale nel crepuscolo verde e nero.

Celine stava cercando di decifrare i propri sentimenti. Era quasi come se lassù nel futuro, sulla luna, ciò che lei aveva sempre pensato trovasse una dimostrazione, o almeno si offrisse alla sua considerazione.

– Ma come ho fatto ad arrivare quassù? si chiese Celine a voce alta. – È questo che non capisco.
– È proprio così strano? disse una voce.

Il fatto che quelle voci invisibili non la spaventassero più tanto era già un passo avanti, ma era anche strano. Si guardò attorno nell'oscurità planetaria. Forse veniva dalla fontana, pensò.

– Hai detto qualcosa? chiese alla fontana.
– Assolutamente, rispose la fontana.

Celine guardò la cascatella dall'aria innocente.

– Chiedimi quello che vuoi, disse.
– Prego? fece Celine.
– Chiedimi quello che vuoi, voglio aiutarti.
– Be', io... iniziò Celine.

Poi si bloccò. Era al di là del dicibile.

– Capisco, disse la fontana. – Dev'essere un bel po' sconcertante, per te. Ma forse non lo è poi così tanto, forse quello che succede qui non è poi così diverso dalle cose che conosci.

– A ogni modo, disse Celine, – è molto inquietante. Parlare con l'acqua, per esempio, o cose del genere.

– Ma davvero? disse la fontana. – Dopo tutto voi avete storie raccontate da divani, da monete, da sottovesti e da tasche. Perché non farsele raccontare anche da altre cose?

– Ma quello succede nei *romanzi*, disse Celine.

Seguì un silenzio, come se la fontana fosse imbarazzata o risentita. Poi improvvisamente la fontana si trasformò in una zuppiera di porcellana dal bordo finemente lavorato. Aveva subìto una metamorfosi, sotto i suoi occhi, come si trasformano le animazioni – e guardandola stupefatta, Celine si rese conto di aver sempre trovato inquietanti le zuppe. Magari, si disse, era per via del fatto che la zuppiera non ha spigoli vivi, o perché quello che c'è dentro è indistinto e indefinito. A pensarci, è incredibile che nella forma elegante e solida di una zuppiera sciabordi una brodaglia informe, così come che ci sia il sangue all'interno del corpo o un milione di parole dentro un libro.

– Non c'è un motivo, disse la fontana, – per cui certi esseri possono parlare e altri no.

– Capisco, disse Celine.

– E anzi, continuò la fontana, – le voci non devono necessariamente venire da un punto preciso. Voglio dire che io posso manifestarmi ovunque, anche dove non mi vedi. L'universo è un insieme di voci che riecheggiano e parlano fra loro.

– Ma come? chiese Celine.

– Come cosa? disse la zuppa.

– Come succede quella cosa lì, disse Celine. – Quello che hai detto.

– Cioè, disse la zuppa, – tutto quanto? Tante volte stai camminando per strada e a un tratto ti metti a cantare. Poi smetti. Così, ecco come.

E quasi a illustrare tutto ciò, o forse solo per capriccio, la zuppa improvvisamente acquisì un gran numero di teste che sorseggiavano un cocktail kitsch con grande serietà e concentrazione, giocherellando con l'ombrellino di carta sul bordo del bicchiere.

Faceva paura l'idea di cadere nelle mani di un potere soprannaturale come quello, pensò Celine, così come fa paura quando a una festa ti lasciano sola con una celebrità e di colpo tutti i tuoi amici sono scomparsi. Se però quella creatura comincia a parlarti in una lingua a te comprensibile, se ti offre le parole così come nella vita normale qualcuno potrebbe offrirti un piatto di fettuccine, allora devi sicuramente provare ad ascoltare quelle parole.

– Non sono del tutto convinta che questo risponda alla mia domanda, disse Celine.

– Capisco, disse il bevitore di cocktail. – Tutte le storie iniziano con la domanda: *come?*. Ma in realtà quello che vuole la gente sono storie che trasformino quel come in un *perché*. E storie del genere sono impossibili. È come la storia dell'universo. Prima non c'era niente, poi c'era qualcosa. Prima non c'era lo spazio, poi c'era lo spazio. C'era lo spazio dove prima non esisteva niente, come il bambino si crea uno spazio all'interno di un corpo. Non c'era un *perché*.

– Continuo ad avere qualche difficoltà, disse Celine.

– Ma veramente? disse l'essere.

E la sua testa si trasformò un una bottiglia di salsa, che si rovesciò nello spazio lasciato libero e un istante dopo era di nuovo una fontana che zampillava in sottofondo.

Dove un attimo prima c'era qualcosa, ora c'era di nuovo il niente.

10

Il giorno dopo Celine si svegliò presto e andò a fare una passeggiata lungo una specie di canale, fra canne di colore scuro, sotto un cielo azzurro. Sbucò in una piazza dove c'erano molti esseri alieni, impegnati in quella che sembrava una conversazione animata condotta attraverso una serie di colori sgargianti e note acute, ma quando si fermò per chiedere lumi a Harper, che stava parlando con un amico ai margini della folla, le disse che in effetti l'arrivo di una forestiera rendeva tutti un po' ansiosi o nervosi.

– Parli di me? chiese Celine.

– Parlavo proprio di te, disse Harper.

Celine si avvicinò a uno degli esseri lunari.

– Posso dirvi la mia? chiese.

– Be', certo, rispose l'essere. – Perché no?

– Pensavo, disse Celine. – Cioè, non ero sicura che avessi voglia. Magari per te sono un pericolo.

– Mi sembri straordinaria, disse.

– Ma grazie, davvero? disse Celine.

– Assolutamente, rispose l'essere. – Adorabile.

Un velo di sudore dorato ne imperlava la superficie. Molto eleganti, pensò Celine.

– Io mi chiamo Celine, disse Celine.

– E io Mica.

Fu così che cominciò la sua amicizia con una creatura aliena.

Celine e Mica passarono il resto della giornata a parlare. Quando si stancarono di parlare, Mica le mostrò piccole costruzioni, giardini e selvaggi deserti di polvere di silicio o di diamanti. Il mattino seguente si incontrarono nuovamente e ripresero a parlare. Quelle conversazioni andarono avanti per diversi giorni. Era il paradiso della conversazione, pensava Celine. Se Mica tardava, l'aspettava con impazienza. Non aveva mai parlato con un interlocutore così astratto. Mica le insegnò a vestirsi alla maniera degli alieni e la iniziò ai segreti della proiezione. Certe volte le veniva facile, e indossava camicette e pantaloni tweed chiusi da fiocchetti in vita, o scamiciati con unicorni o motivi psichedelici. Poi c'erano giorni in cui non ne azzeccava una e andava in giro con la tuta o in pigiama. A un tratto però scoprì il modo per farsi dei pantaloni di taffetà viola o una maglietta aderente arancione con una gonna plissettata di organza, anche quella arancione. Il look giornaliero diventò un loro progetto. Entrambe amavano variare il proprio abbigliamento, disorientare tutti sulla luna, per cui quando si sentivano frivole proiettavano grande severità, o delicata leggerezza quando parlavano degli argomenti filosofici più oscuri. Tutte le volte che chiedeva a Mica se non avesse voglia di vedere qualcun altro, Mica le rispondeva che non c'era nessuno con cui desiderasse parlare più che con Celine.

Sarebbe stata un'amicizia, pensava Celine, se sulla luna fossero esistite le amicizie, cosa che probabilmente non era. L'effetto era spaventoso, ma anche eccitante.

Si ricordò di Montour e di ciò di cui avevano parlato in America con Catherine. Forse, pensò Celine, lui avrebbe riconosciuto una situazione come quella, e lei voleva essere all'altezza dei suoi ideali – non ostinarsi, non essere una cosa sola, ma lasciarsi abitare da qualcosa. E tuttavia, aveva ragione lui: era estremamente faticoso.

– Temo di avere ancora problemi di scala, disse Celine. – Una volta ho parlato con una cosa che...

Si interruppe. Riprovò.

– Voglio dire, ho provato altre volte a pensare a questo problema, disse.

– Capisco, disse Mica. – È molto disorientante. Ma per quanto i tuoi pensieri rimarranno ancorati alla terra?

Per un lungo momento sembrò che stesse riflettendo.

– Se vuoi ti faccio vedere una cosa, disse Mica.

Poi la portò in un un altro edificio che Celine non aveva notato perché era trasparente, ma all'interno le pareti sembravano compatte e rivestite da una sorta di rete opaca. Cambiavano colore a seconda dell'angolatura del sole. Una aveva una grande apertura quadrata, in modo da offrire sempre la vista sull'universo: tenero e sconfinato. Su un altro muro invece, con file di sedili trasparenti retroilluminati di un materiale chiaro e vaporoso, si potevano vedere piccole scene in movimento, come con uno zootropio. Erano tutte scene dalla terra, disse Mica. Celine riuscì a scorgere esploratori, battaglie, contadini addormentati nei frutteti, molti cani. Chiese a Mica che cosa fosse.

Tutto quello che succedeva sulla terra emigrava lassù, spiegò Mica, così come potevano emigrare dicerie o parole, come fossero semi. L'intera storia umana da sempre produceva piccole immagini e suoni, copie in piccolo, che volavano via e arrivavano quassù da loro.

C'erano lunghe scene di foreste, regioni selvagge e deserti, il semplice suono delle foglie che si muovevano con una sorta di fruscio, o il vento, o il muggito ovattato di un bisonte in lontananza. Ma Celine vide anche Marta, intenta a leggere e rileggere i messaggi che le aveva mandato, e poi Beaumarchais, moribondo, solo, con una caraffa di acqua vecchia accanto al letto. Si vedevano immagini di ogni parte del mondo. Nella foresta americana si riposavano dei grossi animali.

Più esperienze faceva e più Celine aveva la sensazione di essere sul limitare di una comprensione superiore, che le avrebbe permesso di vedere il suo pianeta con grande chiarezza e dettaglio, una comprensione più o meno come quella che potrebbe avere uno stampatore di una macchina da stampa – totale e affettuosamente precisa. Quella visione di attività a distanza che un tempo avrebbe potuto sembrarle inquietante o misteriosa, in quel luogo sembrava invece razionale e ovvia – una visione di cause ed effetti che si confondevano e prevalevano le une sugli altri, i libelli, le navi, i batteri, le parole e le immagini, tutto mescolato, liquido ed eccitante. Tutta la storia, compresa quella delle parole, si scopriva, in realtà era storia naturale.

Il giorno dopo tornarono in quella specie di cinema, e per parecchi giorni, più di una settimana, Celine rimase in quella sala seduta accanto a Mica su una comoda panchetta, a guardare gli eventi sulla terra.

11

Celine pensava continuamente alle sue conversazioni con Mica. L'intimità con un essere alieno per lei era ormai diventata familiare e quasi normale. La casa in cui viveva aveva diverse finestre e lei vi si sedeva davanti, lasciandosi accarezzare dagli aliti di vento. Ogni alito, capiva, aveva una sua personalità. C'erano venti giocosi e venti sobri, e venti che pensavano, in maniera perfettamente chiara e filosofica. Intanto, lontano lontano, la terra sorgeva verdina, poi svaniva.

Vivere con quella nuova prospettiva aveva qualcosa di assolutamente delizioso per Celine. Anche se, pensò, le mancavano i corpi. Sentiva la mancanza di un corpo solido e sudato addosso al suo. Ma forse era troppo all'antica da parte sua quel sentire la mancanza del desiderio, così come trovava all'antica quelle persone che volevano sapere chi era la donna e chi era l'uomo. Sembrava che quella relazione avesse distorto tutta la vita.

Era come se si stesse trasformando in un'aliena lei stessa, ed era un'idea piacevole e affascinante.

Poi una mattina Harper andò a trovarla, con Mica che lo seguiva mogia mogia.

– È vero? disse Harper.

– È vero cosa? disse Celine.

– Che guardavi la terra con Mica, disse Harper.

– Be', certo, disse Celine.

L'ira era come una nuvoletta attorno a Harper. Per un bel po', tutti tacquero.

– Non prendertela con Mica, disse Celine.

– Non me la prendo con Mica. Cioè, me la prendo moltissimo con Mica. Ma me la prendo soprattutto con te, disse Harper.

Non era tanto per le visite in segreto al cinema, disse Harper. Era cosa rappresentavano quelle visite. Celine aveva introdotto sulla luna una cosa terribile, proseguì Harper. Ovunque stava dilagando la tendenza ad appartarsi e alle amicizie chiuse, come un virus – leggevano a due a due o parlavano fra loro come non era mai successo prima, di progetti comuni e di piani e desideri per il futuro. E tutto era cominciato, disse Harper, quando Celine aveva sedotto Mica.

– Ma io non ho sedotto nessuno, disse Celine. – Non ho mai desiderato che succedesse niente di simile.

Harper fece una pausa. Loro capivano, disse poi. E tuttavia era ciò che stava accadendo, e molti abitanti della luna erano arrabbiati e sconsolati. Non si capiva che cosa volessero fare. Entrambi lasciarono che quella frase infelice aleggiasse nell'aria intorno a loro. Poi Harper si strinse nelle spalle e sparì.

Era orribile scoprire che anche lì c'era una società, pensò Celine, con le sue seccature e i suoi impicci. Capiva perché Harper era così arrabbiato. Nessuno doveva avere desideri, e certamente non sulla luna. D'altra parte lei non vedeva motivo di sentirsi in colpa per un sentimento che non aveva provocato intenzionalmente.

– Andiamo da qualche parte, la incalzò Mica.

Mica prese Celine per mano e salirono fino alla superficie di una duna lunare, da dove si vedevano il cielo immenso e tutte le sue stelle. Sembravano file di candelieri che si allontanavano all'infinito in ogni direzione. Poi all'improvviso Mica le prese la mano e si tuffarono giù dalla luna nello spazio viola.

– Ti prego, disse Celine.

Non era per niente facile fare una conversazione come quella che voleva fare lei fluttuando e piroettando dolcemente. Erano in una sorta di tasca o piega al di sopra della luna ma ancora nella sua atmosfera, per cui la gravità era molto debole e offriva una gradevole resistenza al nuoto in quell'oceano d'aria. E così per quanto la conversazione fosse strana e anche malinconica c'era sempre quella deliziosa nota buffa difficile da ignorare.

– Guardati attorno, disse Mica.

Era innegabilmente una vista bella e spettacolare, disse Celine. Non intendeva affatto mettere in discussione la bellezza dell'universo. Solo che non era quello che voleva lei. Non aveva nessun desiderio di un legame.

– Ti ho fatto vedere tutto, disse Mica.

– Ma io non te l'avevo chiesto! esclamò Celine.

Tutto a un tratto si sentì terribilmente stanca, anche se lì muoversi voleva dire quella nuova cosa, galleggiare senza alcuno sforzo. La stanchezza era dovuta a tutto ciò che stava accadendo fra loro e che era invisibile nonché molto più terribile della forza di gravità. Era quella necessità di spiegarsi agli altri, quando tu volevi solo qualcosa di molto prossimo alla solitudine. Alla fine, pensò Celine, non era mai facile quando qualcuno ti desiderava. Poco importava che fosse un essere alieno, un uomo o una donna. L'impresa era sempre cercare di capire in anticipo le regole o i princìpi che magari avevi violato senza saperlo, e forse aver accettato gli inviti di Mica e ora respingerli era in qualche maniera immorale o per lo meno poco civile, ma lei non poteva farci niente. C'erano tantissime leggi nell'universo che si rischiava di violare invisibilmente e silenziosamente, ma anche fatalmente.

– Non voglio amore, disse Celine.

– Che cos'è l'amore? chiese Mica.

– Ma così è impossibile! gridò Celine.

Poi però si rese conto che sapere ciò che si vuole è un potere meraviglioso, e se questo significa provocare sofferenza a qualcuno o anche la fine di un mondo, nessuno potrà dire che è colpa tua o che avresti dovuto negartelo.

Amava i suoi amici, ma amava anche qualcosa di più. C'era un valore per lei più grande del desiderio, qualcosa che aveva a che fare con le voci che sentiva, qualcosa che soltanto lì sulla luna le era diventato chiaro, e questo magari la rendeva meno gradevole ma era comunque vero. Lei non avrebbe fatto quello che volevano gli altri. Lei era la donna che se ne andava.

– Non ti voglio, disse Celine. – Mi piaci moltissimo ma non ti voglio.

– Perché non mi conosci, perché hai paura, disse Mica.

– Non è per quello, disse Celine. – Non voglio nessuno. Cioè, non voglio stare con nessuno. Che cosa c'è di tanto difficile da capire?

Mica stava piangendo e le sue lacrime erano piccole stille di gel che brillavano alla luce delle stelle sullo sfondo.

– Potresti portarmi con te, disse Mica, poi fece un gesto verso il cielo, là dove c'era la piccola terra nello spazio nero.

Celine non rispose. Per un po' fluttuarono dolcemente nell'atmosfera, fra capriole e brevi picchiate, e intanto Celine pensava alla terra, con le sue parti, le sue lingue, le uccisioni, i rapimenti e i soldi. Tutto a un tratto era ovvio che rimanere lì era impensabile. Non si sarebbe mai sentita a casa sulla luna.

– Sei meravigliosa, disse Celine. – Sei fantastica. Vorrei tanto poterlo fare.

– E allora perché no? disse Mica.

Celine fece un salto da delfino e prese posto delicatamente accanto a Mica, nell'enorme spazio.

– Perché laggiù tu moriresti, disse.

12

Celine tornò in fretta alla sua casa lunare nella notte blu. Una paura improvvisa le vibrò dentro. Lontano si muovevano delle luci e c'era movimento tutto attorno, le piante in subbuglio negli stagni. Aveva la netta sensazione che si stesse macchinando qualcosa contro di lei. Trovò rapidamente i suoi vecchi indumenti, in un primo momento faticando a raccapezzarsi, perché era passato un bel pezzo dall'ultima volta che si era vestita a quel modo. Quando ne venne a capo, pensò che aveva perduto del tempo prezioso: sentiva suoni nell'atmosfera, vibrazioni terribili che, immaginava, dovevano essere il modo in cui gli abitanti della luna chiamavano il pianeta alla rivolta contro di lei.

Arrancò nel buio in una serie di paesaggi da cartone animato. Quando finalmente raggiunse la sua navicella spaziale, la trovò bloccata da una specie di giungla cresciuta tutto attorno. C'erano migliaia di piante e di liane. E Celine restò lì, immobile, rendendosi conto di non avere la più pallida idea di come far partire il veicolo. I palloncini argentati avevano l'aria impolverata, fredda e vecchia. Lontano la terra girava pigra, e le nuvole erano fregi eleganti nella luce del crepuscolo. Cadeva una pioggia sottile.

Poi Celine ebbe un'idea, e l'idea era parlare.

– Aiutami, disse a un albero verde gocciolante.

Per un terribile momento ci fu il silenzio. Poi alla fine uno degli alberi rispose.

– Aiutarti? disse.

– Ti prego, aiutami, ripeté Celine.

– Ma come?

– Devo andarmene da questo pianeta, disse Celine. – Ti supplico.

Per un lungo istante nulla parlò più e lei ebbe paura che non succedesse niente. Le luci in lontananza cambiavano come piccoli bastoncini fluorescenti. Sembrava che si stessero avvicinando in un'orda che si ingrossava sempre più. Tutto era frenetico e fuori dall'ordinario. Poi poco a poco le piante cominciarono a strisciar via, finché la navicella spaziale non fu libera sulla radura sgombra.

– Grazie, disse lei.

Entrò nella navicella. Per qualche secondo rimase in balìa dei venti. Erano venti terribili. Non c'era altro che il suono del vento. Infine sentì un rumore come di qualcosa che grattava, poi qualcosa che scorreva e la navicella cominciò a sollevarsi traballando nell'atmosfera.

13

Celine continuò a guardare avanti mentre il veicolo procedeva nell'atmosfera torbida. Finalmente si decise ad abbassare lo sguardo. Era molto in alto. Le sembrava di vedere la superficie della luna compattarsi in un astratto candore, come se dopo la sua partenza stesse cercando di ricomporsi. Ma lei non aveva tempo di studiare la cosa più attentamente perché il veicolo con un sobbalzo uscì dall'atmosfera della luna e ora sfrecciava nelle tenebre.

Sembrava che fossero trascorse ore. Da qualche parte il sole illuminava il sistema solare. Lei intanto era tutta presa a cercare di capire in che direzione stava volando. A volte si ritrovava a testa in giù. Poi precipitava verticalmente verso la terra. Poi la terra scompariva di vista e Celine non sapeva da che parte cercarla, magari l'aveva completamente mancata e sarebbe scomparsa nel buio infinito. Per un bel pezzo ebbe la sensazione di essere statica, sospesa fra le stelle e gli altri pianeti, e cominciava a pensare che magari sarebbe rimasta lì, a galleggiare nello spazio fra la terra e la luna, o magari avrebbe continuato a fluttuare e sarebbe sparita oltre gli altri pianeti fino ai limiti del sistema solare nelle tenebre infinite, finché non sentì che stava scendendo bruscamente e scivolò nell'atmosfera terrestre, dove rallentò, sospesa leggera come un piccolo oggetto lasciato cadere in una ciotola piena di pastella.

A quel punto Celine scoppiò a piangere di sollievo.

Era tornata nel paesaggio che conosceva. Vide la casa di campagna di Izabela, la navicella virò, la sorvolò, poi seguì la strada che la riportava in città.

Cinque

1

Più o meno un anno dopo il viaggio sulla luna, Celine e Saratoga tornarono nella loro città. Ritrovarsi era stato complicato. Dopo l'America, Celine aveva inseguito messaggi da Londra ad Amsterdam, da Amsterdam a Ginevra, poi da Ginevra era tornata a Londra dove finalmente aveva trovato Saratoga. A lungo avevano vissuto in campagna, nel verde e nella pioggia inglese, ma adesso erano di nuovo lì e scoprivano che la loro città era ancora fantasticamente la stessa –, anche se ormai i genitori di Celine erano morti (il padre per una malattia cerebrale, la madre due settimane dopo in un incidente stradale), il sistema di governo era cambiato completamente un'altra volta e moltissime le persone con cui lei aveva avuto da discutere erano sparite o erano state cancellate, come Beaumarchais, Jacob e Sasha, e in special modo Marta, che si diceva avesse lasciato Milano e ora vivesse a Napoli o forse in Sicilia, e che compariva spesso nei sogni più dolorosi di Celine. Ma la gente mangiava ancora pancake per strada e lo chiamava con nomi speciali, come fosse stato appena inventato. E intanto i giovani discutevano di letteratura, la falsa letteratura e la vera letteratura, ed era rassicurante perché era lo stesso argomento di sempre, solo con personaggi diversi, che ora parlavano di ritorno all'ordine e di amore per il classico dopo la violenza e le purghe degli anni precedenti.

Faceva quasi ridere quanto fragile potesse essere un governo, una piccola macchina che si poteva accendere o spegnere in un attimo. La rivoluzione naturalmente pensava sempre che sarebbe stata duratura, che a suo tempo avrebbero fatto cose incredibili, ma perché fosse duratura bisognava convincere moltissime persone, e non solo fra di loro, ma anche le mogli, le fidanzate e specialmente i bambini, troppo piccoli per stare nella rivoluzione. Forse è questo che rende i profeti sofferenti e inquieti, non riuscire a fare le cose incredibili nei tempi che vorrebbero, non poter integrare la rivoluzione nel vivere quotidiano. Per poterlo fare, la rivoluzione dovrebbe diventare una faccenda domestica – condizione che i rivoluzionari di quella città avevano temuto sopra ogni cosa, perché l'ambito domestico era quello in cui c'erano le donne. E adesso non avevano più tempo.

Per Celine invece il tempo si era dilatato sempre più, come se fosse sul punto di fare una scoperta cruciale, così come l'aveva fatta sulla luna. Celine aveva provato ad andarsene e adesso era tornata – ma in realtà era sempre in partenza. Era questo che le aveva insegnato la luna, pensò Celine. Stava sempre andando via e dava l'idea di poter andare via sempre di più.

Con i soldi che aveva ereditato dopo la morte di Sasha, Celine aveva comperato due proprietà, per sé e per Saratoga. Era diventata molto precisa ed efficiente con il denaro. In città trovarono un appartamentino. In campagna invece comperarono la casa diroccata di Julia. L'edificio in sé era stato distrutto quando Julia e il marito erano finiti in carcere nella catastrofica stagione del terrore. Non restava altro che la terra incolta. Ora che Julia era riemersa al mondo l'aveva ceduta a Celine a un buon prezzo. Nei piani di Celine in parte doveva essere anche un regalo per Saratoga. Saratoga voleva mettere alla prova alcune sue idee sulla terra, i campi e le piante. Oltre che alle foreste, si interessava anche all'astronomia, e terrorizzava gli uomini che volevano portarsela a letto parlando di pianeti e di esplosioni di gas. Ma per Celine era anche un nuovo modo di vivere.

Cominciarono progettando una casa con foresta. Poi Celine si rese conto che la foresta era l'unica cosa che avevano a cuore. La nuova costruzione venne ridimensionata, qualcosa di simile a un monolocale – una piccola struttura di finestre, circondata dal verde. Saratoga aveva fatto amicizia con il direttore del National Garden, e lui la presentò a un commerciante che le diede piante mai viste prima in Europa, arrivate con Claude dalle isole nell'oceano. Il commerciante veniva tutti i mesi a vedere che cosa stava succedendo. Saratoga mescolava semi e piante a profusione e liberamente, ed era tutto molto eccitante, perché le sembrava che fosse la cosa più destrutturata del mondo.

Forse a darle quell'aria così futuribile era anche il fatto che in città il tempo pareva essersi fermato. Di quel passo fra poco sarebbero rimasti solo musei e negozi. Era come se il presente avesse subìto una dilatazione, pensava Celine andando in giro, per cui se una volta si usava dividere la storia in antica e moderna, ora la stessa divisione andava fatta anche per il presente: il presente antico, quello folle – e poi il presente futuro, quello subito dietro l'angolo. Una sera in città, Celine provò a fare un ordine da Balthazar scoprendo così che il locale aveva chiuso. Il personale che vi lavorava era sparito – compreso il direttore, con il suo taccuino pieno di segreti. Aveva chiuso e basta, dissero a Celine, e non avrebbe più riaperto.

2

Certe storie capitano per cause molto evidenti, ed erano quelle, pensava Celine, che in genere capitavano a lei. Altre però sbucano fuori dal nulla. E Napoleone era sbucato fuori dal nulla.

Adesso c'era Napoleone che comandava tutto, e per quanto sorprendente, sembrava che tutti fossero contenti di come era andata a finire, dopo tutta la follia e il sangue che c'era stato. Era un soldato e anche un dittatore, cosa che a molti pareva la soluzione migliore all'eterno problema del potere. In un famoso discorso, disse che nei suoi voleri quel regno sarebbe durato mille anni, e sembrava una cosa perfettamente plausibile. Come a tutti, uccidere continuava a piacergli, ma preferiva uccidere gente di altri paesi piuttosto che del suo. A quell'epoca la rivoluzione di Toussaint Louverture contro gli schiavisti e i proprietari delle piantagioni a Hispaniola si stava allargando. Il dittatore, nel frattempo, voleva sterminare Louverture e tutti i suoi compagni. Aveva piani di guerra nell'immediato in Europa, in Africa, in America e nel Pacifico. Sembrava che non ci fosse un posto che volesse lasciar fuori dal suo impero, per cui, fra l'altro, ora arrivavano notizie da ogni dove che bisognava decodificare, come se in ogni cervello ci fosse un modello del mondo in miniatura – vasto e incomprensibile.

Napoleone eclissava i progetti di chiunque altro. Bisognava fare cose sperando di incontrare la sua benevolenza e badando bene a non incorrere nella sua malevolenza, e le possibilità erano infinite, perché non era mai chiaro verso cosa avrebbe rivolto le sue passioni – la gente che andava a un evento sportivo nel crepuscolo rosa, i bambini che pattinavano sui laghi ghiacciati nel parco... Qualunque cosa poteva suscitare il suo interesse, o il suo fastidio, il che rendeva l'atmosfera piuttosto tesa.

Celine tuttavia riteneva di poter essere libera da quelle attenzioni, sebbene continuasse a essere ammantata da un alone di celebrità. Ormai era entrata nella quarantina, e questo significava non fare più parte della cultura, quell'avere sempre un'opinione, come se l'avessero tolta silenziosamente da lì, e questo era molto rilassante. In passato forse non l'avrebbe trovato rilassante, ma tragico e angosciante, invece ora che lo stava vivendo quella libertà di invecchiare le sembrava molto allettante. Era un po' il motivo per cui trovava tanto difficile scrivere un diario o un memoir: in un certo senso, quando diceva *io* non c'era niente. Poteva essere chiunque.

Celine era quella che se ne andava. Era una freccia che spariva in lontananza, e quel movimento le pareva bellissimo.

Naturalmente continuavano a capitare anche cose normali. Ogni tanto andava a letto con André, il giovane scrittore che aveva conosciuto in America, ma la distanza che sentiva fra lei e André era la stessa che sentiva fra lei e ciò che comunemente viene chiamato mondo. André non faceva che parlare delle sue macchinazioni planetarie, delle notti passate a scrivere bozze di sistemi legali nella palazzina di uffici fatta costruire da Napoleone sull'argine del fiume, o del progetto di vendere agli americani il territorio della Louisiana appena conquistato. Considerato che al dittatore servivano i dollari per finanziare le sue guerre imperiali, e all'America serviva la terra per espandersi contro i mohawk e i sioux, sembrava un affare fatto. Dopo tutto lui ci aveva vissuto, laggiù. Si rese conto che il commercio funzionava in modo molto più fluido e contorto di come avesse immaginato, proprio come contorti sono i fiumi, ma gli americani non coglievano i nessi e quindi ne sottovalutavano il potere. André continuava a credere in quella prospettiva internazionale, nonostante la paura per Napoleone e il suo sconfinato potere. Tanto per cominciare, il dittatore disapprovava la sua amicizia con Celine. Odiava tutte le donne, o quanto meno quelle intelligenti. E certamente una donna senza marito lo disturbava e gli dava sui nervi. Napoleone apprezzava le virtù domestiche.

Di tutto quell'intrigo a Celine non importava nulla. Una città, pensava, era un posto dove c'erano troppe menti al lavoro nel suo stesso spazio mentale, mentre André non riusciva ad allontanarsi dalla città per più di una giornata.

– Tu che cosa vorresti? gli chiese una volta.

– Be', sai, rispose André. – Vorrei essere felice. Vita, libertà, la ricerca di... la ricerca di...

Celine aveva tutt'altre preoccupazioni. Essere in contatto con la contemporaneità, pensava, non rientrava più fra i suoi desideri, e forse non era nemmeno possibile. Dentro di sé aveva una visione della luna.

3

– Ma perché ho cominciato questa storia con André? disse una sera Celine a Julia. – Che cosa mi è venuto in mente? Perché sono andata a letto con lui?

– Sei infelice, disse Julia.

– Sono infelice, disse Celine.

– Il giovanotto non ti piace?

– Ma certo che mi piace, disse Celine.

– Però però però, fece Julia.

Davano una festa nei pressi di Glove Park. C'era ancora un po' di luce. Fuori, tra le foglie ristagnava la foschia. Gli alberi secchi erano carichi di potenzialità.

Julia si era risposata: il terzo marito era un banchiere. A differenza del commissario, il secondo marito, questo non aveva alcun interesse per il figlio acquisito. Faceva riunioni settimanali con il dittatore per discutere i problemi del credito internazionale, perché il dittatore, più di tutto, aveva bisogno di soldi. A quel punto della vita, Julia era stata tutto: aristocratica, poi rivoluzionaria, poi controrivoluzionaria, poi democratica e ora talmente ricca da essere unica. Ai piedi aveva un paio di sandaletti e anelli di diamanti alle dita, per mettere in risalto le cicatrici lasciate dai denti dei topi durante la sua detenzione ai tempi del terrore. Il suo abbigliamento era semplicissimo, piccole tuniche di mussola che lasciavano scoperto il petto e le braccia e che in effetti avevano lo stesso colore della pelle, tanto che da lontano sembrava sempre che fosse nuda, i capelli raccolti all'indietro, come se fosse appena emersa da una nuotata nell'oceano. Era uno stile platealmente trionfante nella sua spavalderia, ma c'era qualcosa che disturbava Celine, un che di inautentico, e le venne da pensare che forse la cosa era dovuta al fatto che Julia aveva vissuto tutta la vita per gli uomini, poi però Celine si rimproverò – perché non si poteva giudicare una donna per il modo in cui cercava di sopravvivere. Era terribilmente faticoso non vedersi attraverso gli occhi altrui, e si rischiava di credere che se una donna la pensava in maniera diversa doveva essere stata imprigionata o subornata, ed era importante ricordarsi sempre di non guardare le altre donne dall'alto in basso, perché chi poteva sapere quali strategie segrete stavano perseguendo?

Forse, continuò Celine, era più corretto dire che si annoiava. Bastava pensare alla sua vita sessuale. André, disse Julia, le sembrava una persona dolce.

– Sì e no, disse Celine. – Non è questo il punto. C'è un'altra cosa: non trova mai il registro giusto. Tipo una sera che è tornato a casa come impazzito e mi ha detto di mettermi alla pecorina.

– Dobbiamo veramente parlarne? disse Julia.

– Sembrava che stesse recitando, disse Celine. – E recitare è una cosa veramente noiosa. Poi ha cercato di tirarmi su il vestito, ma era così goffo che ho dovuto fare da sola.

– Santa Maria, disse Julia.

– Hai presente quella sensazione? chiese Celine. – Quando stai scopando ma in realtà non ci sei, ti senti sola? Fai troppo caso ai rumori da fuori?

Le piante nella stanza respiravano, come piccoli polmoni.

– Insomma, tu che cosa vorresti? disse Julia. – Come vorresti vivere?

– Vorrei lasciarmi tutto quanto alle spalle, disse Celine.

Julia stava per rispondere, ma fu distratta da una discussione che si era accesa nella fila per il bagno. Un giovanotto che Celine non conosceva aveva aggredito Yves – il loro nemico mortale che ora faceva il ghostwriter e scriveva libri di memorie per i politici. Il giovanotto dava a Yves del boia e dello psicopatico.

– Ero un *avvocato*, disse Yves.

Il viso di Yves sembrava devastato dal terrore, o dall'età, che forse erano la stessa cosa. Ormai era completamente calvo con un effetto drastico sul suo aspetto.

– Tu eri nell'amministrazione! diceva il giovanotto. – Eri un ministro.

– Ho avuto quella posizione per un anno scarso, disse Yves. – Ero veramente un avvocato. Chi si ricorda cose del genere di così tanto tempo fa?

– Ma cazzo, è una cosa recente, gridò il giovane.

Guardare Yves era come compiere una lunga discesa nell'irrealtà, pensò Celine, fra elementi del tutto inconciliabili, eppure in quel momento si scopriva anche sorprendentemente ma innegabilmente dispiaciuta per Yves e al tempo stesso provava piacere nel vederlo umiliato e per la possibilità che su quel pianeta potesse esserci giustizia, pensando a tutte le persone che amava e che erano morte. Ed evidentemente a

Julia doveva essere successa la stessa cosa, perché mentre si allontanavano cominciò a raccontare a Celine di uno spettacolo benefico alla Comedy in onore di Josef, un ex impiegato della commissione per l'efficienza interna. Le parlava come se Celine lo conoscesse, ma lei non se lo ricordava. Prima lavorava per Hernandez, disse Julia, che ora sembrava improvvisamente esitante nel parlare. Quello incredibilmente piccolo, continuò. Qualcuno l'aveva visto di recente, disse, giù nei pressi dei canali. Celine chiese perché si tenesse un evento a favore di quell'impiegato. Perché ha salvato tantissima gente, disse Julia.

– Chi ha salvato? chiese Celine.

A volte nelle conversazioni ci sono momenti che a un tratto si dilatano, momenti collosi e come animati di vita propria, e in quell'attimo Celine e Julia si guardarono e Celine si accorse con stupore che Julia stava cercando di non mettersi a piangere. Prima che potessero continuare però, si avvicinò un uomo e le interruppe, senza badare troppo a chi interrompeva, perché ciò che voleva fare era presentarsi a Julia. In quel modo Celine ebbe un attimo per osservarlo e per un interminabile istante non riuscì a ricordare come mai lo conoscesse, sembrava un tipo riconoscibile e anonimo al tempo stesso, finché a un tratto capì che era l'ex capo dell'ufficio censura, l'uomo che aveva messo al bando e poi cantato le lodi dell'opera di Beaumarchais, e che sembrava tanto spaventato da Antoinette. In qualche modo era sopravvissuto, ed eccolo lì. Aveva l'aria sconvolta e vistosi tagli da rasatura sul collo tutto chiazze. Julia gli sorrise distrattamente per fargli capire che era impegnata con Celine e lui fece un passo indietro, come scusandosi, poi improvvisamente vide con chi stava parlando Julia, e lui e Celine si guardarono, sospesi, perfettamente immobili nella consapevolezza di quanto potesse essere difficile una conversazione adeguata al tempo trascorso, alla fugacità della loro relazione. E così se ne andò.

La cosa mise Celine a disagio, come se fosse successo qualcosa di terribile. Non vedeva quell'uomo da una decina d'anni, forse venti, ed era davvero sconcertante trovarlo lì, perché rappresentava qualcosa di molto marginale nella sua vita precedente, ma allo stesso tempo all'improvviso le riportava alla mente luoghi che non frequentava da molto tempo, piazzette, case, ponti sul fiume. Era orribile essere murati nel proprio passato!

In quel marasma, cercava una qualche forma di normalità, o di chiarezza.

– Non hai risposto alla mia domanda, disse Celine.

– Che domanda? chiese Julia.

– Chi ha salvato quell'impiegato.

– Ha salvato Beaumarchais, disse Julia. – Amava il teatro. Lavorava con Hernandez. E ha salvato anche te.

– In che senso? chiese Celine. – Credevo che fossi stata tu a salvarmi. Non te lo ricordi?

Era come se la storia fosse una sostanza che poteva colare dalle cose che avevi intorno. Bastava premere delicatamente qualsiasi superficie, pensava Celine, per farne sgorgare quel liquido terribile.

Ma, pensava Celine, anche lei sarebbe sparita dalla storia. Una freccia che spariva nel buio.

4

Si potrebbe credere che pensare al potere sia un'attività solo di certi momenti, come quelli in cui c'è un dittatore dappertutto, ma è possibilissimo che invece sia una cosa universale. È solo che a seconda delle circostanze si presenta in forme diverse e in maniera più o meno acuta. Mentre Celine stava cercando di comprendere la sua nuova condizione nella città che continuava ad amare, nell'oceano Tu era perplesso non meno di Celine. Eccolo lì, re di tutte quelle isole, e la sua fiducia in sé diminuiva di giorno in giorno. Si stava rendendo conto che conservare il potere in uno spazio così sovraffollato era molto difficile, di sicuro molto più di quanto avesse immaginato, e il mondo che voleva creare sembrava gli stesse evaporando fra le mani.

Ormai Tu aveva il controllo su molte isole che nelle sue speranze poco a poco avrebbero cominciato a pensarsi come un territorio unico. Con suo rammarico, il territorio continuava a essere diviso dalle vecchie concezioni, come se ogni isola fosse un posto a sé. Laddove la verità, voleva dire Tu, era che un posto poteva essere sé stesso e al medesimo tempo parte di un tutto più grande, o per essere più precisi, ambedue le cose in sequenza e con iterazione circolare. E per quanto teoricamente fosse possibile che la gente la pensasse così, alla fine c'erano troppe fazioni e camarille perché il suo ideale potesse diventare realtà. E intanto c'erano molti europei, del tutto estranei a quelle discussioni, che continuavano a tornare e desideravano potere per sé.

Tu pensava che la cosa giusta da fare fosse scrivere la costituzione di una federazione, ma la stesura di una costituzione richiedeva consultazioni e commissioni, e non sapeva se aveva le energie per tutta quella politica. Avrebbe fatto invece, pensò Tu, qualcosa di assoluto e unico. Avrebbe costruito un nuovo e gigantesco tempio.

Con i suoi consulenti progettò una costruzione straordinaria, con vari livelli nascosti, enorme. Poi però sorse il problema di dove erigerla. Sembrava che le persone avessero un sacco di amicizie e non poter accontentare tutti le faceva infuriare, e le discussioni su dove costruire il tempio diventavano sempre più stressanti. Era evidente che nessuno pensava davvero che fossero un popolo unico, o non nel senso in cui sperava Tu. Alla fine, ordinò che il tempio venisse costruito su un'isoletta da sempre disabitata. Una volta terminato, venne consacrato con una cerimonia segretissima. Da quel momento, le visite al vecchio tempio furono vietate. Il vecchio tempio venne divorato dalla vegetazione.

Ma i problemi incontrati da Tu nella costruzione del tempio non finirono lì. Il nuovo tempio non ebbe mai quella solennità che lui aveva auspicato. Era troppo *nuovo*, diceva la gente. Mancava qualcosa. Il vecchio tempio sembrava più interessante, e così poco a poco le persone ripresero segretamente a deporvi le proprie offerte, o piccoli feticci. Alla fine, Tu morì, tutti tornarono a venerare il vecchio tempio alla luce del sole, e nessuno andò più al tempio nuovo, che quindi finì per essere ricoperto dalla vegetazione, ignorato da tutti.

Poi comparvero piccoli templi ovunque, come una volta.

5

Celine si lasciò con André la sera stessa dello spettacolo in onore di Josef, il funzionario che aveva salvato tantissime persone. La serata aveva un tono isterico, come se tutti fossero preoccupati che un evento simile potesse diffondere troppe informazioni sul passato. A teatro Celine osservava il pubblico ed era come guardare un cimitero, pensò. Era tutto un gioco di strati. In superficie c'erano i vivi, ma sotto c'era la falda invisibile dei morti: sotto a tutti, i morti del regime precedente, poi gli analisti, i civili, i cospiratori rivoluzionari e alla fine i morti più recenti, quelli che avevano cercato di opporsi al colpo di stato. Incredibile quanto potessero invecchiare i morti. I morti invecchiavano molto in fretta. Eppure, ancora più incredibile della presenza dei morti era la presenza dei vivi – quelle sorprendenti file di sopravvissuti imprevedibili...

Il dittatore era nel palco imperiale, che era addobbato da un baldacchino di stoffa e borchie di api d'oro. Era seduto accanto alla moglie con aria annoiata.

Celine stava cercando un modo per dire ad André che voleva lasciarlo, ma André sembrava già provato e depresso. Adesso veniva fuori, disse, che Napoleone non lo voleva nella faccenda della Louisiana. Stava mandando avanti la cosa insieme a Rosen.

– Rosen? fece Celine. – Come il mio amico Rosen?

– Il mago della finanza, annuì André.

Rosen aveva conservato la fama di miglior finanziere d'Europa.

Be', disse Celine, sentendosi sempre più vecchia, di sicuro Rosen conosceva tutti. Si sentiva veramente a terra, disse André. Aveva creduto sul serio che quella fosse la sua grande occasione.

Poi arrivò Julia e Celine si girò verso di lei, perché aveva un grosso peso di cui doveva parlare.

– Non hai mai finito, fece Celine, – quello che mi stavi raccontando.

– Su che cosa? disse Julia.

– Su Josef, rispose Celine.
– A proposito di cosa?
– Di come mi ha salvato, disse Celine.
Lentamente, Julia si lasciò prendere dalla conversazione.
Tutto ruotava attorno alla lista, disse Julia. Prima di andare alla commissione per le esecuzioni, la lista veniva sottoposta alla commissione per l'efficienza interna, quella dove lavorava Josef dopo la morte di Hernandez. Ben presto cominciò a sentirsi schiacciato dai sensi di colpa. All'inizio introdusse deliberatamente qualche errore nelle schede, come nomi scritti in maniera sbagliata, di modo che l'avvocato potesse contestare un'errata identificazione del suo cliente. Il problema era che gli archivi crescevano molto rapidamente. Poi un giorno arrivarono le carte che condannavano Celine e Beaumarchais, tutti gli attori e gli studios – e Josef adorava i vecchi studios. Così elaborò un piano tanto fantastico quanto audace. Si fermava in ufficio fino a tardi aspettando che tutti se ne andassero a casa, poi appallottolava le carte dei condannati, le bagnava nell'acqua per ammorbidirle e renderle più compatte, e quindi le inghiottiva.
– Come, scusa? fece Celine.
– Proprio così: le inghiottiva, disse Julia
Prendeva quelle palline di cellulosa e inchiostro di seppia, disse Julia, e se le mangiava, come delle croquetas. Dopo qualche giorno però capì che stava troppo male. La carta da mangiare era troppa. Ora, disse Julia, Josef andava tutte le sere ai bagni pubblici vicino al fiume. E così gli venne un'idea. La sera seguente rifece tutto quanto, ammollò la carta nell'acqua, ma invece di mangiarsela si mise le palline bagnate nelle tasche. Al crepuscolo andò ai bagni pubblici e nel vapore che puzzava di sudore, sperma o chissà che altro inzuppò per bene la carta e poi la buttò dalla finestra di uno stanzino da bagno, che si affacciava direttamente sul fiume giallo. Ripeté l'operazione per giorni e giorni, disse Julia, facendo scomparire le schede prima che arrivassero alla commissione per le esecuzioni.
– Soltanto di recente, concluse Julia, – questa storia è stata riportata alla luce da un giornalista.

Prima che Celine potesse rispondere, Josef si alzò dalla sedia ringraziando per gli appalusi. Celine lo osservò con grande attenzione. Era incredibile che fosse stata salvata da quell'ometto, e a un tratto le tornò in mente la casa di Hernandez, un giardino e un ragazzino.

Josef iniziò un discorso dai toni altisonanti. In quel sanguinoso periodo, orribile al ricordo, disse, aveva avuto il piacere di salvare molte vittime dalla mannaia rivoluzionaria, a rischio della sua stessa vita. Fece una pausa per tossire. Ogni mattina, continuò, andava al lavoro in commissione. Ogni giorno timbrava fogli di carta e li archiviava, e il giorno dopo una persona veniva uccisa. Ovvio che non era come uccidere, non era assolutamente la stessa cosa: un timbro su un pezzo di carta, scritto da qualcuno, che autorizzava l'uccisione di qualcun altro da parte di una terza persona. Ma allo stesso tempo non era nemmeno così sicuro che non fosse la stessa cosa. E quindi aveva deciso che doveva agire. E come sarebbe stato bello, proseguì Josef, se la sua resistenza non avesse comportato la crudele necessità di mettere a rischio la vita, e non solo una volta, dei suoi colleghi di commissione. Doveva ammettere che, senza la loro coraggiosa umanità, tutti i suoi sforzi sarebbero stati vani. Chiudevano bonariamente gli occhi sui suoi furti, proseguì Josef, e il loro silenzio li accomunava nella gloria e nei pericoli delle sue imprese. Ma le tigri che avevano assaporato il sangue degli uomini, concluse, pur in preda alla paura e al sospetto, non erano sufficientemente vigili da diffidare di lui. Il suo aspetto trasandato e il suo fisico minuto gli davano un'aria semplice che ai loro occhi lo rendeva privo di interesse. Aveva osato restare umano in un'epoca in cui l'umanità era un crimine.

Ci fu una standing ovation della durata di quattordici minuti, capitanata dal dittatore.

Molto delicatamente, Celine ritirò la propria mano da quella di André.

– Dobbiamo lasciarci, gli disse.

6

Quella sera ci fu una cena dopo lo spettacolo, in una sala privata con vista sul parco scuro. La sala rifletteva alla perfezione il nuovo gusto orrendo e grandioso, tutto un luccichio dorato. Sulle pareti erano riprodotti geroglifici privi di senso.

Girava voce che Napoleone sarebbe venuto a bersi un bicchiere. Doveva passare a prendere il marito di Julia per discutere dell'ultima proposta di Rosen – degli innovativi derivati sul credito di sua invenzione – per contribuire a finanziare le campagne all'estero che il dittatore aveva in programma. La presenza imminente del dittatore rendeva il clima nervoso e le conversazioni molto veloci. Ma Celine faticava a concentrarsi. Nulla di tutto ciò le interessava più. Era come se stesse svanendo in dissolvenza, pensò, come se i colori della sua figura stessero scomparendo, così che lei c'era e non c'era nello stesso tempo.

André stava cercando di spiegare a Claude e Lorenzo la sua teoria sulla scrittura. Lorenzo era finalmente tornato dall'America, annoiato dalla vita intellettuale. Aveva ancora il pizzetto sul mento ed era sempre un bell'uomo, ma quelli che una volta erano muscoli si erano afflosciati in un bel po' di ciccia. Stava portando a termine un progetto segreto che non voleva condividere con nessuno. Il fondamento stesso della società, gli stava dicendo André, era costituito da una rete di narrazioni, e la storia che voleva raccontare lui avrebbe ricostruito quelle relazioni, dandogli forma. Lorenzo lo fissò. Quindi in fondo storia e fantascienza erano la stessa cosa, disse. No, non era quello che voleva dire, rispose André.

Intanto Julia si stava lagnando con Celine di un nuovo libro di memorie scritto da Claude – in cui si addentrava in pedanti particolari sulle sue battaglie intellettuali con scienziati morti da tempo.

– Che senso ha, disse, – buttare lì dei nomi *se nessuno li ha mai sentiti*?

Celine capiva come si sentiva Julia. Molti pubblicavano memorie della vita precedente. L'ex moglie di Hernandez aveva appena fatto uscire un memoir scritto da lui e una selezione delle sue lettere. Lettere che aveva scritto prima della rivoluzione, per cui si parlava di morti in toni osceni, lascivi, irridenti e naturalmente veri. Non erano state riscritte, così come si poteva riscrivere la storia, per rispetto al loro destino.

– Di che cosa stanno parlando? chiese André a Lorenzo, guardando verso Celine.

Era sconvolto dal dolore.

– Del passato, disse Lorenzo.

E lui era largamente d'accordo con loro, disse Lorenzo. Non bisognerebbe mai avere un atteggiamento reverenziale nei confronti del passato. Era come, aggiunse Lorenzo, quelle vecchie riviste che aveva trovato recentemente in uno scatolone. Stava proprio scrivendo una cosa sul passato, disse, il suo primo e forse unico libro, e così si era ricordato di avere quelle riviste e si era messo a leggerle. Ne era rimasto parecchio turbato, disse. Tutte le discussioni che facevano fra loro, o con le persone che disprezzavano, sembravano così limitate. Non ricordava di quali libri discutessero, e quand'anche se ne fosse ricordato non capiva perché mai ritenessero quei libri così importanti da doverne discutere. Gli aveva fatto capire, disse Lorenzo ad André, che le persone più intelligenti mai conosciute non avevano prodotto nient'altro che conversazioni.

– E le opere? esclamò André.

– L'atmosfera, rispose Lorenzo, – conta molto più di qualsiasi opera.

Poi Celine vide Josef alzarsi dal suo posto per andare via. Era molto presto e lei non se lo aspettava, ma stava dicendo che era molto stanco. E Celine tutto a un tratto si rese conto che doveva assolutamente ringraziarlo, per poco che fosse, spiegargli di aver saputo solo ora che era stato il suo coraggio a consentirle di fuggire. Lo raggiunse sulla porta. Era pronta a fare qualunque cosa per lui, gli disse. Rimasero immobili a guardarsi negli occhi. C'erano tanti momenti nella vita in cui la conversazione era impossibile, e quello era uno. Dopo un attimo, Josef provò a dire qualcosa. Si era limitato a fare quello che avrebbe fatto chiunque altro, disse. Era stato un piacere, disse, semplicemente un piacere.

Entrò un tassista a dire che era arrivato – e Josef sparì per sempre, nella notte assoluta.

Celine restò lì a lungo, a fissare la strada vuota. Fu interrotta dal trambusto attorno a un gruppo di persone che venivano a cena tardi. Erano il dittatore e sua moglie, e alle loro spalle, magicamente, Celine vide la figura fantastica di Marta.

7

Celine la fissò. Non avrebbe saputo dire quanto tempo era passato dall'ultima volta che l'aveva vista. La sua presenza lì sembrava perfettamente normale, ma al contempo era anche un'apparizione spettrale e inquietante.

– Non sapevo nemmeno che fossi in città, disse Celine.

– Be', sono tornata, disse Marta.

Aveva gli occhi che sorridevano felici ed era bella. Celine stava per abbracciarla e portarla in qualche angolino dove parlare lontano dagli sguardi altrui, ma all'improvviso il dittatore e sua moglie si presentarono e Marta si allontanò.

Napoleone era piccolo e mingherlino, con due polsi sottili. Era così minuto che quando parlava muoveva tutta quanta la faccia. Voleva parlare con lei, disse, visto che stavano per diventare vicini di casa. In città? chiese lei. No, naturalmente no, rispose lui. Stavano per diventare vicini di casa in campagna. Aveva appena comprato una casa molto vicino alla sua. Sperava di non doversene pentire, aggiunse. André gli aveva detto che andava a trovarla gente da tutte le parti, comprese persone che non lo amavano.

Sembrava a disagio e irritabile.

Non era propriamente una casa, disse lei, quella che aveva in campagna. Era più che altro una foresta. E non ci andava quasi nessuno. Lo sapevano tutti, disse lui. Aveva sentito dire che ciò che lei stava facendo con la sua terra era folle.

– Non vi piace la follia? chiese lei.

– A noi non piace, disse Napoleone.

– A *lui* non piace, disse la moglie.

– Abbiamo modi di vedere diversi, disse il dittatore.

Era evidente che voleva sentirle dire qualcosa di più servile. Il dittatore detestava le donne e amava l'ordine, e quindi una donna che dava vita a un posto totalmente selvaggio, nel caso specifico un posto che si trovava nelle vicinanze di un altro posto appartenente a lui, doveva essere una cosa che lo infastidiva tantissimo. Ma oltre a ciò nel suo tono di voce sembrava esserci una sorta di malevolenza su cui Celine si sarebbe soffermata di più, quell'isteria nei confronti degli stranieri e delle critiche, se non fosse stata in pensiero per la presenza assente di Marta, e comunque più o meno indifferente alle volontà del potere.

– Ne riparleremo, disse il dittatore.

Poi Napoleone si allontanò per parlare con il marito di Julia e la moglie lo seguì prima che Celine potesse dirle una parola. Si guardò ansiosamente intorno in cerca di Marta ma non riuscendo a vederla, andò a cercare Julia per chiederle dov'era finita Marta. Era appena andata via, disse Julia. Aveva detto che magari sarebbe tornata più tardi, ma non ne era sicura.

Di colpo fu come una festa dei vecchi tempi.

– Non è incredibile? disse Julia. – Voglio dire, non è incredibile che siamo ancora tutti qui?

E Celine annuì, anche se a un tratto si rendeva conto che non era affatto facile definire che cosa volesse dire essere *qui*.

8

Nell'atmosfera del dittatore a quanto pareva nessuno sapeva bene come muoversi, quasi che ormai ogni azione fosse avvolta dall'incertezza o aumentasse la confusione. Poteva spostarsi liberamente dove voleva, non solo in città ma anche da una parte all'altra dei continenti e sugli oceani. Il quadro complessivo era sinistro. In America, Louis Cook aveva i suoi problemi a pensare alle ultime mosse rimaste, sapendo che il suo pensiero era annebbiato da quell'ulteriore forza esterna che, per quanto invisibile, distorceva tutto, proprio come un magnete o altre forze distorcono cose che non possono vederlo.

C'erano nuovi virus ovunque. Alcuni accampamenti erano completamente deserti, o al massimo c'era un'unica abitazione, con dentro una o due persone, pallide e vaneggianti. Quanto a Louis, era quasi irriconoscibile a causa della malattia epatica e forse di un cancro alla gola. Insisteva tuttavia a leggere la posta. Quella mattina la posta era una lettera e un giornale. La lettera veniva da un commerciante giù al Sud, che chiedeva se poteva andare a trovarlo. Aveva sentito dire che la gente di Louis Cook era stata trattata malissimo dagli americani, e voleva proporre un possibile accordo. Forse si poteva istituire un avamposto commerciale o un deposito, per ridurre il potere di Bisonte Nero e degli altri capi lakota. Louis, pensava, poteva forse trovare interessante sapere che la terra a sud stava per essere venduta agli americani. O questo almeno era ciò che gli era stato...

Louis buttò via la lettera.

Era un periodo in cui i morti apparivano spesso a Louis. La cosa impressionante era che gli si presentavano con l'aspetto che avevano nel momento del trapasso. Sovente era Montour, il suo vecchio interprete. Ma ultimamente anche Washington, con il suo eczema e quella pancia terribile. C'erano talmente tanti collegamenti in una vita ed era incredibile scoprire quanto si potesse diventare indifferenti a tutti, dal primo all'ultimo, via via che il tempo li relegava nel passato!

Si dedicò al giornale. Anche i giornali parlavano del possibile accordo tra francesi e americani. Sembrava che gli americani stessero espandendo il loro territorio dove più gli aggradava. O per lo meno quelli erano i loro piani.

Tutti intorno a Louis pensavano che il tempo per gli accordi era finito. Stavano prendendo decisioni senza di lui.

Louis mise mano a un quaderno nuovo. Scriveva sempre più sui quaderni, dato che parlare gli era diventato difficoltoso. Credeva nei valori dell'amicizia, scrisse. Credeva che si dovesse organizzare un grande raduno da qualche parte, i mohawk e i lakota e i tanti altri popoli. Voleva parlare a Bisonte Nero e a tutti i loro alleati, e arrivare a un punto fermo.

Dovevano pensare alla mappa dei laghi e dei grandi fiumi. Erano tutte terre ancora in loro possesso, disse. Il loro problema era che erano isolati gli uni dagli altri. Non vedeva motivo perché il futuro dovesse essere apocalisse e tenebre. Serviva solo una soluzione diversa.

Scrivere tutto ciò fu una gran fatica. Cercò di ricordare l'ortografia della parola *soluzione*, ma non ci riuscì. Si alzò, andò fuori e vomitò in un secchio.

9

Vivere nel complesso era una gran fatica, ma ora c'era un nuovo elemento nel novero delle forze con cui poteva interagire, pensava Celine, che era la presenza di Marta, o l'amicizia – e questo portava una confusa eccitazione nei suoi pensieri, calda e dorata come la luce di una lampadina. Le era capitato spesso di sognare Marta, ma adesso cominciò a sognarla tutte le notti. In quei sogni non parlavano di sé o di ciò che era successo nel passato, ma di piccole cose: la gente simpatica, la gente che detestavano. Ogni mattina pensava di scriverle, poi esitava. Non sapeva come scrivere a Marta, perché non voleva che nascessero malintesi. Non voleva una replica del rapporto che avevano avuto da giovani. Però Marta le mancava. Ma d'altra parte aveva paura di essere respinta, e i giorni trascorsi senza due righe da Marta erano infelici e snervanti.

Era terribile essere di nuovo in quella condizione, sempre lì a interpretare i minimi fremiti nel modo di comunicare. Ma i giorni passavano e da Marta non arrivava niente.

Ricevette invece un biglietto da Claude, un breve paragrafo: da quando l'aveva vista l'altra sera a cena continuava a pensare a lei, e a volte gli tornavano in mente ricordi precisi della loro amicizia, ricordi felici. Qualcosa di inestimabile! diceva. E voleva raccontarglielo. Oppure quella sera che Celine era andata a bere con un avvocato russo in esilio, in un nuovo locale giù vicino alla fabbrica di matite. Il tipo aveva buttato lì che sua moglie non aveva idea di dove si trovasse in quel momento. E lei si ricordò che per lungo tempo, quando un uomo le diceva così, aveva creduto di essere la depositaria della verità, a differenza della moglie, mentre ora sapeva che le cose stavano diversamente. In realtà spesso la moglie di un uomo era a conoscenza di tutto. E se un uomo mentiva alla moglie, quasi sempre voleva dire che mentiva anche a te.

Si era lasciata il desiderio alle spalle. La città era un deserto. Ma forse l'amicizia era più interessante del desiderio e adesso in città c'era Marta – se Marta voleva farsi trovare.

10

Un mese dopo che Celine e Marta si erano riviste, Lorenzo pubblicò il libro che stava scrivendo da quando era tornato in città, il suo primo e unico libro, una sorta di memoir del recente passato sotto forma di galleria di ritratti – non di eroi e protagonisti celebri ma di piccoli apparatchik e fedeli sostenitori. Era tutto vero e allo stesso tempo completamente inventato. Nomi veri trasportati in situazioni improbabili. Personaggi di fantasia che compivano azioni accadute realmente. Era una cosa diversissima da tutto quello che aveva scritto fino ad allora e venne immediatamente tradotto in numerose città europee. In breve tempo, Lorenzo cominciò a essere odiato in città. Un po' per via della fama internazionale, ma anche per l'umorismo e l'insistita ironia del libro. Tutti volevano il potere ed erano convinti di essere al centro delle cose. Ed ecco arrivare il libro di Lorenzo, che nel loro impero e nel loro potere sembrava non trovarci proprio niente di interessante.

Non fu dunque una sorpresa che ben presto cominciassero a circolare voci secondo cui molti brani erano copiati da altri scrittori – fino a che da ultimo il presidente dell'Associazione degli scrittori scrisse un lungo saggio elencando cinquantasette presunti esempi di plagio e bacchettando Lorenzo per i suoi errori stilistici e intellettuali. Il saggio si chiudeva definendo Lorenzo una rarità etnografica. La sorpresa fu invece che Lorenzo rispose pubblicando a sua volta un testo feroce e quindi coraggioso, dedicato ad attaccare i suoi accusatori.

Fu solo allora che Marta scrisse un messaggio a Celine, chiedendole se l'avesse visto – quasi che sopra di loro aleggiasse ancora un piccolo spirito dorato, lo spirito della resistenza.

A farle riavvicinare era stata una cosa decisamente di altri tempi, come l'ego di Lorenzo.

Le accuse contro di lui, scrisse grandiosamente Lorenzo nella propria difesa, erano un tentativo di liquidare il libro e lo scrittore e testimoniavano un profondo scadimento di gusto. I suoi critici, scriveva Lorenzo, esibivano un'ignoranza militante. Lo avevano definito una *rarità etnografica*. Era chiaramente un modo per dire che era un ebreo, o quanto meno uno straniero, e lui li ringraziava di quell'insulto razzista, perché dimostrava in maniera molto semplice come il vero problema fosse il nazionalismo. E su qualsiasi cosa la visione nazionalista, continuava Lorenzo, era la logica conseguenza di quella sorta di instabilità mentale, irrazionale, paranoica, che vedeva fantasmi dappertutto. Lui invece, aggiungeva Lorenzo, auspicava un modello di pensiero diverso, in cui tutte le zone di influenza agissero e reagissero costantemente le une con le altre come in una specie di esperimento chimico – una rete di relazioni in cui non ci fosse nulla di simile a confini o definizioni.

Il giorno seguente, il presidente dell'Associazione degli scrittori querelò Lorenzo per diffamazione a causa della frase *ignoranza militante*.

Il processo si svolse in uno dei nuovi palazzi di giustizia costruiti ai margini della città, vicino ai quartieri sportivi. Tutti si aspettavano che Lorenzo venisse ucciso. Celine e Marta, le ultime amiche che gli erano rimaste, si sedettero pubblicamente di fianco a lui. Invece il processo durò appena due giorni, perché le prove rilevanti erano pochissime. Il giudice chiuse il caso con una sentenza che lesse in non più di sette minuti, e Lorenzo poté andarsene via libero.

Per Lorenzo seguì un mese di festeggiamenti, mentre si continuavano a scrivere altri articoli contro di lui, come se molti autori di regime non riuscissero a credere che un'istituzione quale un tribunale risultasse impermeabile alle loro opinioni, e anche di come miracolosamente Lorenzo riuscisse a tirar dritto senza curarsi delle loro accuse.

E in quella lunga festa di Lorenzo, Celine e Marta ricominciarono a vedersi, sempre con il piccolo spirito dorato della resistenza accanto – e potevano farlo perché adesso c'era quest'altro motivo, prendersi cura di Lorenzo, a nascondere i loro pensieri come una coperta. E così le loro due anime potevano comunicare segretamente senza alcun imbarazzo o disagio.

Lorenzo si godeva quella tardiva notorietà. Era troppo vecchio per dare peso agli altri, diceva. E anzi era stata proprio Celine a fargliela capire, disse. A fargli capire cosa? chiese lei. Che era impossibile dare peso alle opinioni altrui, disse Lorenzo. Perché nessuno conosceva nessuno. E questo voleva dire che nulla di ciò che pensavano gli altri poteva mai ferirti.

Il mondo era tutto un mistero, convenne Marta.

– Ma ve l'ho mai raccontata questa storia? disse Lorenzo. – Una sera esco dal casinò per cercare una ragazza di cui ero innamorato. Parlo di molto tempo fa, quando mi ero trasferito dalla provincia a Venezia.

– Venezia *è* provincia, disse Celine.

– *Tutto* è provincia, ribatté Lorenzo. – Era buio pesto, e presi la gondola sbagliata. Dentro c'era una ragazza di Torino. Il padre si era risposato e la matrigna voleva darla in sposa a un anziano miliardario. Poiché la ragazza si rifiutava, la matrigna la fece rinchiudere. Ma lei in qualche modo riuscì a convincere un assistente a liberarla e a portarla clandestinamente a Venezia. Era appena arrivata. E a quel punto aveva incontrato me.

– E dopo che cos'è successo? chiese Celine.

– Oh, niente, disse Lorenzo. – Ero innamorato di un'altra. Ma in realtà fu una cosa molto triste. Nel viaggio verso Venezia, la ragazza aveva finito per perdere tutti i suoi soldi. Non le restava niente. Mi supplicò di procurarle un po' di denaro. E quella notte, mentre cercavo di pensare a un modo per aiutarla, se la portò via la polizia. Non ne ho più saputo niente.

– Quand'è stato, questo? chiese Celine.
– Non me lo chiedere, disse Lorenzo. – Ogni volta che mi metto a rivangare le date succedono cose terrificanti.
Lorenzo si accese un'altra sigaretta.
– Perché ti stavo raccontando questa storia? disse.
– Nessuno conosce nessuno, disse Marta. – Siamo tutti un mistero.
– Ah sì, certo, aggiunse Lorenzo, – ma non è che non lo sapeste già prima.
Poi si alzò e andò a vomitare nel bagno.
Tutto ciò era anche vero, disse Celine a Marta guardandolo mentre spariva tra la gente, ma comunque sarebbe bello conoscere *qualcuno*, dopo tutto.
– Conosci me, disse Marta.
Per un istante fu come se tutto il rumore si fosse concentrato in un unico punto.
– Vuoi vedere il giardino che fa tanto infuriare il nostro dittatore? disse Celine. – Cioè, per la verità è più che altro una foresta. Vuoi vedere la nostra foresta?
Il giorno dopo presero una macchina, uscirono dalla città e andarono in campagna.

11

Il giardino che Celine e Saratoga avevano costruito in realtà non era affatto un giardino, casomai una sequenza di confusioni. C'era il loro studio, o padiglione. E attorno una struttura sempre più intricata che non era interamente opera loro. L'avevano pensato come un luogo di sperimentazione totale e folle ibridazione, una serie di verdi esplosioni. Era tutto un gioco di effetti lenti e differiti, come se progettare la costruzione di un paesaggio richiedesse coreografie che andavano al di là delle forme solite: mesi, stagioni e anni. C'erano le rose, l'alloro, l'eucalipto. Era un esercizio di trapianti e traslazioni. Gli amici americani le avevano mandato altri semi ancora. Claude l'aveva anche messa a parte delle più recenti attività esplorative, e quindi al momento stavano provando le casse di semi arrivate dal porto, insieme a vasetti di piante vive. Si dilettavano sempre più a prendere tutto ciò che era esotico e a farlo crescere lì, come le arruffate lamine piatte del lino neozelandese. C'erano boschetti, foreste e ruscelli, poi zone recintate con panchine o cartelli dipinti a inchiostro da Saratoga. Quando qualcuno andava a trovarle, Saratoga disegnava mappe o cartine per aiutarli a capire dove si trovavano se giravano per conto loro. Ma chiunque poteva godere della natura, senza nessun invito, così com'era tanti anni prima – camminare, girovagare o raccogliere funghi o frutti selvatici. Ambedue pensavano bello creare un posto che si potesse abitare in modi differenti.

In tutto ciò che faceva, Saratoga voleva essere moderna. Celine la osservava con amore e ammirazione. Saratoga era elettrizzata da un articolo appena pubblicato in cui si dimostrava che le gigantesche ossa americane un tempo presenti nella collezione dell'ex marito di Marta non erano, come pensavano tutti, ossa di elefante, ma erano diverse dalle ossa di elefante almeno quanto un cane è diverso da uno sciacallo o da una iena. Sembravano le ossa di un animale gigantesco che per molti aspetti assomigliava a un elefante ma per molti altri no. E questo naturalmente era la prova che molto tempo prima c'erano animali della cui esistenza l'attuale popolazione vivente era totalmente all'oscuro, e che a un certo punto della storia erano scomparsi. Dimostrava che qualcosa poteva finire per sempre, disse Saratoga, e quello per lei era un pensiero eccitante.

– Ma perché? chiese Celine.

– Perché cosa? chiese Saratoga.

– Be', voglio dire, non la trovi un'idea inquietante?

– Neanche un po', rispose Saratoga.

Oppure era il modo in cui la gente parlava di Manhattan, aggiunse, come se questo rendesse tutto chiaro a Celine. Uno dei progetti era costruire la città come una griglia di isolati, disse. Celine le fece la domanda che le pareva scontata, e cioè chi mai potesse aver voglia di vivere in una griglia. Ma per Saratoga la domanda non era affatto scontata. A lei sembrava bella, quell'idea di grandezza, disse. Non c'era niente di peggio che conservare il passato per sempre. E comunque, proseguì Saratoga, lei non stava dicendo che bisognava buttare giù tutto. Non c'era motivo perché il nuovo non potesse coesistere accanto all'antico. Forse tensione e contraddizione erano gli elementi di una nuova qualità, non il rifiuto di tutte le altre qualità. E se lo si poteva fare in una città, lo si poteva fare anche in una foresta.

Celine era estasiata da quanto era giovane e nuova. La fiducia che riponeva nel futuro era molto affascinante.

Con Marta invece stava succedendo qualcos'altro. All'inizio appena arrivate stavano tanto in casa quanto all'aperto, a leggere libri. O per la precisione Marta leggeva a voce alta e Celine l'ascoltava. Tendenzialmente prendevano tutto quello che trovavano, come i libri di biologia o di astronomia di Saratoga. La terra era uno dei pianeti, lessero in un libro di testo, uno dei tanti pianeti sospesi in un'infinita massa di aria. Poi abbandonarono l'astronomia per la narrativa. Sceglievano storie di avventura, di fantasia. Parlavano di viaggi in paesi lontani e specialmente su altri pianeti, per esempio di un uomo che riusciva a raggiungere la luna.

Riguardo alla luna, Celine restò in silenzio. Forse non avrebbe mai detto a nessuno ciò che aveva visto sulla luna. La luna era la sua intimità.

Marta si era fissata sugli esseri alieni che venivano descritti in quel viaggio. Come fa una persona a riconoscere una creatura aliena, se mai ne vedesse una? Pensa all'ippogrifo. Tu lo riconosceresti un ippogrifo che ti viene incontro trotterellando?

– Più o meno ho capito, disse Celine. – Tu stai dicendo: se in questo momento su questo pianeta c'è una creatura aliena, potrebbe benissimo essere un albero? O per lo meno sembrare un albero ai nostri occhi?

– Pressappoco, disse Marta. – Non ne sono sicurissima.

Leggevano libri e poi ne parlavano perché cercavano di evitare ogni conversazione che non avesse un oggetto chiaramente definito – e quindi rischiava facilmente di diventare una conversazione su di loro. Erano state lontane per un tempo lungo, ed è sempre difficile tornare da qualcuno che abbiamo amato, soprattutto se abbiamo vissuto vite diverse e se non sappiamo nemmeno definire esattamente quello che abbiamo vissuto senza l'altro. Per il momento, semplicemente stavano una accanto all'altra, scoprendo che era molto più piacevole che essere separate – per quanto inaspettato fosse, non soltanto costruire insieme quella nuova vita, ma anche essersi ritrovate. Sembrava così inconsueto ritrovare una persona. Era molto più comune perdersi per sempre.

Poi poco a poco cominciarono a passare sempre più tempo all'aperto. Uscivano con Saratoga, nel crepuscolo verde. Poi, mentre lei lavorava ai suoi progetti o andava in città, esploravano la foresta per conto loro.

Certe cose forse non le avrebbe capite mai, disse Marta – per esempio che quel posto fosse lo stesso che lei ricordava da molti anni prima, quando ci erano arrivate con Julia, ma anche un posto completamente nuovo. Forse dipendeva dal fatto che ora tutto sembrava diverso: il fuoco aveva fatto grandi devastazioni, e tanto era stato ripiantato o ridistribuito.

Il loro progetto era creare uno spazio selvatico di mistero, disse Celine. Come un mondo. A Saratoga piaceva proprio per quello, pensava lei, perché era selvatico e folle. Lei invece aveva un'altra ragione personale, disse. Era qualcosa che avrebbe continuato a vivere in futuro, dopo la morte di Celine. E questo sarebbe successo perché era un mistero.

Intorno a loro le api ronzavano ammassandosi in tanti nugoli.

E in più, aggiunse Marta, ora aveva anche il valore aggiunto di essere odiato dal dittatore.

12

Il paesaggio che li circondava era tutto radure, segherie, vuota devastazione. La nuova dittatura incoraggiava la proprietà privata sopra ogni altra cosa. Era un'epoca di guerra e di tanti soldi, per cui stavano smantellando tutte le residue leggi di tutela delle foreste, quelle per cui un tempo Jacob e i loro amici si erano battuti. Chiunque possedesse una foresta la spianava con le ruspe per fare soldi. Ciò provocava inondazioni improvvise e pestilenze fra le capre.

Saratoga pensava che uno dei modi per resistere fosse mettersi a coltivare la terra e piantare alberi. Scambiava messaggi continuamente con il suo agente in città per avere corrette indicazioni sulla semina. Si era sempre dato per scontato che le piante crescessero bene vicino a piante simili, ma Saratoga cominciava a chiedersi se fosse proprio così. Il principio delle foreste era la varietà e l'abbondanza, e lei si domandava se valesse lo stesso anche per l'altra vegetazione. Si immaginava un proliferare di differenze, minuscole intensità di dettagli. Ma per verificarlo, serviva più terra.

Si scoprì che Marta aveva il piglio deciso di una manager. Osservava i confini dei loro terreni, pensando ai prossimi acquisti. In fin dei conti, si stavano svendendo pascoli e campi ovunque, e Marta andava in giro a comprare tutto quello che poteva. Un giorno arrivò con una proposta. C'era una casa di proprietà di una famiglia finita sul lastrico. Il marasma dell'ultimo decennio li aveva ridotti in rovina. Tutto attorno, c'era quanto restava di un giardino molto formale. Ma la ragione per cui voleva comprarla, disse Marta, era per la sorgente d'acqua, un ruscello che nasceva sul limitare della tenuta – potevano usarlo per qualche folle creazione con l'acqua, oltre che per produrre l'energia necessaria alla loro improvvisata tecnologia forestale.

L'unico problema, aggiunse Marta, era che si trovava proprio accanto alla casa che Napoleone aveva acquistato insieme alla moglie. C'erano uomini della sicurezza ovunque, lunghe file di veicoli parcheggiati con dentro i guidatori che dormivano.

– E perché mai questo ci dovrebbe riguardare? disse Saratoga.

Una settimana dopo firmarono il contratto.

Di lì a qualche giorno, un membro delle forze di polizia locali andò a controllare la loro rete fognaria. Era inusuale ma forse non del tutto privo di logica. Poi dopo altri due giorni arrivò un ispettore forestale a esaminare il loro sistema di deterrenza alla caccia di frodo. Seguirono a ruota i collezionisti di permessi, le ispezioni della commissione provenienza, e da ultimo i funzionari sanitari, che verificarono la qualità dell'acqua. Poi cominciarono le violenze armate.

13

Un giorno Celine e Marta erano andate a camminare nella foresta, immerse nella loro conversazione infinita.

– Non ha senso, diceva Marta. – Perché Napoleone ce l'ha tanto con i giardini? Perché ce l'ha tanto con *questo* giardino? Voglio dire: perché proprio tu?

– Non ha senso, ma lui è fatto così, disse Celine.

– È proprio arcaico, disse Marta, – il suo modo di pensare. Chi lo vuole il decoro in campagna? Sembra che gli piacciano cose vecchie. Quando in realtà la campagna è supercontemporanea.

Celine trovava la conversazione con Marta così sensuale e fluida che le venne voglia di fare quello che non aveva mai fatto. Si fermò, e si fermò anche Marta. Quindi Celine indicò il folto degli alberi con un gesto ampio.

– Posso... voglio dirti una cosa, disse.

– Di' pure, fece Marta.

Celine fissò gli alberi per qualche istante in cerca di aiuto.

– Alle volte mi parlano, disse. – Lo so, è una cosa folle.

– Ti parlano, chi? chiese Marta.

– Ho delle visioni, disse Celine. – Come se la foresta parlasse.

Marta ci pensò su per un po'.

– Non mi sembra una cosa folle, disse.

Celine stava per continuare quando furono interrotte da una scena violenta: una sorta di segnale o di feroce messaggio del dittatore. Un uomo riverso sulla strada, con un braccio a un angolo terribile rispetto al resto del corpo.

Si chinarono su di lui per soccorrerlo. L'uomo non riusciva a parlare. Perdeva molto sangue, che si andava raccogliendo in una chiazza nera. Marta si inginocchiò accanto al ferito e gli tenne la testa in grembo. Gli parlava con dolcezza. Intanto Celine era corsa indietro a cercare qualcuno che potesse portarli in città. La manica della camicia dell'uomo era zuppa di sangue nero ed era difficile capire che cosa fosse successo veramente, cosa rimaneva del braccio.

Dopo che ebbero trovato un dottore e che il dottore lo ebbe visitato e medicato la ferita con tutta la cura possibile, finalmente gli parlarono. Stava camminando nella foresta, disse l'uomo, quando si era avvicinato un tizio e gli aveva sparato. Una cosa terrificante. Il tizio con la pistola aveva detto che quello era un terreno privato di proprietà del dittatore – e prima che lui potesse aprire bocca gli aveva sparato. Credeva che nella foresta si potesse andare liberamente ovunque, aggiunse.

– Certo che si può, disse Celine.

– Però guarda qui, disse l'uomo.

Indicò con un gesto rigido il braccio fasciato, poi perse i sensi.

Quella sera, Celine mandò un lungo messaggio a Julia. Le spiegò che cosa stava succedendo – le varie ispezioni per i permessi, e adesso il terrorismo di stato. Era tutta una follia, le scriveva. Julia le rispose con un messaggio concitato per raccontarle che cosa stava succedendo in città. Era molto peggio di quanto pensasse, diceva. Ma che cosa gli aveva fatto Celine a Napoleone? Sembrava odiarla. Non faceva che parlare di Celine in pubblico. *Com'è che questa persona è ancora viva?* diceva. *C'è qualcuno qui che può darmi una mano?* Nessuno capiva se scherzasse o meno, diceva Julia.

Dopo aver letto quel messaggio, per qualche minuto Celine fece fatica a parlare.

– *Com'è possibile che ci sia di nuovo questa situazione?* sbottò alla fine con Marta. – Sono qui, con una bambina che ormai è un'adulta, tutti o quasi quelli che conoscevamo sono morti. Non c'è più nulla di tutto ciò che ricordo. Eppure mi vogliono morta. *Mi spieghi che succede?*

Provava la consueta mescolanza di sensazioni: adrenalina, rabbia, agitazione. Allo stesso tempo però doveva ammettere che se ci pensava attentamente per un momento, quelle sensazioni erano come avvolte in un involucro dolce e inebriante, qualcosa di molto simile al sollievo. Sembrava che finalmente Celine avesse un nemico alla sua altezza. C'erano stati Sasha, Hernandez, Yves... Ognuno di loro aveva rappresentato per lei un individuo da sconfiggere o da battere in astuzia, ma forse erano solo l'ombra di un principio superiore, e quel principio superiore era finalmente incarnato nel dittatore: perfido e terribile, ma anche perfettamente chiaro.

14

Il dittatore era una celebrità assoluta, e lui incoraggiava la cosa. Le sue idee e le sue conversazioni venivano riportate su tutti i giornali. Amava vedere la propria immagine ovunque – sui manifesti per strada e su enormi bandiere, o plotoni di bambini con una torcia accesa in mano che componevano il suo nome. Il che poteva indurre a pensare che fosse pazzo, ma probabilmente non lo era. Era circondato da psicopatici con slogan tipo La Guerra è la Suprema Igiene del Mondo, che lui trovava sempre irritanti. La guerra gli piaceva ma preferiva la scienza. Gli sembrava di aver seguito la vocazione sbagliata. Era diventato famoso per le sue campagne militari, valicando monti ghiacciati e superando paludi, ma al momento i suoi pensieri andavano più che alle manovre, alle piante rare che aveva portato indietro col suo mezzo corazzato, e che non aveva avuto tempo di studiare.

Si sentiva vecchio, intelligente, solo e incompreso. E inoltre la sua posizione era ben più precaria di quanto credesse la gente. Lo stato era al verde e lui stesso era al verde. Era per quello che incontrava spesso miliardari come Rosen. Non facevano che mettere a punto accordi internazionali – accordi che bisognava fare in segreto per evitare che i fondi speculativi puntassero contro di lui. Segretezza e fragilità insieme concorrevano a renderlo paranoico. Voleva la guerra totale, e la guerra dipendeva da denaro che sembrava invisibile e precario.

Non si fidava di nessuno. Era circondato da una piccola cricca di persone che davano l'impressione di avere un pensiero proprio ma in realtà erano sempre d'accordo con lui, anche se poi mugugnavano nelle anticamere e nei cortili, perché non è mai facile parlare con un nevrotico che però detiene il potere supremo.

Ora, una di quelle persone naturalmente era André. E un giorno, dopo che Celine l'aveva lasciato ed era andata definitivamente via dalla città, Napoleone chiese ad André se era ancora in contatto con lei. Con Celine? chiese André. Assolutamente no. Certo, avevano amici in comune, ma insomma... C'erano dei rivoluzionari oltre confine, disse il dittatore, e aveva sentito dire che tramavano per ucciderlo. Stava cercando di raccogliere informazioni. Aveva la sensazione che in qualche maniera ci fosse di mezzo anche Celine, disse il dittatore. Aveva molti amici da quelle parti, per via delle sue conoscenze all'estero.

In effetti, disse André, la sua casa in campagna era un posto che tutti volevano vedere. Aveva sentito dire che stava diventando una leggenda, il posto dove la gente andava a fare festa.

Succedeva sempre così nel clima che creava il dittatore. Un acquario dove far emergere storie.

– Esattamente, disse il dittatore. – Sono perfettamente d'accordo. La campagna.

A un tratto André sentì di essersi spinto troppo in là, quando invece stava solo cercando di fare conversazione. Ma era impossibile dire qualsiasi cosa. Il linguaggio era completamente corrotto. Provò a pensare un modo per cancellare ciò che era appena stato detto, ma apparentemente in Napoleone aveva fatto scattare un meccanismo che ora non si poteva più fermare.

Napoleone fissò a lungo André, poi lo congedò con un brusco cenno del capo e disse che aveva da lavorare. Gli chiese di chiamargli uno dei suoi assistenti, uscendo. Poi scarabocchiò un appunto.

Due giorni dopo, una versione più formale di quell'appunto fu recapitata a Celine, nella quale la si accusava di spionaggio e speculazione internazionale, e le si ingiungeva di presentarsi davanti al comitato esecutivo.

15

I membri del comitato esecutivo venivano nominati dal dittatore, per cui quello che sembrava un sobrio comitato agiva come microcellula terroristica agli ordini di Napoleone. L'accusa di speculazione internazionale mossa a Celine era quella usata tipicamente per attaccare i nemici del dittatore, e questo da una parte perché era abbastanza vaga da tornare utile in qualunque emergenza, dall'altra perché il dittatore ci credeva davvero. Aveva bisogno di soldi ed era chiarissimo che di soldi ce n'erano tanti ovunque, ai quattro angoli del pianeta – tranne che per lui. Ne seguiva logicamente, pensava Napoleone, che doveva essere in atto una speculazione illegale in ambiti che andavano al di là della sua comprensione.

Le riunioni del comitato si svolgevano in un nuovo palazzo amministrativo. Era magnifico e disgustoso. C'erano spazi vuoti e zone morte dappertutto, con tubature segate a metà e muri non intonacati, e dappertutto concierge e assistenti che cercavano di darsi un'aria di frenetica preoccupazione.

Quando aveva ricevuto la comunicazione che le imponeva di comparire davanti al comitato, Celine aveva pensato che non fosse una cosa seria. Era un documento isterico, dunque profondamente comico. Non era il caso di fare grandi mosse, pensò. Si era quindi presentata senza avvocato, non si era preparata le risposte, non aveva pensato a cosa offrire in cambio della propria incolumità, e dunque rimase scioccata quando quelli presero subito a parlare veloce e senza complimenti, facendole domande molto specifiche sull'ultima volta che aveva visto il suo amico Rosen, il miliardario ebreo, o quanto avesse pagato il nuovo terreno appena comprato, questioni così specifiche che non sempre lei era in grado di dare risposte adeguate, anche se si rendeva conto benissimo che a quelle domande in un certo senso non c'era risposta perché erano un velo per celare un potere più vasto.

Aveva passato la vita, pensava Celine con uno scoramento improvviso e totale, a elaborare strategie, a fare mosse e contromosse, piccole finte, e forse adesso tutto questo era finito.

Era stata una vera fesseria da parte sua non aver previsto che sarebbe finita a quel modo – in una stanza le cui pareti erano una teoria infinita di casellari quadrati pieni zeppi di carte.

Continuavano a chiederle che cosa succedeva in campagna, nella sua piccola finca. La sua che? chiese lei. La sua tenuta, dissero loro. Ci viveva, rispose lei. Che razza di domanda era, quella? Cominciarono a enumerare le persone che erano andate a trovarla, fra cui qualcuno che conosceva ma non vedeva da anni, altri che ignorava persino chi fossero, ma più si sforzava di rispondere a ogni nome che quelli le facevano, più sembrava che tutti i movimenti fossero collegati fra loro e che vi fosse una rete, per cui quasi inevitabilmente l'impressione era quella di relazioni ampie ed equivoche, sebbene in definitiva lei vivesse da sola. Era fondamentale, dissero, che lei comprendesse la serietà delle accuse. Ma quali accuse? chiese lei. Risponda alla domanda, dissero loro.

Sembrava che avessero fretta di chiudere la riunione o di arrivare a una certa conclusione, o per lo meno di farle dire determinate parole. In che modo pensava di discolparsi, le chiesero, dall'accusa di complottare con forze esterne? In nessun modo, disse lei. Come mai? le chiesero loro. Perché, rispose lei, non c'era modo di difendersi da accuse del tutto immaginarie. Forse, dissero loro, avrebbe preferito eliminare quest'ultima frase dal verbale. Ma assolutamente no, disse lei. Perché era un'affermazione sovversiva, dissero loro.

C'erano conversazioni da cui ci si poteva districare solo rinunciando a qualcosa di molto prezioso che nessuno ti restituirà mai, pensava Celine, perché il linguaggio impiegato era uno strumento estremamente malevolo. E quella conversazione sembrava proprio appartenere a quel genere.

16

Sette giorni dopo la riunione, il comitato esecutivo scrisse a Celine, comunicandole che era stata riconosciuta colpevole di speculazione internazionale e spionaggio e condannata all'esilio perpetuo. Aveva una settimana per sistemare le sue cose. Tutti i suoi beni sarebbero stati confiscati diventando proprietà dello stato.

Lo choc le fece perdere il sonno. Era come se avessero fatto del male a un bambino, e non solamente a una foresta. Di notte, mentre Saratoga e Marta dormivano, si metteva a sedere sul letto cercando di capacitarsi di ciò che era appena accaduto, o di trovare il modo per dire a loro due che l'utopia che stavano provando a costruire stava per finire. Sembrava impossibile. Naturalmente non era la prima volta che veniva proscritta o che finiva sulla lista nera, ma questo casomai rendeva la vicenda ancora più spaventosa, perché stavolta sembrava che fosse definitiva. Pensò di scrivere a Julia, ma a un tratto si sentì troppo spossata. Non c'era via d'uscita. Aveva sempre amato pensarsi una persona adattabile e cosmopolita, e adesso scopriva di non sapersi immaginare una vita senza quel posto che aveva creato lei. Era la sola idea di futuro in cui avesse mai creduto, e non voleva abbandonarla. D'altra parte il potere era assoluto e implacabile.

Per due giorni e due notti Celine restò seduta sul letto a pensare. Si sentiva evaporata. Forse il miracolo della sua permanenza in vita era in realtà un fenomeno ben più banale, la *sopravvivenza*, ed era una cosa molto diversa. Celine era semplicemente sopravvissuta alla sua stessa vita.

Quasi a conferma di ciò, il mattino dopo i giornali scrivevano che Claude, malato da mesi, era morto. E poiché il dittatore, che amava la scienza quanto l'impero, aveva fatto di Claude un eroe nazionale, le cui spedizioni sugli oceani a quanto pare erano imperiali oltre che intellettuali, giunse l'ordine di tributargli funerali solenni.

Nel frattempo a Celine rimanevano tre giorni.

Si scoprì a raccontare a Saratoga aneddoti su Claude, che dopo tutto era suo padre, sebbene le avesse sempre detto che i padri erano irrilevanti. Le piaceva perché era un uomo curioso, disse. C'era stata una volta che mentre Claude e Titere parlavano fra loro, esercitandosi ognuno nella lingua dell'altro, e quindi Claude parlava quella di Titere e Titere parlava quella di Claude, Celine si era resa conto di non capire nessuna delle due ma di capire perfettamente la conversazione.

– Che ricordi hai? chiese a Saratoga. – Ti ricordi qualcosa di quando eri piccola? Voglio dire, piccola veramente?

– Mi ricordo che andavo a dormire, disse Saratoga. – Mi ricordo che andavo a dormire ed ero contenta perché ti sentivo parlare nella stanza di fianco.

Celine decise che al funerale ci sarebbe andata da sola, l'ultima visita alla città che un tempo aveva così piacevolmente amato. Arrivò di buon'ora, e allora fece un salto nel suo appartamento per guardare ciò che si lasciava alle spalle. Tutto aveva un'aria polverosa e scostante. Involontariamente ruppe un piatto di porcellana. Era l'ultimo pezzo del servizio che Lorenzo aveva ricomprato in America per lei, e si spaccò in tanti cocci triangolari. Mentre li raccoglieva notò l'oggettino che un tempo le aveva regalato Claude: l'amo da pesca che gli era stato donato da Titere. Celine se l'era portato dietro in tutte le case e gli appartamenti in cui aveva vissuto, ma nell'andirivieni fra città e campagna era rimasto in città. In quel momento però capì che doveva tenerlo sempre con sé. Lo strinse nella mano. Era una piccola cosa pulsante.

Al funerale nessuno le rivolse la parola. Rimase lì, in mezzo alla gente. Poi a un tratto nella massa di persone che si avviavano verso l'uscita Celine vide Catone, il suo ex assistente, che meravigliosamente le sorrise. Saltò fuori che ora Catone aveva un wine bar giù al fiume. Di tutte le persone che Celine aveva conosciuto in vita sua, lui era quello che sembrava eternamente giovane, e adesso che era invecchiato l'effetto era davvero toccante. Era contento di vederla, disse, aveva sempre desiderato parlarle, capire che cos'era successo. Non era sicura di riuscire a raccontargli quello che era successo, disse lei. Catone rimase a lungo in silenzio. Per lui la vita si era fatta molto difficile, disse infine. Le spiaceva, disse Celine. Sarebbe passata a trovarlo, aggiunse, la prima volta che tornava in città – ma mentre lo diceva sapeva che in città non ci sarebbe tornata più, e avrebbe continuato a parlare ma qualcuno li interruppe e Catone scomparve nella folla.

E all'improvviso ecco Napoleone, in piedi da solo accanto a un veicolo. Era tutto come in un sogno e così orribile che le parve una cosa perfettamente logica andare da lui e provare a parlargli. Vari sgherri le sbarrarono la strada. Lui si girò a guardare il trambusto. Celine disse che doveva incontrarlo.

La guardava, il respiro affannoso, quell'insolito spazio fra loro popolato da uomini della sicurezza. Celine si sentiva una statua o un'opera di *performing art* che esprimeva una sofferenza totale – ed evidentemente a lui l'idea di vederla soffrire piaceva, perché prima di infilarsi silenziosamente nell'enorme veicolo tutto nero dichiarò che potevano incontrarsi quella sera.

17

Celine si muoveva sul pianeta e sentiva di allontanarsi ogni giorno di più. Era come se le luci che aveva disposto attorno a sé si stessero spegnendo una a una, ed era molto importante che almeno una restasse accesa così da conservare un legame con il passato. Ma, pensava Celine, c'era sempre qualcosa che interveniva e che ogni giorno le faceva perdere un pezzettino di sé, e la più violenta di tutte forse era proprio l'ufficio del dittatore, come se fosse il tassello mancante – uno spazio disadorno a cui si accedeva dopo una lunga sfilza di assistenti.

L'ufficio in effetti era talmente disadorno che a prima vista quasi veniva da pensare che fosse vuoto. L'elemento principale erano le carte: appallottolate per terra o impilate a cumuli. In centro c'era un'enorme scrivania di marmo con quasi nulla sopra, un piatto di porcellana con un'arancia rossa a fettine e un vasetto di porcellana pieno di matite colorate. In un angolo c'era un mucchio di vecchi scarponi. L'effetto complessivo era così straniante che si sentì ancora più spaventata.

Lei era quella che se ne andava – ma non avrebbe lasciato che fossero gli altri a dirle di andarsene, pensò. Voleva muoversi per il mondo liberamente. Ma sembrava che per farlo dovesse sottoporsi a quella scena di costrizione assoluta e uscirne indenne. E come ciò potesse accadere le era tutt'altro che chiaro.

Il dittatore cominciò con un tono molto gentile, dicendo che il modo in cui la gente parlava di lei era terribile, o che si parlasse di una sua antipatia per Celine, perché la verità era invece che aveva molta simpatia per lei. Gli interessava tantissimo parlare con lei come stavano facendo in quel momento, in privato, una conversazione che aveva aspettato con impazienza per tutta la giornata, fin dall'istante che gli era apparsa davanti. E Celine cominciò a tremare, impercettibilmente, ma i suoi sforzi in buona parte erano diretti a non fargli vedere che stava tremando, e le sembrava terribile che in quel momento per lei l'universo fosse tutto racchiuso nel tentativo di nascondere la paura. Se soltanto fosse andata a trovarlo prima, disse il dittatore, probabilmente sarebbe stato tutto più semplice. Adesso però il comitato, a quanto gli dicevano, aveva preso la sua decisione, le avevano ordinato di andarsene, e questo gli legava le mani. Dopo tutto, disse il dittatore, lui non era un dittatore.

Celine taceva anche se non voleva, taceva perché non era sicura di riuscire a trovare una via in quei miasmi verbali, ma anche perché era terrorizzata, era stremata e non sapeva se la sua voce sarebbe venuta fuori chiara e senza che vi trapelasse la paura.

Perché non l'aveva mai aiutato? le chiese. André diceva sempre che si sbagliava su di lei. E allora perché non l'aveva mai aiutato? Se l'avesse fatto, ora magari avrebbe potuto aiutarla. E invece no. Si era comportata in una maniera impossibile.

In tono molto sommesso, Celine gli chiese in che modo avrebbe potuto aiutarlo.

Tutto a un tratto il dittatore prese un'aria feroce e letale, perché non c'era modo di interrompere quel flusso di parole come normalmente si entra in una conversazione. Per esempio, disse il dittatore, evitando di complottare contro di lui. Di intrattenersi con stranieri, in quel luogo selvaggio da lei creato, vicino a casa *sua*. Non capiva, disse lei. Quello che non capiva lui, fece il dittatore, era come avevano potuto pensare di riuscire a mandarlo in bancarotta. Una cosa veramente folle da parte loro. Se avesse avuto più tempo, aggiunse, gli sarebbe piaciuto moltissimo sentirle spiegare l'intera macchinazione.

– Che cosa vuoi? le chiese furibondo. – Vuoi essere amica di gente che mi odia o vuoi che ti lasciamo in pace? Che cosa vuoi?

Picchiò goffamente il pugno sul tavolo, e lei si spaventò di quel gesto così teatrale che però nella vita reale era davvero terrificante.

– Ma io voglio soltanto sparire, disse Celine.

– E allora sparisci, le urlò. – Che cosa ti trattiene?

– Cioè, voglio sparire nel posto che scelgo io, disse lei.

Lui tirò fuori qualche sigaretta e parve distrarsi o calmarsi. Celine sentiva nella tasca l'amo da pesca dell'oceano e parve anche a lei di calmarsi. Lo strinse forte nella mano. Quel tabacco, disse lui, veniva dall'America. Le offrì una sigaretta. Lei la rifiutò. Era molto forte, aggiunse lui. Era una delle cose che ammirava di Toussaint Louverture, disse. Come riusciva a organizzare la produzione. Non ne sapeva niente di tabacco, disse lei. Peccato, fece lui. Comunque, presto avrebbe fatto imprigionare Louverture. Era incredibile, aggiunse, che qualcuno avesse potuto dare la libertà a una persona come lui. Una cosa da irresponsabili. Aveva mai sentito parlare il kreyòl? Probabilmente no, aggiunse prima che lei potesse rispondere, e doveva ritenersi fortunata, perché era una lingua orribile. Niente a che fare con il tipo di linguaggio che usava lei, nelle sue famose conversazioni.

Sembrava che fossero arrivati a un punto molto pericoloso della conversazione, che somigliava sempre più al silenzio. E in quel silenzio Celine non sapeva come comportarsi, perché era un silenzio che in realtà veicolava troppi messaggi. Sentiva di dover fare qualcosa per aiutarlo, parole chiare che gli dessero un'idea chiara di lei.

Non era interessata al potere, di qualsiasi genere, gli disse. Ma non poteva vivere da nessun'altra parte. La foresta era l'unico futuro che avesse immaginato per sé e per sua figlia.

Per un attimo Celine pensò che forse era riuscita a produrre l'effetto desiderato, perché per un bel pezzo lui non disse niente, e lei sperò di averlo toccato con la propria situazione e che magari stesse riflettendo su ciò che gli aveva detto, pensando a come aiutarla. Invece alla fine parlò, ed era ancora una lingua che lei non conosceva, fatta di transazioni e relazioni. Non c'era niente di personale, disse. Era sempre seccante quando la gente prendeva le cose sul piano personale.

– Non so parlare così, disse lei. – Non sono capace di parlare così.

Erano in piedi, vicinissimi uno all'altra. Era orribile trovarsi così vicino a un uomo, anche se ciò non implicava necessariamente nulla di violento, ma era evidente che lui godeva di quel sottinteso erotico.

– Be', disse lui. – Perché mai dovresti?

– Non capisco, disse lei.

– Continui a ripeterlo, disse lui, – e io non ti credo.

Difficile dire fino a che punto fosse serio, così come era sempre difficile dire che cosa gli uomini pensavano veramente, quando volevano spaventarti e quando volevano aggredirti, quindi lei cercò di farsi venire in mente qualcosa che riportasse la conversazione su binari meno pericolosi, ma prima di riuscire a elaborare una frase, qualche parola, vide che stava allungando una mano verso di lei, molto lentamente, come per afferrarle il collo.

– Sono maledettamente serio, disse lui. – Pensi di essere tanto straordinaria?

Era terrorizzata, di un terrore puro che la inondava da capo a piedi come una luce, ed ebbe la netta sensazione di essere prossima alla morte, o che qualcosa in lei fosse prossimo alla morte, e allora fece un'ultima cosa per cercare di opporsi, una cosa che non poteva essere nell'ambito del linguaggio perché il linguaggio si era dissolto o era sparito. E quindi mentre lui si protendeva per agguantarla, Celine gli sferrò un pugno, il piccolo amo da pesca, quel concentrato di potenziale, stretto nella mano. Fu un un colpo improvviso, e dato che era più alta di lui, l'amo gli aprì uno squarcio sulla tempia, dietro l'orecchio. Era stato tutto velocissimo, come se finalmente per la prima volta in vita sua l'attimo presente fosse lì, senza i ricami delle aspettative o dei ricordi, e quindi ciò che provava era sorpresa pura per quello che era accaduto, anche se ancora più sorpreso sembrava il dittatore a giudicare dallo sguardo incredulo che aveva mentre barcollava e poi cadeva all'indietro. Nella caduta picchiò la testa nello stesso punto esatto, dietro l'orecchio, contro lo spigolo vivo della scrivania di marmo, e il sangue cominciò a zampillare fuori ancora più copioso. Dal pavimento alzò gli occhi su di lei. Sembrava che parlasse senza dire niente.

Celine sentiva l'amo da pesca nella mano, che aveva affondato nuovamente in tasca: una piccola scossa elettrica.

Dalla scrivania cadde qualche matita colorata vicino al corpo. Una curiosamente si fermò proprio accanto alla sua faccia. Quel variopinto disordine era la scenografia più violenta che avesse mai visto, pensò. Provò qualcosa di simile alla pietà vedendolo ritrarsi da lei, pur senza muoversi, ma qualcosa in lui si stava ritraendo, per fare ritorno a un luogo che forse non era possibile definire. Il dittatore ebbe una sorta di fremito o di convulsione. Poi il respiro si fermò.

Celine sentiva i suoi nervi inviare messaggi a tutto il corpo. Alzò lo sguardo su un assistente, richiamato dal rumore.

– Credo che sia morto, disse Celine.

Arrivò di corsa un altro assistente. La guardarono.

– È caduto, all'improvviso, disse lei. – Credo che abbia avuto un attacco di cuore. È caduto e ha battuto la testa.

Era così abituata ad aspettarsi castigo e terrore che trovarsi in quella situazione le sembrava assoluto e inevitabile, come potrebbe essere in un sogno. I suoi pensieri corsero a Saratoga, che tristezza non poterla più abbracciare o sentirla parlare, e le proporzioni di quella tristezza erano tali che forse non era più neanche tristezza, forse stava morendo anche lei.

Poi però si accorse con stupore che nessuno badava a lei, né alle spiegazioni che stava freneticamente cercando di prepararsi in testa. Nessuno la stava arrestando o interrogando. In preda al terrore e all'allarme i funzionari e gli impiegati dell'ufficio avevano già rivolto altrove la loro attenzione – e non al cadavere sul pavimento, ma con ben maggiore sollecitudine a sé stessi. C'era gente che andava e veniva dall'ufficio e cercava di capire che cosa sarebbe successo ora. Correvano fuori per comunicare in segreto con qualcun altro. Il potere era liquido e poteva riversarsi ovunque, ed era incredibile con che rapidità poteva succedere e quanto fosse irrevocabile una volta che era successo.

La situazione sembrava un fumetto, con le linee del movimento disegnate sopra, ma dentro quella situazione c'era Celine.

Tutto a un tratto si profilava la possibilità, se avesse agito con un'aria sicura di sé e innocente, di fare quello che voleva. Era sicurissima che in fondo a quei corridoi grigi ci fosse Saratoga, se solo fosse riuscita a raggiungerla, e quindi Celine si incamminò in quella direzione.

Uscì tranquillamente dalla stanza. Scese le scale, con tutta la disinvoltura di cui era capace, un'assassina vendicatrice, ma fu solo quando sbucò in strada e vide che nessuno la stava seguendo che sentì la scarica deliziosa della vendetta assoluta montarle dentro – deliziosa come un narcotico quando poco alla volta arriva ai reni, al fegato e al cuore.

18

Il giorno dopo Celine ricevette un lungo messaggio da Izabela, che si trovava a Varsavia. Erano riuscite a mantenere la loro corrispondenza per oltre vent'anni e magicamente arrivò un'altra lettera, proprio mentre Celine era nella sua bolla di vendetta.

Lì c'erano solo gateau e pasticceria super pesante, scriveva Izabela. Sarebbe certamente morta presto, il che la rendeva felice. Ma non era per questo che le scriveva. Stava riflettendo su certe cose e aveva pensato che soltanto Celine sarebbe stata in grado di capire quello che cercava di esprimere.

Aveva l'impressione, continuava Izabela, che le persone pensassero che tutto potesse trovare espressione nella scrittura. E forse l'aveva creduto anche lei, di sicuro tanti anni prima quando andava alle feste di Celine. A quel tempo tutti davano per scontato che il linguaggio fosse ovunque. Lei invece sempre più sentiva che c'era qualcos'altro, qualcosa che il linguaggio indicava ma non riusciva mai a cogliere.

E se la vera arte del linguaggio non fosse la letteratura ma la *traduzione*? scriveva Izabela.

Ripensava a tutte le lingue che aveva usato in vita sua, e a lei personalmente piaceva quando qualcuno le scriveva o le parlava in una lingua diversa, ma al tempo stesso era consapevole di potersi esprimere in una sola, la prima che aveva imparato. E tuttavia, voleva aggiungere, il fatto che confidasse di essere capita da Celine pur scrivendo in un'altra lingua, sembrava la prova di ciò che lei aveva sempre sospettato, e cioè che le lingue avessero per oggetto qualcosa di interstiziale, che stava al di sopra o al di sotto della stessa lingua. Non sapeva dire dove di preciso si collocasse questa realtà prodotta dalle parole, ma sapeva che c'era.

Erano tutti fissati con le descrizioni. Lei invece rifiutava l'idea che quella fosse la verità, scriveva Izabela. Lei credeva piuttosto nella fantasia: multicolore, leggera e pura. In altre parole, era sicura che si potesse fare della verità su questo caotico pianeta, anche se era sempre fatto di falsità.

Forse tutto ciò non aveva senso, scriveva Izabela in chiusura, come presa da un improvviso imbarazzo. Celine le mancava. Le mancavano le sue feste. Era incredibile pensare che se si fossero riviste, sarebbe stato con ogni probabilità in un altro mondo. Si ricordava, Celine, di quando Izabela si sedeva sulla sua sedia preferita, e parlava, parlava – anche se non era veramente Izabela a inventare quelle frasi ma era la conversazione alle feste di Celine a produrle?

Era un lungo messaggio e Celine ci mise un bel po' per leggerlo, perché la calligrafia di Izabela era ordinatissima ma anche microscopica.

Sentì una fitta di inutile amore per Izabela. Era facile che Izabela avesse ragione dicendo che non si sarebbero riviste mai più, e Celine avrebbe voluto poterle dire di persona quanto amasse il suo pensiero. Anche lei voleva dire *addio scrittura*, pensò Celine, ma in maniera diversa – lasciare gli oggetti nel loro ambiente, molto semplicemente e molto naturalmente, come possono stare nel loro ambiente le felci o i funghi.

Poi rispose a Izabela con un messaggio di una sola riga. *Se il linguaggio è finito*, scrisse Celine, *a me sta bene.*

19

Dopo la morte di Napoleone il comitato esecutivo dichiarò lo stato di emergenza. Fu negata l'autorizzazione all'autopsia sul corpo del dittatore, ma vennero organizzati funerali solenni. Poi il comitato cancellò tutte le ordinanze governative vigenti, compresi gli accordi e i trattati con l'estero.

Nel caos, André venne nominato diplomatico con delega ai trattati internazionali. Ne fu entusiasta. Progettava di organizzare un congresso mondiale, con delegati da tutti i paesi, secondo la sua nuova teoria della rappresentanza internazionale. Questi congressi non si sarebbero svolti in un centro o in un palazzo – ma avrebbero viaggiato per tutto il pianeta, come tanti centri mobili.

Il futuro era la diplomazia, secondo André e i suoi sostenitori, la cricca finanziaria di Rosen e i suoi compari. Era una serie infinita di contratti negoziati.

Il primo compito di André fu sovrintendere al ritiro di tutte le truppe dal Pacifico e dall'Atlantico, e delle loro rivendicazioni sui territori all'estero. L'idea era che in cambio avrebbero potuto stringere accordi commerciali con i lakota e i dakota a Sud, con i mohawk a Nord, con la gente di Toussaint Louverture a Hispaniola, con i piantatori di indaco sulle coste indiane, le verdi isole del Pacifico. Molti la ritenevano una follia, improvvisamente c'era un clima fiducioso e vivace, e con il clima non si poteva certo discutere.

Quasi tutto ciò che vedeva, disse André in una delirante intervista a un rotocalco, era completamente superato. Scusate, ma era finita. La monarchia era morta.

André si sentiva immenso. La notte studiava le costituzioni che arrivavano da Hispaniola. Quello che nessuno voleva mai capire, pensava a volte, era che non c'era niente di *costituzionale* nel fare una costituzione. Andava fatta punto e basta, da zero. E a Hispaniola sembravano capire questa verità pragmatica. Lui l'ammirava moltissimo.

Era come se ciò che aveva sempre pensato il futuro avesse in serbo per lui accadesse tutto a un tratto nell'attimo presente, offrendogli possibilità fino alla nausea. E per quanto quel piccolo clima fosse presumibilmente una cosa temporanea, forse proprio in ragione di ciò bisognava tenerselo caro.

20

Dopo aver ucciso il dittatore, per qualche settimana Celine rimase in campagna in stato di choc. Aspettava la polizia segreta da un momento all'altro, invece non arrivò nessuno e poco a poco capì di essere libera di restare nel paese per sempre. La storia della morte improvvisa del dittatore, una morte, stando ai giornali, provocata dal carico eccessivo di lavoro forsennato, era ormai talmente diffusa e accettata che la presenza di Celine sulla scena era nota solo a pochissime persone, e anche gli assistenti che ne erano a conoscenza non avevano nessuna voglia di insinuare sospetti su qualcosa di illegale perché non avevano il minimo desiderio di complicazioni. La faccenda era chiusa, e quindi Celine fu espunta dal quadro. Soltanto due persone conoscevano la storia segreta: Marta e Saratoga. E così poco alla volta i ricordi di ciò che temeva sarebbe accaduto e di ciò che era effettivamente accaduto sbiadirono e si mescolarono, e lei si ritrovò in un finale meraviglioso e inaspettato.

Aveva pensato che certi ostacoli fossero permanenti, ma forse in realtà la storia era fatta di un materiale molto più fluido, pieno di increspature e dissolvenze – così come il vetro che nella bottega di un maestro vetraio tutto a un tratto è liquido.

Si sentiva sempre più euforica, spensierata e piena di entusiasmo, pur rendendosi conto che poteva rivelarsi tutta un'illusione o un equivoco. A quanto pareva, non doveva più dipendere da niente e nessuno, non aveva più bisogno dei soldi o della protezione o della parola buona di chicchessia, ed era una condizione davvero rara, una condizione che rincorreva da quando aveva diciassette anni.

Nel corso della sua vita le cesure e i momenti di cambiamento totale erano stati così numerosi che aveva rinunciato a credere a una qualsiasi forma di continuità di sé. Aveva però un senso di festosa sopravvivenza. Un giorno in un libro trovò un appunto, un messaggio che le aveva scritto Saratoga a quattro anni. Quando Saratoga l'aveva messo dentro il libro, Celine si era detta che se mai l'avesse ritrovato sarebbe stato terribilmente toccante, e ora che l'aveva ritrovato e l'aveva letto – quel piccolo messaggio di Saratoga che le augurava buon compleanno e una splendida giornata – scoprì invece sorpresa di provare solo gioia, il piacere di due momenti accostati casualmente uno all'altro, senza la minima traccia di tristezza.

Dopo tutto, l'habitat temporale inventato per ciascuna persona era sempre l'irrealtà. Ogni giorno pensi che niente cambierà, le cameriere nei bar saranno sempre le stesse o quanto meno, se le sostituiranno le nuove, in qualche modo saranno sempre riconoscibili. E invece un giorno è come se il bar fosse frequentato esclusivamente da alieni, il menù è scritto in una lingua nuova e tu non hai idea di quando sia avvenuto il cambiamento. Lo si poteva trovare terrificante, pensò Celine, ma lo si poteva anche trovare meraviglioso.

21

Al mattino si svegliava e andava a camminare nella foresta. Era come se stesse diventando sempre più magica, con le macchioline di colore che facevano i fiori, simili a luci – senza inizio né fine. Sembrava un gioco di luci che si riflettevano in un gioco di specchi.

Poi si accorse che, sebbene laggiù non ci fosse nessun altro, stava succedendo qualcosa di molto strano. Tutte le vicende della sua vita o di cui aveva anche solo sentito parlare cominciarono a mescolarsi fra loro. Il passato stava acquisendo una fluidità che lei trovava molto interessante, quasi che gli avvenimenti potessero essere ripristinati con tutti i loro timori e le previsioni sbagliate ancora attaccati, come fossero piccole radici o ramoscelli.

A un tratto, per esempio, sentiva Lorenzo dire a Jacob che adorava il modo di parlare di Beaumarchais. Era come se Lorenzo fosse un faggio, diciamo che quando lo vedeva gli pareva di vedere un faggio. Beaumarchais parlava velocissimo, stava dicendo Lorenzo, molto più di chiunque altro avesse mai conosciuto, ed era così che lui chiedeva di parlare agli attori quando recitavano le sue sceneggiature – rapidamente, così che sembrava del tutto inverosimile che avessero potuto pensare a ciò che si dicevano, ed era giusto così, disse Lorenzo, perché il tempo della commedia non era il tempo della ragione. In effetti dipendeva tutto dalla capacità dell'attore di rispondere più velocemente di quanto avrebbe potuto fare chiunque nella vita normale. Ma, lo interruppe Jacob per nulla impressionato, non aveva qualcosa di più interessante del desiderio su cui scrivere?

In tutto ciò non ci trovava niente di straordinario, pensava Celine ascoltando la foresta, e forse era così. Era come se nel nuovo clima si stesse affermando un'idea tutta diversa di famiglia, allargata e buffa.

A suo parere, aggiunse Lorenzo, la gente non capiva cosa cercava di fare Beaumarchais nelle sue sceneggiature. Scriveva, continuò, troppe cose inverosimili e stravaganti, ma il suo vero tema era il potere, non il desiderio. Magari, aggiunse, non lo capiva nemmeno lui – cosa tutt'altro che sorprendente, buona parte degli scrittori non aveva idea di cosa fosse a rendere interessante i loro scritti.

Celine continuò a camminare. Parlavano tutti insieme. Da qualche parte sua madre parlava con Saratoga. Apparentemente le parlava da una camelia, e in effetti l'argomento erano i fiori, stava chiedendo a Saratoga il modo migliore di disegnarli senza che ne venisse fuori un pasticcio confuso. E Celine sentiva anche Josef, poco più in là, che disquisiva dei vecchi *studios*, e anche Izabela, che parlava con André di rivoluzioni. Si guardava e riguardava attorno, senza capire che cosa stava succedendo. Da qualche parte fra gli alberi scuri Julia si lamentava di Lorenzo, che voleva parlare di quanto era successo fra loro in passato, e forse il problema non era quello, diceva lei, ma Lorenzo sembrava furibondo. Se però questo era ciò che sentiva, era importante che lo tirasse fuori, aggiunse Julia, e Celine si rese conto di amare la sua amica ancora di più proprio per quella sua capacità di non arrabbiarsi mai con gli altri. Vincere la meschinità era facile, ma vincere la rabbia era molto meno comune. E particolarmente difficile era vincere la rabbia nei confronti di chi non voleva abbandonare l'immagine che si era fatto di te anni e anni prima, quando eri un'altra persona, in un'altra vita.

Celine era stata al centro di una festa. Era stata la navicella con cui era salpata, anni prima. Poi però si era capito che al centro della festa non c'era nessuno. C'era il vuoto. Adesso invece sembrava che al centro di quel vuoto ci fosse un'altra festa, ed erano le voci che sentiva nella foresta circostante. Le voci, si rese conto all'improvviso, potevano levarsi ovunque.

Evidentemente, una cosa poteva parlare anche se non apriva bocca.

E così la festa continuava, e sempre più sembrava che fosse la foresta a generare la festa, che poi a sua volta dava nuova vita alla foresta, anche se non c'era nessuna festa: era solo il mormorio costante di voci che sentiva Celine, un coro spontaneo e miniaturizzato.

Quella sera fece un bagno, nel centro di una stanza vuota. C'era la finestra aperta. Celine vedeva le stelle. Delle ortensie azzurre in un vaso stavano appassendo, virando verso un color malva. Poi arrivò Marta per parlarle e, pensò Celine, era incredibile quanto fosse diversa, ma anche la stessa, rispetto a quando aveva vent'anni. Non si poteva dire che fosse più bella di un tempo. Era bella in maniera differente che però era anche la medesima. Celine chiuse gli occhi. Le piaceva che il suo corpo e l'acqua si confondessero l'uno nell'altra, le piaceva che l'acqua la rendesse senza peso.

Tutto attorno c'era il giardino scuro, poi la foresta e gli animali.

– Ti ricordi il tuo cane? chiese Celine. – Ti ricordi quel cagnolino assurdo che viveva con te?

– Il mio cane selvatico, disse Marta.

E naturalmente era felicità, pensò Celine. La parola era semplicissima e assolutamente inadeguata, ma era felicità.

22

Una volta che la rivoluzione ebbe trionfato a Hispaniola e che i bianchi furono andati via praticamente tutti, da Toussaint Louverture si presentò un ministro con un compito per la loro repubblica. Sembrava urgente tirar fuori un'immagine che simboleggiasse la rivoluzione. Un'immagine da diffondere in tutto il mondo, come un seme, disse. Che rappresentasse la loro vittoria per le generazioni a venire. Louverture approvò l'idea. Stava lavorando a una revisione della costituzione e aveva timore che la cosa andasse troppo per le lunghe. Un'immagine sarebbe arrivata prima. Venne nominata una commissione. Creare un'immagine per commemorare quel momento era della massima importanza, disse il ministro. Il punto era capire che cosa esattamente dovesse raffigurare l'immagine. Cercare di raffigurare il popolo era molto complicato, perché il popolo era plurale e l'immagine una sola.

Per parte sua, Louverture trovava quelle discussioni un po' noiose. Dopo la prima seduta, cominciò ad arrivare verso la fine. Lui amava l'azione, diceva. L'arte era necessaria, lo capiva, ma non lo appassionava. Per lui, la cosa importante era la rivoluzione in sé, non le sue immagini. In realtà, anche se alla commissione non lo disse, nutriva una profonda diffidenza per le immagini, a causa del modo in cui le si poteva usare contro qualcuno. Odiava tutti i progetti commerciali e i souvenir che la gente gli sottoponeva, tazze per la colazione con la riproduzione del suo volto, poster e sottobicchieri.

La commissione invece dimostrava un sincero interesse per la teoria artistica. Prese in esame diverse proposte. 1. Toussaint Louverture di profilo, in alta uniforme, su sfondo nero. 2. Louverture attorniato dai suoi ufficiali. 3. Una donna anonima che si liberava dei ceppi alle caviglie. 4. Una folla di donne anonime che si liberavano dei ceppi alle caviglie. 5. Louverture con alle spalle i fantasmi di altri eroici guerriglieri. 6. Louverture a cavallo in una gola fra i monti. 7. L'albero della libertà, che doveva rappresentare anche il Gran Bwa. 8. Una serie di immagini di bianchi in situazioni critiche: mentre fuggivano dall'isola, si dissanguavano nelle paludi, o morivano saltando in aria su una nave. 9. Louverture raffigurato nelle sembianze di Ogoun Fer, con il fazzoletto rosso attorno alla testa, le punte annodate delicatamente.

Dopo due settimane di discussione, presentarono le loro opzioni a Toussaint Louverture. Lui le ponderò lungamente. Decidere sembrava impossibile. Forse non era ciò che avrebbero voluto sentirsi dire, disse alla fine, ma non potevano commissionare più immagini? La commissione la trovò un'idea molto interessante. Forse in effetti per rappresentare la rivoluzione serviva una sequenza, un'esplosione – così come la giungla esplode da ogni lato, in tutte le combinazioni. La commissione cominciò a vagheggiare di murales, una sequenza grandiosa. Un unico dipinto non poteva bastare. C'era bisogno di una *serie*.

Quel giorno, Toussaint Louverture se ne andò in montagna. Dopo una cavalcata di qualche ora si fermò e guardò giù. Eccola lì l'isola, che si stagliava fra il mare e il golfo, una ghirlanda di scogliere e atolli corallini, attaccata all'oceano tramite le sue piccole reti da pesca. Intorno a lui tutto cresceva e si moltiplicava. I semi si diffondevano. Le piante collaboravano con il sole. Lavoravano sodo per riparare il terrore delle piantagioni di indaco, i campi bruciati dai bianchi. Le piante erano il sole che si trasformava in qualcosa di rigoglioso. Allora Louverture si sdraiò su una pianta di alloro e chiuse gli occhi. Un venticello indagava le felci e suonava come il mare.

23

Vivere nella natura era così facile che era facile dimenticare quale forza aliena potesse essere. Un giorno Celine si imbatté in una specie di boschetto di pioppi. Lei li pensava come pioppi, ma era impossibile sapere se si trattasse di un unico pioppo che si diramava in modo selvaggio o di molti pioppi con un'unica anima. Si fermò fra gli alberi, cercando di immaginarseli di lì a cinquecento anni o anche cinquanta anni e si rese conto di non riuscirci. Li osservò, li scrutò, nelle loro zigzaganti linee astratte, come un tempo osservava i servizi di porcellana o le carte dei tarocchi su un tavolo.

Solo dopo qualche minuto si rese conto che uno degli alberi che vedeva in lontananza in realtà non era un albero, ma Saratoga, perfettamente immobile. Sembrava come in ascolto.

Per un attimo Celine fu sul punto di gridare il suo nome così avrebbero potuto camminare insieme, invece non disse nulla. Non ce n'era bisogno, pensò. E guardò Saratoga allontanarsi, finché si ritrovò a guardare non più Saratoga, ma lo spazio dove si trovava poco prima.

Fu un attimo pesantissimo, come tutti gli attimi, perché c'era dentro tutto.

Intorno a Celine la foresta era verde. Celine ci entrò. Poi anche lei fu verde.

Indice